零（ゼロ）八（ハチ）零（ゼロ）七（ナナ）

辻村深月（つじむら みづき）

緋華璃——譯

關上這扇門以後，此生就再也回不來了——我冷靜得，幾乎可以做好這樣的心理準備。

我還以為發生「這麼大」的事情時，應該會馬上有人趕來，那些人或許是在資源回收的時候聚集起來嘲笑我的左右鄰居，或許是發出震耳欲聾警鈴聲的警車先趕來……總之應該要引起一陣大騷動，應該要圍著我，不敢置信地看著倒在我面前的母親，然後把我抓起來，收押禁見。

我站在敞開的家門口，抬起頭來，**富士山就矗立在眼前**。

那是我從小看慣的景色。

往外跨出一步，感覺吸進來的空氣冷冽如刀，似乎要把喉嚨和肺切成兩半。已經很痛的右腳更加疼痛，幾乎快要失去知覺。我以為已經乾透的頭髮，沒想到還是溼的。

我不曉得該怎麼辦才好。

當我想到一切再也無法恢復原狀，就算等到海枯石爛也無法改變任何事情的時候，我真的，真的，不曉得該怎麼辦才好。

有沒有人？有沒有人可以把我抓起來？有沒有人可以告訴我該怎麼辦才好？

我想抓住那個人的手，感受她手中令人放心的溫暖。就算打我、罵我都無所謂，請把我放在工廠的輸送帶上，就這樣把我分解掉。別讓我覺得自己好像是光著身體，突然被放逐到人類的世界裡。我以為自己是個恪遵道德底線、心地善良的人，就算曾經受到傷害，也不可能反過來傷害別人。真不敢相信，我居然會是加害者。

好想跟母親說說話，真的好想，好想好想。如果是母親，肯定會聽我說話。或許又會惹她生氣，但她想必還是會陪我一起去警察局。回首我這一輩子，遇到困難的時候都是這麼做的。

我花了一點時間，才領悟過來這是不可能的。還以為心已經麻痺了，沒想到身體完全不受影響，手已經自己動了起來。錢。如今，以我自己的邏輯和語彙，已經沒有能力向自己的心說明我之所以拿出母親的存摺和提款卡，再加上自己的行李一起放進皮包裡的理由，以及自己接下來要採取的行動了。

今晚，父親就會回來。

前胸和後背全都戰慄不安，身體抖得宛如秋風中的落葉。最先發現這個房間的人，肯定是父親吧！他一定會氣死的。我好想大聲哭泣。因為唯獨這次，就連父親也不會站在我這邊，不會為我說好話。我接下來要做的，就是這麼不可原諒的事。

金黃色的旭日慢條斯理地從我抬頭仰望的富士山後面緩緩升起，晨光反射在我還是小學生的時候就已經蓋好，鎮上最高的大樓玻璃窗上。

以前，那棟大樓剛蓋好的時候，我曾經在這裡看過同樣的日出，當時有人對我說：「千惠，還不趕快許願。」其他人看到太陽的時候，也會像看到流星那樣許願嗎？抑或這只是我母親的習慣呢？母親對我說：「快說出這一年的抱負。」

一年。

我用力地握緊了塞滿行李的皮包，咬緊下唇。

再給我一年。不，不到一年也沒關係。但至少……請再多給我一點時間……。

「妳許了什麼願望？」那天，母親一再地追問，而我只是含糊不清地帶過，然後把母親留在外面，一個人進屋。希望能跟當時喜歡上的男孩子兩情相悅。這種關於戀愛的許願，肯定會被母親取笑的。

關上門。

把鑰匙插進鎖孔，正要轉動的手突然停下來。

會不會下次再打開這扇門，回到這個家的時候，母親和客廳或許都已經恢復原狀了呢？母親會不會頭也不回地對早上才回來的我說：「已經天亮囉！」了呢？我心中還存有這樣的期待。

第一章

十月三日

山梨縣甲州市內——咖啡廳

古橋由起子〈千惠美從小學到高中的同學、社團夥伴〉

「千惠美到底去了哪裡？我好擔心，真的好擔心。」

當她嘟起沒怎麼化妝的乾燥脣瓣這麼說，然後又沉默下來的同時，錄音筆的紅色燈光也跟著變弱了。

古橋由起子，家住山梨縣，兩年前結婚，育有一子。目前在帶小孩的空檔，也在這附近的超級市場打工。年紀跟我一樣，都是三十歲，今年就要邁入三十一歲的大關了。

我和她國小、國中都是念同一所學校。小學時代甚至還曾經同班過，但現在除了唯一一個共同的朋友以外，幾乎沒有其他共通的話題。為了不讓場面太乾，我刻意在喝得只剩下一點點的黑咖啡裡加入方糖，攪拌一下，只見杯裡浮起兩顆小小的泡沫，轉眼便又消失無蹤。

該說的似乎都已經說完了。即使是高中時代不管在班上還是社團感情最要好的朋友，關於我要找的那個她，也無法提供比我所知還要多的情報。

由起子打工的休息時間就快結束了，從她放在椅子上的帆布質地手提包裡，隱約可見印有超市名稱的綠色圍裙。
她問了我一個問題：
「妳接下來該不會也要去見添田老師吧？」
「嗯。我們已經連絡上，也約好要碰面了。她也是由起子的級任老師嗎？」
「她是我和千惠美同班時的級任老師喔！請代我向她問好。雖然她可能已經不記得我了。」
桌上有張照片。
據說自從高中畢業以來，見面的機會就一年比一年少的由起子給我看的照片是五年前拍的。當談話出現空白的時候，我們的視線便自然而然地集中在照片裡千惠美的笑臉上。
「抱歉，沒幫上什麼忙。」
由起子向我道歉。
「還讓神宮司小姐特地過來一趟。」
「沒關係，好久不見，我覺得很懷念。」
「我也是。」
由起子微微一笑。
我們同時站起來，我率先拿起放在桌上角落的帳單，走向櫃臺。高樓大廈的剪影從隔著收銀機就可以看到的窗玻璃映入眼簾。
「從這裡可以看到花園塔呢！」
花園塔是規模號稱縣內最大的婚宴會場。除了婚禮的用途以外，似乎也是讓企業用來開會的場地，但是絕大多數的人應該都會認為那裡就是用來舉行婚禮的會場。近五年來，我已經有過好幾次拿著紅包前往那裡的經驗。

我的聲音讓由起子抬起頭來，「對呀！」地點了點頭。

「對呀！天氣好的時候看得很清楚呢！透過窗戶的反射，耀眼極了。」

「我上個月才剛去那裡參加過朋友的婚禮。」

「哦？在那裡舉行嗎？」

「嗯。新娘是我高中時代的同學。」

我和她們一直到國中畢業都是念同一所學校，從那裡展開各自不同的人生。我考上了雖然還在山梨縣內，但是從這裡開車要四十分鐘車程的甲府市裡的升學校，由起子和千惠美則是選擇位於當地的公立高中。

對我來說，直到身邊的人全都已屆適婚年齡，才因為他們的婚禮終於和那座從小看到大的塔產生連結，不過她們念的高中好像就在那座塔附近。

由起子凝視花園塔的目光帶著些許困惑望向我。

「妳聽說過那裡的怪談嗎？」

「怪談？」

「我想多半是騙人的，不過大家在高中的時候傳過好一陣子，妳沒聽過嗎？」

「沒聽過，什麼樣的怪談？」

「傳說會有新娘的鬼魂出現。」

接過發票和找零，對店員點頭致意，走出店外。走在前頭的由起子誠惶誠恐地說了一句：「多謝招待。」我不以為意地回答：「不客氣。」

「其實是到處都可以聽到的故事。」先埋好這個伏筆之後，由起子接著說：「婚禮的前一天，大家不是都會回老家嗎？不管是一個人住，還是和對方同居，前一天晚上都會和父母及家人一起度過，婚禮當天早上直接從家裡前往會場對吧？」

「有這種規定嗎？」

「天曉得。」她笑著說。「至少我出嫁的時候是這樣。接下來會發生什麼事妳應該也想像得到吧！因為從以前就經常聽說接下來的發展不是嗎？當天早上要向父母表達感謝之意：『爸爸，媽媽，非常感謝你們的照顧。』再離開家門。」

「好像是這樣沒錯。」

「嗯。然後啊……聽說到了婚禮當天早上，獨自開車前往花園塔的新娘，路上發生車禍死掉了。從此以後，那女生的鬼魂就出現在那個地方。雖然已經死了，但是只有那顆心還是趕到會場，至今仍痴痴地等待自己的婚禮揭開序幕。」

她望著我問道：「妳沒聽說過嗎？我還以為是很有名的傳說。」

「完全沒有。我去那裡參加過好幾次婚禮，可是一次也沒聽同行的人提起過這件事。」

「真的嗎？好奇怪啊！不過的確在國中以前還沒聽說過這樣的傳說，會不會是只流傳在我們高中裡的傳說呢？……不曉得是不是受到這個傳說的影響，我們高中的女生都不願意在那裡舉行婚禮。雖然我從小就看著那座塔長大，幾乎可以說是每天都會看到，但是搞不好根本不曾進去過裡面。」

「這樣嗎？」

「神宮司小姐，妳的婚禮是在哪裡舉行的？」

由起子的視線突然落在我臉上，四目相交之後，我才猛然想起套在自己左手手指上的戒指。

「東京。因為對方是那邊的人。」

「是喔？這樣啊……我完全不知道。明明我們娘家住得這麼近。這樣啊……那妳現在也住在東京囉？」

「嗯。」

「啊！我從剛才就一直叫妳神宮司小姐，但妳應該已經從夫姓了吧？」

「嗯，我現在姓梁川。但是在工作上還是沿用舊姓，所以沒差。」

因為新的姓很罕見，每次都要說明怎麼寫，實在很麻煩。我也怕由起子問起，還好她沒問，只是自言自語似嘟囔著：「真好，果然如此。」

「神宮司小姐從以前就很聰明呢！妳哥哥也是很能幹的人，總覺得你們家跟一般人不一樣。」

「有嗎？並沒有什麼不一樣喔！」

我哥「很能幹」跟我的婚姻有什麼關係？由起子肯定是不經思考地說出這句話，但是對我來說，聽到從小一起長大的人說出這種話已經不是什麼稀奇的事了。

「由起子的婚禮又是辦在哪裡的會場呢？」

「我啊……」

她回答的地點是位在清里[1]的某家飯店，那裡是本縣有名的避暑勝地，名字經常出現在女性雜誌的專刊裡，聽說很多住在東京的情侶受到「度假村婚禮」這個名詞的蠱惑，也特地選擇那裡做為婚宴會場。

「把縣內所有的會場全都看過一遍，認為還是那裡最有品味。花園塔畢竟太普通了。對了，也有很多年輕人會在那裡舉行婚禮。」

「那間度假村飯店不是很貴嗎？我曾經在雜誌上看過，當時也覺得很漂亮，不過價格之高，把原本打算在那裡結婚的朋友嚇退了。」

「我們家還好喔！不過男方那邊好像虧了點，害我後來一直被唸。」過了好一會兒，我才反應過來她是在講雙方父母的負擔金額。我的婚禮全都是我們自己出的，沒有讓父母花到一毛錢。

我們就這樣心不在焉地望著那座塔，陽光反射在窗玻璃上的顏色十分刺眼。

「若千惠跟妳連絡的話，可以通知我嗎？」

「可以是可以，」由起子聳聳肩。「但我覺得她應該不會跟我連絡。畢竟在發生那件事以前，我們就已經很久沒見了。神宮司……梁川小姐肯定比我更清楚她最新的近況。如果她真要連絡誰的話，連絡梁川小姐的可能性顯然比我大多了不是嗎？妳們住得也比我近，母親之間的感情也很好不是嗎？」

「但還是拜託妳了。」

「沒問題。」

直到各自坐上自己的車，要分道揚鑣了。「可以問妳一個問題嗎？」她突然看著我：「剛才妳給我看的照片，千惠美那張。」

「有什麼問題嗎？」

那是我手邊的相簿裡，唯一一張從正面拍到大臉的照片。聽說千惠美出現在新聞裡的臉部照片是由她公司所提供的履歷表上的照片。因為緊張而全身僵硬，身為女人可以說是漏洞百出，所以我實在

1　清里高原。日本山梨縣的高原，是很有名的度假勝地。

不願意讓人認為那張臉就是她現在的樣子。

「那張照片上雖然只有千惠美，但是旁邊其實還拍到其他人吧？」

我一下子不知道該怎麼回答。由起子一瞬也不瞬地注視著我。

「因為照片看起來是剪裁過的。」

「沒錯，旁邊原本還有另一個男人。」

「我們或許見過那個人喔！千惠美曾經帶他來參加以前手工藝社的聚會。」

耳邊傳來她謹慎小心的措辭，心想真是失策。應該更早讓她說出這件事才對。由起子肯定也一直在尋找說出這件事的契機，一直找到都要分道揚鑣的最後一刻。

或許不該把照片剪開的。我隨即打消這個瞬間掠過腦海的想法，繼續追問：

「那時候，妳和千惠還經常見面嗎？」

「嗯，有時候也會找別的人來參加聚會，有一次她突然打電話給我，說她要結婚了，害我嚇一跳。」

這麼說來，已經是四年前的事了。由起子繼續說：

「我和千惠美真正失去連絡，大概是在聽說他們分手以後吧！」

「手工藝社的其他人都對她表示祝福嗎？」

「那當然。後來聽說他們沒修成正果，大家都很驚訝，還說他們感情看起來那麼好。老實說，當時我其實有點面子掛不住。」

由起子露出自嘲的苦笑，娓娓道來：

「因為當時的我還沒有遇見現在的老公，也不知道將來要做些什麼，千惠美卻要結婚了，眼看她就要從此把我抛在腦後，我當時真的很著急，也覺得頗難堪。因為當時正是大家交男朋友的交男朋友、結婚的結婚的巔峰。而且千惠美帶來的男朋友又長得很帥。當然，我也知道自己該恭喜她，但是總有一股被抛下的感覺。」

鄉下的適婚年齡比都市早得多。

我看見由起子低垂的短短睫毛。

她之所以幾乎不化妝，可能不單單只是結婚之後已經不需要打扮的理由吧！或許是從以前就有避免讓自己引人注意的傾向也說不定。不難想像她們整個社團成員的配色與穿衣風格。

雖然她說大家都已經結婚了，如今幾乎已經不再舉辦全員到齊的活動，但我還是請她答應我，他日若徵得社團其他人的同意，請她把她們的連絡方式告訴我。

這次我總算是告訴了由起子，坐進車子裡。

轉動車鑰匙，發動引擎，雙手放在方向盤上，只見花園塔的身影再次出現在擋風玻璃上。

那座塔毫無特別之處，被嚮往在受到都會雜誌推崇的度假村飯店舉行婚禮的女孩們敬而遠之。然而，傳說中正朝那裡前進的新娘，在我心裡卻長著一張望月千惠美的臉。

「雖然已經死了，但是只有那顆心還是趕到會場，至今仍痴痴地等待自己的婚禮揭開序幕。」

腦海中浮現出一輛燒焦變形，卻依舊往前奔馳的自小客車。就像那個時候，她在夜晚的停車場裡開的那輛奶油色小車。象徵幸運的捕夢網還掛在後視鏡底下搖晃著。

或許是因為整個人趴在方向盤上，拚命地踩著油門，所以火苗從著火的頭紗一寸寸逼近的聲音，全都被引擎聲蓋住，傳不進她的耳朵裡。事到如今，她肯定已經聽到那個聲音了吧！是否已經平安無事地開車抵達會場了呢？

「瑞穗，聽說妳在為雜誌撰寫報導，是真的嗎？好厲害噢！我聽伯母提起的時候嚇了好大一跳呢！」

望月千惠美貌似是個喜歡坐在角落裡的女孩。從她懂事以來就是這個樣子，即便我已經從東京的大學畢業，回到老家，隔了好久之後再見她，她還是老樣子。

她是我的童年玩伴，是同年級中住得最近的女孩子。

要是在店員帶位的時候才發現其他人皆已就坐，自己非得坐在正中央的話，就會不知所措地呆在原地，然後假裝行動電話收到郵件、或者是脫下的鞋子沒放好，默不作聲地離開座位。不分男女，對於初次見面的對象，尤其是打扮得過於張揚的人似乎特別不善應對，就連對那些看起來比較安靜，跟自己可能是同類的人種，也要等到那群引人注目的人離開座位的時候，才有勇氣主動開口說話。

是個非常老實的女孩子。

老實到要拿著高級的外國名牌包，酒量明明不好，卻還要逞強豪飲，遭人以不知是褒是貶的語氣譏嘲：「真是遊戲人間啊妳！」「妳是笨蛋嗎？」的時候還會沾沾自喜的程度。老實到對方明明是在稱讚她：「真是老實人。」還會生氣反駁：「才沒有那回事呢！」的程度。

「雖然名為報導，但也不是什麼了不起的報導喔！頂多就是時尚雜誌的黑白頁面罷了。那種報導幾乎沒有人會看吧？所以其實是很不起眼的工作喔！」

「才沒有那回事呢！還是好厲害。話說回來，妳怎麼會開始想要寫報導呢？是在東京的時候發生過什麼事嗎？」

「我從學生時代就開始在雜誌的編輯部打工，東寫一點，西寫一點的東西被上頭看到，結果就被採用了。」

從來沒有離家生活過，高中畢業後依舊選擇當地的短大[2]就讀，然後直接在縣內找工作的她口中的「好厲害噢！」除了字面上的讚嘆以外，似乎還有著某種「和自己不一樣」的排他感。不只是她，當我和其他故鄉的朋友說話時，也都會有這種感覺。

那語氣不是羨慕，而是一種不感興趣的排他感。她們的夢想和欲望，都不是依附於職業或環境所造就的那種「外面的世界」，而是「這裡」，這裡就是「幸福」的所在，這裡就是全世界，單純到極點。

和我們一起混的這些人，幾乎沒有任何人是哪家公司的正式員工。

多半是一年約或兩年約的約聘員工，從工作的狀況來看，其中雖然也有每做滿一年就對職場上的人際關係感到疲憊而換公司，導致薪資就連一塊錢也沒漲過的人，但是絕大部分的人都是除非雇主有怨言，否則會盡可能留在同一家公司，藉由不斷續約，希望能一路幹到退休的樣子。

雖然沒有明確地討論過薪水的話題，但我想大家一個月大概只能淨領十萬塊左右吧！我那些東京的朋友們，單身的人幾乎都是一律自給自足，但是在這裡，啃老族[3]卻是不可避免的前提。如果不先把自己嫁出去，她們的人生規劃就無法再往前跨出任何一步。「自立」這兩個字，得等到結婚以後才能真正實現。

或許也有很多人擅長聯誼，擅長跟初次見面的人瞎起鬨，但是不諳此道的人肯定更多吧！我雖然也不是熱愛聯誼的人，但是對於學生時代的朋友多半都留在東京的我而言，參加聯誼不僅可以繼續保

2 日本的兩年或三年制短期大學。
3 意指畢業以後還住在家裡，基本的生活開銷都靠父母供應的單身族群。

持與當地友人的交流，還可以一邊工作。

當我大學畢業以後，不得不回到故鄉時，第一個打電話給我的人就是千惠美。

妳現在有男朋友嗎？我們有個聚會，妳要不要來？

我們一直到小學畢業都一起上下學，就算班級離得很遠，下課時間和放學後也還是一起玩耍的好朋友。上了國中以後，由於班級和社團都不一樣，一起玩的朋友也就漸漸地不同了，彼此漸行漸遠。當各自考上不同的高中時，我記得甚至已經不怎麼講話了。

在我的記憶中，國中以前的千惠美是個跟談戀愛這種事扯不上關係的女孩。話說回來，我們念的國中也只有那些作風張揚的團體才有交男女朋友的特權，千惠美則是屬於作壁上觀的那種人。多少也會有心儀的男生吧！但我實在無法想像她主動出擊的樣子。

一想到這樣的她也來到會對談戀愛、聯誼感興趣的年紀了，不禁感慨良深。在我離開故鄉去外地求學的這幾年，時間其實也在別的地方公平地流逝。

「謝謝妳來參加聚會。沒想到瑞穗真的會來，我好高興。」

我去參加的第一次聯誼，千惠美是這麼說的。隔了幾年不見，她並沒有什麼改變。雖然學會化妝的技巧，的確也變得比較漂亮了，但是那並不足以遮住她的原本的樣子。正因為我知道她原本的樣子，才更覺得描繪得很人工的眉形和覆蓋在她眼皮上的眼影顏色十分小家子氣，總覺得有哪裡不太自然。

不只千惠美如此，當時只要是女性朋友的邀約，十之八九都是所謂的「聚會」。在以春酒、尾牙為名的聚會場所，肯定會有一群與女生人數相同的陌生男子同桌。

負責主辦的女生會笑著說：

「就當是喝春酒吧！雖然有男生們在座，我們女生還是可以聊我們自己的。」

既不愁沒有豔遇，也不是那麼需要男人。但是既然男生要求，那就沒辦法了。一邊提醒自己千萬不能失了身分，是誰發起的根本不重要，配合她們的演出是我上道，我真是好朋友——當時我自己肯定也在虛張聲勢，才會有這種想法吧！

我也曾經是期待會有什麼事情發生的其中一人。好不容易擺脫那些話不投機半句多的男士們，卻還答應去下一家店續攤，不是心裡有所期待是什麼？會擔心自己不在場的時候，萬一有什麼進展就太划不來的心理，畢竟是太年輕了。誰叫當時不管是我、千惠美、還是其他人都才剛滿二十三歲呢？

千惠美看起來也不見得比我更樂在聯誼，那她究竟是為了什麼一直坐在角落呢？肯定有什麼讓她心裡明明很懊惱既無法跟參加聚會的女性朋友、也不能跟同桌的男士們好好地說上幾句話，卻還是無法拒絕參加聯誼的理由。

我真的很同情這些沒見過世面的女孩子，由衷地認為她們活得好辛苦，但是又覺得自己跟她們不一樣。

在「這裡」得到幸福就輸了。我遲早要丟下這群缺乏價值標準的女生回東京去。我很清楚自己是擅自闖進這個和諧世界的異端，是間諜，是叛徒。我相信就算是理應近朱者赤、近墨者黑的顏色，一旦質地太過堅固，終究也能不受影響，保留自己的原色。

住在山梨的那段時間，我寫了很多報導。「聯誼時受歡迎的女生、不受歡迎的女生」、「睜大妳的眼睛！從小動作看穿他真正的心情」、「男人真心對待的女生、只是玩玩的女生」、「教妳如何成為丰姿綽約的聚會女王！」、「真心話大考驗——讓男人想再見她一面的女生！」

幾乎所有的報導都是參考她們的小動作和說的話。每次在寫那些只會出現在雜誌裡一下，轉瞬就消失，永遠也不會集結成冊的報導時，都覺得是在消費她們。

不過，千惠美身上倒沒有什麼值得參考的具體實例。

當時有太多女生比她更有參考價值。倘若沒有高人一等的手腕、或者是狠甩別人三條街的美貌，在等於大家都是第一次見面的相親大會的聯誼場合，是無法讓對方產生什麼良性反應的。

只有一件事，我記得清清楚楚，為了檢查有沒有東西忘記帶走，她每次都是最後一個離開座位。我總是一下子就站起來，緊跟著為了決定續攤的地方而火速離去的主辦人。有一次，我剛好走在最後的時候，發現千惠美仔細地檢查每一個座位底下。明明是榻榻米的座位，只要彎下腰來就沒人看見，她還是跪在地上，一個一個地檢查。全部檢查過一遍以後，這才跟大家一起，穿上很花時間的長筒靴。「千惠，快點。」我忍不住催她，於是她才靦腆地微笑著說：「抱歉抱歉。」

一旦發現，接下來就會不自覺地留意，這才知道她每次都會這樣仔細檢查。只要有香菸盒留在桌上，她就會拿起來檢查裡面是不是真的空了。當我對她這種一絲不苟的熱心發出讚嘆：「真了不起！」的時候，千惠美知道自己的行為被我看見了，害羞地笑著回答：「我以前在居酒屋打過工，所以已經養成習慣了。」

我實在很想把她這種細心的地方寫成報導，可是這種不為人知的日行一善對任何人都沒有好處，就算真的有人注意到了，對方會不會心存感激還是未知數。結果最後還是沒能寫成報導，一陣子以後就連我自己也忘記了。

今年四月，望月千惠美的母親——望月千草被發現側腹部挨了一刀，陳屍在自己家中。直到我從母親口中得知這個噩耗，在新聞裡看到千惠美的名字之前，根本已經完全忘了這件事。

十月四日

甲府市內——家庭式餐廳
北原果步〈故鄉的玩伴〉

我剛把車子停在家庭式餐廳前的停車場，就收到「我已經到囉！」的郵件。甫下車，北原果步正笑著站在當初我們一起混的時候就是她的代步工具的中古車前。

我是在千惠美的邀請下參加的第一次聯誼認識果步的。個子嬌小，娃娃臉，手腳宛如少女般纖細。邀她來聚會的時候，倘若男生那邊的主辦人事先詢問：「會有什麼樣的女生參加？」只要回答一句：「辣妹型的美少女。」就不會有人覺得受騙。她是我們這群人當中最受歡迎的成員。

「好久不見了，果步。」

「真的好久不見了。當妳突然說要回來的時候，我真的嚇了好大一跳呦！妳把老公丟著不管沒關係嗎？」

「不要緊，別管他。偶爾一次沒關係。」

「咦？瑞穗，妳換車啦？」

「沒有，這車是跟我媽借的。我的車在離開家的時候已經賣掉了。」

為了不讓果步看見車牌上「わ」開頭的號碼[4]，我一邊解釋一邊保持與車身間的距離，隨果步一

4 日本出租車的車牌號碼都會有「わ」這個平假名。

起轉身走開。

「這樣啊？早知道就跟妳買了。我記得是紅色的，超帥氣，而且行駛的里程數也還不多對吧？太可惜了。」

「啊！真的嗎？當時如果先跟妳說一聲就好了。」

她從以前就很善良，如今也盡量避開問題核心，以開朗的語氣應答，真是謝天謝地。但也正因為如此，害我有點透不過氣來。想必她正在等我主動解釋。

「最近工作如何？我偶爾也會看一下雜誌，看有沒有登出瑞穗寫的報導喔！妳還是那麼優秀呢！」

「才不是妳說的那樣。全都是些塞牙縫的報導，我自己倒是很想接一些自己真正感興趣的採訪，開始認真地寫一些可以出書的東西。」

「妳現在在收集哪方面的資料？」

目光剛好停留在一輛停在餐廳停車場的家庭房車上，年輕的母親和孩子正要下車，只見一雙小手正從車門伸向母親，伴隨著後座的兒童椅映入眼簾。在看見孩子的臉之前，先低下頭。

不知道該怎麼回答，但是又敵不過果步毫無機心地窺探著我的水汪汪大眼，我先丟出一句開場白：「這只是我目前工作的一部分，」然後才回答：「嬰兒保護艙。」

果步嚇到忘記呼吸的反應顯而易見。

「我從以前就對這個題材有點興趣，再加上現在正為了可能會廢止一事引起軒然大波，就更感興趣了。」

「我聽說那裡只營運到今年底？」

或許因為新聞連日來的炒作，就連果步似乎也略有耳聞。「還沒正式決定喔！」我搖搖頭回答。

「我也不曉得，只是身邊的人在傳，有人說可以撐到明年，也有人說或許能一直設置下去。」
「妳之所以會調查這件事，是因為跟自己有關嗎？」
聽得出來果步的語氣十分緊張，我這才恍然大悟，自己說話的語氣裡充滿了自虐的棘刺，足以傷害到善良的他人。
「不能說是完全沒關係。說的也是，一開始肯定是因為這個原因。」
我含糊其詞地說完這句話，也同時準備好要把一切告訴她。我面向果步，苦笑著說：
「不好意思，這麼晚才跟妳連絡。好不容易才等到塵埃落定。」
多了這句畫蛇添足的補充，果不其然，果步的臉龐蒙上一層陰霾。
和當時的玩伴交往的鐵則、要贏得大家好感的鐵則只有一個，那就是坦誠以對。女生之間不可以要心機，要鉅細靡遺地交代彼此的近況，尤其是有沒有交男朋友這件事。因為不管再怎麼裝模作樣，心機一定會露餡。正因為如此，其他人已經看穿我的把戲，對我失去耐性，但果步現在應該還是跟那群玩伴的每個人都維持著好交情。也正因為和我不一樣，果步才能基於天生的純粹真誠，繼續和我這種人保持連絡。
自從遇到她之後，我才明白，世界上竟然有這種純潔無瑕的存在。真正純淨美好的人，無論受到任何污染，都能出淤泥而不染。
「瑞穗……！」
果步泫然欲泣地呼喚我的名字，把我的頭髮揉得亂七八糟。「住手啦！妳在幹嘛啦？」我笑著抬起頭來，發現果步的眼裡閃著淚光。
「妳一定很難過吧！瑞穗總是那麼冷靜，信裡的感覺也是淡淡的，但妳一定很難過吧！」

「也還好喔！只是都沒有接妳的電話，不好意思。」

關於流產這個經驗留在自己心裡的痕跡，就連我自己，至今也還沒能好好地消化吸收。不管是結婚還是懷孕，看起來都像是趕在三十歲前後完成，但我不覺得自己有特別強求，反而還比較擔心會不會影響到我的工作。

果步慢慢地握住我的手，那是女生朋友之間經常會出現的，看起來幾乎像是一場鬧劇的甜膩親密感。不過，我並不討厭這種感覺彼此更靠近，緊繃感放鬆的瞬間。「先進去吧！謝謝妳打電話給我。」果步笑著說，鼻頭紅通通的。

和果步一起度過的時光，主要是從我回到山梨的二十三歲，到我準備結婚，再度前往東京的二十八歲之間的那五年。

三年前的夏天，我認識現在的丈夫啟太，前年和他訂婚，決定隨他前往東京。當時已經結婚的朋友們告訴我，若要同時準備婚禮和搬家的事，真的會忙昏頭、累死自己，聽從他們的忠告，我們先找好新房住在一起之後，才開始慢慢地籌備婚禮。我在前年春天離開山梨，但是最後舉行婚禮和宴客的時間，卻是在那之後又過了將近兩年的今年三月。彼此都拿工作忙當藉口，一直把時間往後推，所幸我和啟太都意識到要在我滿三十歲以前搞定這件事。

婚禮在三月三日的星期六舉行，再過兩週後的十七號便是我的生日。

趕在二十九歲的最後關頭踏進結婚禮堂的新娘。打從學生時代嘴巴就很賤的朋友們對我老公說：「啟太，你真有勇氣，敢把她娶回家！」

千惠美也出席了我的婚禮。從我離開山梨，一直到邀請她來參加婚禮之前，我和千惠美幾乎沒有見過面，但那天她還是來了。笑著喊我的名字：「瑞穗。」

感覺明明像是昨天才發生的事，但千惠美發生那件事卻已經是又隔了一年的今年四月了。

這是我第一次在「事件」這種非日常的字眼中看到認識的人的名字，更令人難以置信的是，那個名字居然會是千惠美。從報導中得知發生在她身上的事件，和我印象中活生生的「千惠」完全重疊不起來，一點真實感也沒有。就連她母親——我也認識的望月家伯母已經不在人世這件事，也因為衝擊太過於強烈，一下子沒辦法接受。

然而，無論是多麼重大的事件或即使是跟死亡扯上關係的事情，非做不可的工作和家事還是不會放過我。

日常生活還是占了較大的部分。

不管心靈受到多大的打擊，日子還是一天天過去，上個月，我發現自己懷孕了。

不得不承認，就算朋友發生這麼大的事，我還是有我自己的生活要過——當時的我是這麼想的。

「醫生說我是不容易受孕的體質。」

我照本宣科地轉述醫生對我說過的話。不知是否對患者說明病情時的習慣，醫生當時邊說邊在放置一旁的便條紙上畫圖。這是卵子，這是子宮，正常情況下子宮應該是長成這樣，但妳的情況是……。

從飲料吧拿來的花草茶呈現怵目驚心的紅色，散發出濃烈的玫瑰花香。果步默不作聲地聽我娓娓細訴。

「似乎也不是完全不能受孕。只不過，著床的受精卵始終長不大，一切只能交給命運。或許下一次的受精卵就能順利長大也說不定，所以還沒有嚴重到需要治療的地步。但是反過來說，這也不是治療就會好的問題。而且誰也不能保證五年後還能維持目前的健康狀態，也可能會繼續惡化下去，因此最好趁年輕的時候盡量努力受孕——醫生是這麼說的。」

「但是也可能再度失敗嗎？」

「嗯。」我點點頭，嘴角不受控制地上揚。

「就算失敗，就算要一試再試，也不要悲觀，請繼續努力嘗試——醫生是這麼說的。」

努力這兩個字還真好用。一度誕生到這個世界的受精卵，還沒來得及成熟，就又消失在體內。固然還沒有自我陶醉地使用「生命」這麼莊嚴的字眼，但還是覺得很沉重。

我想起小時候和哥哥一起挖到的獨角仙幼蟲。又白又大的幼蟲長得很健康，當時一起去的朋友們幾乎把附近整個翻了過來，一個人基本上都帶了一隻回家，和腐葉土一起埋在養蟲箱裡。

有一天回家，發現房間裡的養蟲箱不見了，腐葉土和幼蟲都被扔在我家附近的田裡。幼蟲早就死掉了，變成黑色，大概是被太陽晒乾的。正因為見過牠又白又大的樣子，才更覺得是被我們殺死的。

努力。一試再試。只要一通電話就能讓啟太喜悅的臉龐烏雲密布。我在電視和書裡經常看到的胎兒，模樣就跟獨角仙幼蟲那圓滾滾的軀體一模一樣。

「我有預感，下次一定沒問題的。要是妳自己先喪氣，命運的齒輪一定會往不好的方向滾動喔！命運這種東西，不是被動地等待，而是要伸手去抓住。是妳讓我有這樣的感覺喔！不管是妳現在的工作，還是跟啟太結婚的事。」

我對果步最後補的那句「妳可別笑我。」回以一句「謝謝。」

當我得知自己懷孕的時候，還故意賣關子，在腦海中畫出一個通知先後順序的金字塔，然後由上而下，幾乎是一鼓作氣地向大家報告。當然，也想告訴千惠美——一思及此，心裡就會湧起一股無可言說的惆悵。

我好想告訴千惠美。

婚禮以後，事件發生前，千惠美曾經寄給我一封電子郵件。只不過，我當時甚至沒有回信，一心只想著太忙了、沒時間、等有空再說……結果事件就在推托之際發生了。我和千惠美再也沒連絡，事到如今還有什麼可說的？

想起自己上個月的德性，不禁啞然失笑。我雖然還沉浸在感傷裡，但肯定也為自己懷孕的事喜不自勝。

當我得知孩子沒了，聽到醫生說：「好像保不住了。」決定好人工流產的日期，腳步虛浮地走在回家的路上時。經過附近一家時常把工作帶去做的咖啡店，嗅到從店裡傳來的咖啡香，停下腳步。原本已經做好心理準備，接下來好幾個月都不能攝取咖啡因的，如今已經不需要忍耐。就在我要跨進店裡的那一刻，突然想起肚子裡那個「來不及長大的胚胎」。他還在，還在。

我沒有勇氣打電話給啟太。只是打那家店門口走過，一屁股坐在附近公園的長椅上，抬頭仰望天空，這才開始哭泣。閒靜的平日午後，看起來像是剛放學的小學生們正在玩遊戲，也有推著嬰兒車的主婦。還有一對還很年輕，看起來還是學生的情侶坐在旁邊的長椅上，見我哭泣，嚇了一跳。可我就是止不住嗚咽，哭到幾乎無法呼吸，以至於在吸進空氣時一口氣嗆到。

心想，都是我不好。

都怪我三番四次把「我還不想生小孩」這句話掛在嘴邊。工作正是大展身手的時候，整個計畫都亂了套。我當然也覺得遲早要有小孩，但是這遠比我想像的還要早——我甚至還說過這種話。我既沒有這麼想結婚，也沒有這麼想生小孩。明明這個世界上還有那麼多只想生小孩，認為工作什麼的一點都不重要的女人，老天真是太不從人願了。

我也知道自己是故意找碴，但就是看不起那種只想當個平凡「女人」的願望，是故偽善地自欺欺人。結果這一切都報應到我自己身上來了。是我曾經說出口的每一句話，是我親手把一切搞砸的。

無論如何都辦不到的事，實現不了的願望。大家都辦得到，只有我不行。

不管我再怎麼摀住自己的嘴巴、再怎麼慷慨激昂地又哭又叫，辦不到的事就是辦不到。過去，凡是我想要的，未曾有一個願望落空過，所以我才會對人生沒耐性，所以我才會不熟悉人生的殘酷。

那個時候，我又想起千惠美，而且是刻意地想起。

「沒事的，瑞穗。」

「嗯。」

「難得回來一趟，就好好放鬆一下吧！跟伯母他們撒撒嬌，也經常和我見面嘛！妳去東京以後，我覺得好寂寞喔！希望妳以後也能像這樣經常來找我吃飯。」

「嗯。」

「沒事的。」

那天，啟太就跟果步一樣，緊緊地抱著我，不斷重覆「沒事的」這三個字，途中突然沉默下來，靜靜地撫摸著我的臉，撫摸著我哭到紅腫發熱的眼皮和淚溼的臉頰。硬是跳過一直到昨天為止，他幾乎每天都要摸一摸的肚子。我暫時停下有如怪獸咆哮般嚎啕大哭的聲音，拜託他。

摸我的肚子。

啟太靜靜地點了點頭。到了早上的時候，他已經不再對我說「沒事的」，而是小心翼翼地不發出任何聲音，不讓身體顫抖，在我的頭上靜靜哭泣。我這時才恍然大悟，自己其實很想要這個孩子。

「我想問妳千惠的事。」當我提出這個要求時，果步慢慢地眨了眨眼睛，看著我。在當地，在這群和我已經斷絕來往的玩伴之間，是怎麼說起她的事呢？

「警察也去找過妳嗎？」

「來過了，問我千惠會不會逃往東京，會不會投靠外縣市的朋友。」

我對戒慎恐懼地提出這個問題的果步點點頭。千惠美一直住在山梨，交友圈中應該沒幾個住在外縣市的朋友。所以縣警的人很早就來我住的地方問過話了。

我把我所知道的全都老實說了，也表達我很擔心、怎麼也難以置信的心情，期待能從縣警口中打探一些消息，但是當他們知道千惠美沒有躲在我那裡，就只是照章辦事地問了一些形式上的問題，迅速離開。

只留下一張名片，說要是千惠美跟我連絡的話，希望我通知他們。語氣態度雖然都很誠懇，但是凝眸深處卻散發出冰冷的光芒。我記得那個警察說他姓早崎。

「果步也受到盤問了嗎？」

「沒有，警方沒有來問我。不過好像找過政美，問她知不知道千惠美可能去的地方。」

「發生那件事以前，妳跟千惠還有連絡嗎？」

「完全沒有，既沒有通信，也沒有通電話。最後一次見到她是在政美的婚禮上。倒是瑞穗，妳們從以前就是朋友了，最近都沒有碰面嗎？」

「我跟妳差不多，雖然請她來參加我的婚禮，但是當時手忙腳亂，幾乎沒能和她說上話。雖然兩家住得很近，倒也沒什麼機會見面。」

二十五歲以前的聯誼，每個人能參加的次數取決於身邊有沒有辦事能力強的主辦人。我們口中的「政美」正是這種長袖善舞的主辦人。重點不在於自己有沒有男朋友，而是喜歡享受聚會本身的氣氛，毫不掩飾自己耽溺於玩樂的本性——政美就是這種人。

千惠美是受到短大時期的朋友邀約，在聚會上認識政美的，從此以後，她便經常參加由政美所舉辦的聯誼。有時候為了湊數，政美也會要求她帶自己的朋友前往，我就是在這種情況下被叫去的。在聚會上第一次碰頭的我和千惠美、政美、果步等四人，在那之後也經常玩在一起。

「警察之所以會找上門，是因為政美在案發前經常和千惠見面嗎？」

「嗯，聽說她們還有連絡，偶爾會見個面。只不過，聽說她完全沒有異狀，所以我想政美應該也和我們一樣非常驚訝吧！」

果步嘆了一口氣。

「我們上個月一起吃飯的時候，政美還哭了，說自從她結婚以後，和千惠美通信或見面的次數都減少了，早知道就應該多找機會和她聊聊的。」

政美看起來是會在剛認識朋友的朋友的那一天就把朋友的朋友變成自己的朋友，對蜘蛛網般盤根錯節的人際關係樂此不疲的人。對於人脈廣得非常人所能及、朋友也多得不得了的她而言，千惠美和她的交情到底好到什麼程度呢？這點我並不清楚，或許就連政美本人也搞不清楚。因為發生那件事，突然覺得千惠美其實是很親近的友人，因此對自己的所作所為感到後悔的人，肯定不只我一個。

「已經過了多久呢？」

果步說道。
「半年吧！」
我回答。距離千惠美的父親在家裡發現妻子遺體的四月二十九日至今，已經過了五個月以上。
「已經過了這麼久嗎？」果步一時無語，垂下眼睫，似乎是在細細咀嚼自那之後流逝的時間。
「千惠美到底在哪兒？現又在做什麼呢？為什麼會發生那種事呢？雖然報紙和電視都說是她幹的，但我實在無法相信那會是我們認識的千惠美。她明明是個那麼乖、那麼好的女孩。就連以前和我們聯誼過的男生，都已經告訴他了，還是想不起來，還說：『欸？我真的和那個殺人犯一起喝過酒嗎？』這兩個事給人的印象就是這麼截然不同啊！」
或許果步只是原封不動地轉述那個男生說過的話，但是無意識脫口而出的「殺人犯」這個字眼，卻殘酷地表現出那個人對千惠美的印象僅止於此。並不是千惠美給他的印象截然不同，而是他對千惠美根本沒印象。這也是千惠美之所以總是侷促不安地坐在角落的原因。
「妳家附近肯定也引起了軒然大波吧？」
「嗯，畢竟發生在鄉下，大家真的都嚇了一跳。」
「伯母不要緊吧？」
我媽和千惠美的母親從我們還是小學生的時候就因為學校的活動和家長會走得很近了，雖說隨著女兒的成長，照面的機會逐漸減少，但還是經常結伴出席地區的活動和婦女會。
「不要緊，只是受了點打擊。」
我的回答點到為止，果步也沒有繼續追問。反而是我問她：
「還有其他人提起過千惠的事嗎？」

「當初一起喝酒的朋友們，大家都在說喔！妳去了東京，所以可能不知道，有段時期真的很誇張。大家真的都好驚訝，紛紛猜測為什麼會這樣，把這個話題吵得沸沸揚揚喔！只不過，直到現在還是沒有人連絡得上千惠美。畢竟現在不比以前，早已不再一天到晚聚會或聯誼了。」

「果然還是減少了嗎？」

「嗯。或許大家都很認真在經營，所以紛紛開花結果了。政美儘管剛結婚的時候也說過：『真不想就這樣定下來啊！』可是自從結婚以後，連聚會都不來了。這也沒辦法，都有孩子了。」

就在說完最後一句話的同時，果步驚慌失措地屏住呼吸，打圓場似地連珠砲解釋：「啊！不過，政美能安定下來其實是一件好事喔！畢竟現在幾乎已經沒有任何聯誼的機會，就算有，來的也都是年紀小自己一大截的人，所以我現在真的沒有什麼機會可以認識新朋友。真沒用啊我！如果有什麼好對象，請務必介紹給我喔！啊！不過妳的朋友現在都是東京的人吧？」

「不管是東京還是這裡的人，只要有好男人，我一定第一個介紹給妳。可惜我的人脈不廣，這點可要請妳見諒了。」

那段三天兩頭參加聯誼的時期，或許真的建立過廣大的人脈，但是現在已經一個都不剩了。值得託付終身的良人，基本上都已經有對象，而且大部分都是在聯誼那種「找對象」的場合以外的地方，像是由大學時代的同學、或者是職場上的同事或客戶穿針引線、又或者是在別人的婚禮上自然而然建立的關係。或許大家都是那樣也說不定，就連曾經那麼頻繁參加聯誼的我，最後也沒有在聯誼場上遇到過什麼好貨色，和啟太也是在完全無關的場合認識的。

「可以問妳一個問題嗎？」

果步欲言又止地開口。

「我知道妳很擔心，畢竟妳和千惠美的感情那麼好，在我看來，也覺得妳們是很好的朋友。——問題是，妳是認真地要找到她嗎？」

「嗯。」

和過去比起來，我們確實疏遠了。但是我曾經有一段時間收到她宛如雪片般飛來的電子郵件。不要告訴任何人。別說我曾經寫過這樣的信給妳。這件事對妳來說或許無關痛癢，但對我來說卻是非常重要的事。真的是非常重要的事。

也因為收到那樣的信，我才下定決心要和她斷絕往來。就連請她來參加婚禮的邀請函，我也是猶豫再三才寄出去。

然後在事件發生以前，她又寄給我一封簡短的電子郵件，但我沒有回。

「是因為ㄗㄨㄟˋㄜˋㄍㄢˇ使然嗎？」

我花了一點時間，才把從果步口中聽到的那個名詞轉換成「罪惡感」三個字。當我再抬起頭來的時候，果步又接著說：

「因為是妳把大地介紹給她的。」

「不是喔！我涉入得沒有妳想像的那麼深。他們兩個人的事應該是他們自己決定的，整件事都跟我沒關係。」

回答的嘴角有些抽搐。騙人的。我其實很後悔。後悔在那個時候把他介紹給千惠美，後悔自己不再和她連繫。

「大地說過什麼嗎？說他和千惠美再也沒見過面之類的？」

「我還沒和那個人說到話。現在雖然還連絡得上他，可是他既不回我電話，寄信給他也不回，想問也沒辦法問。」

「妳肯定大受打擊吧！」

「……嗯。」

「畢竟妳從那個時候開始就很擔心他們嘛！」

我沒辦法點頭，只能不置可否地避開她的眼神。那才不是什麼擔心——我在內心深處懺悔著。罪惡感。我根本沒資格有罪惡感。不過，罪惡感也不會因此消失就是了。

那次是難得由我主辦的聯誼。對象是我大學時代的社團同伴，就職於總公司在東京的大型飲料公司，當時已經決定要派他來山梨分公司工作一段時間。——我說瑞穗啊！介紹女孩子給我認識嘛！千惠美的失蹤肯定也對他產生了衝擊。只不過，他受到的衝擊跟果步以為的衝擊是不是同樣的東西呢？

「果步，我問妳喔！政美的電話號碼是不是還是以前那個？我想見她一面，可以我已經把她的電話號碼從我的手機裡刪除了，如果妳有的話，可以給我嗎？」

「好是好。」

果步的眼波流轉。

「妳要見她嗎？不要緊嗎？她可是那個政美喔！」

「我想問她關於千惠的事。」

政美曾邀請我去參加她的婚禮，但是若干年後，我卻沒有請她來參加自己的婚禮。這是非常嚴重的犯規行為，我很清楚自己踩到她的地雷。當我決定和啟太訂婚，藉此重返東京的時候，我已經看穿過去那段日子只是在消費身邊的友人，所以才更厭煩附帶而來的朋友之間的糾紛，諸如誰決定結婚卻沒有告訴自己，而是先告訴誰誰誰、最近完全沒有誰誰誰的消息……等等。女人這種生物無論長到多大，相處的方式還是跟中學生一樣。

「好是好。不過……妳之所以要找千惠美，該不會是跟那件事有關吧？至少在事情剛發生的時候，妳並沒有想要找她對吧？事到如今，為什麼……」

「如果我沒有流產，的確不會想要找她也說不定。」

我據實以告，也知道直接從我口中說出「流產」二字讓果步全身僵硬。

「孩子的事和千惠的事其實沒有直接的關係，但的確是促使我開始想要找她的契機。我忍不住會想，要是我以前對千惠的態度稍有不同的話，這件事就不會發生了。或許已經太遲了，或許事到如今一切都已成定局，但我不想就這樣無法挽回，我想找到她。」

「因為是朋友嗎？」

果步的聲音撞擊在耳膜上。好輕易的字眼。像她這種一根腸子通到底的人，肯定能毫無抵抗地說出這兩個字。我感覺到自己的嘴角浮現出笑容。各式各樣的情緒在我心頭來來去去，害我擠不出一抹純真的微笑。

「如果妳可以接受這個答案，那就是這樣。」

「為什麼？有什麼不能接受的？千惠美總是很依賴妳，而妳也總是……」

果步的語聲未落，下一瞬間卻以茅塞頓開的眼神看著我。小小聲地說：「難不成，這也是為了工作？」

妳要寫成報導嗎？

眼神中浮現出責難的寒光。妳們明明是朋友？望月千惠美可不是只有名字和臉的嫌疑犯，也不是在電視上看到的演藝人員，而是妳的朋友喔？

果步是真的很善良，真真切切地為朋友著想。無論對哪個朋友，無論是對我，對政美，還是千惠美，全都一視同仁地溫柔相待。即使對她謊稱因為人數的關係，無法邀請她來參加婚禮，她恐怕也會在察覺到字面下的暗示以後，笑著說沒關係。

然而，我現在既不打算說明，也不打算找藉口。因為一旦說明，就等於是對千惠美的背叛。

不同於當地人的關心程度，命案歸命案，但這起山梨縣的殺母命案在東京人眼中，已經是一則小到就連最新進展也不會見報的新聞了。然後，在警方的大力搜索下還是不知去向的嫌疑犯，長達五個月以上的失蹤，如今甚至已經開始出現嫌疑犯可能不在人世的聲浪。事到如今，再也承受不住自己犯下的重罪，肯定已經在某個地方畏罪自殺了。如同新聞「殺母命案」的標題，報導的風向已經認定這起事件的犯人就是千惠美無誤。

雖然還沒有找到屍體，但是肯定就在富士樹海[5]中——我甚至還聽過這樣的傳言。

畢竟已經過了大半年。

「我找她其實有很多原因，其中一個原因是我實在很想知道。」

我的回答讓果步瞇起眼睛。

「為什麼是她母親？那個家裡究竟發生了什麼事？」

我從小就跟她母親很熟。她們是一對感情很好，總是牽著手、相視微笑的母女。

「沒事的，沒事的。」

在尷尬的氣氛下離開家庭式餐廳，在停車場道別時，果步再度走到我身邊，撫摸著我裡頭真的已經什麼都沒有的肚子，又說了一次。直到結帳的時候都還很緊繃的聲音，說到這裡終於恢復平常的溫暖。

「瑞穗一定會沒事的，絕對會沒事的。」

「謝謝妳，果步。」

她肯定會被我嚇到吧！下次再約她的時候，她還會出來嗎？正因為不確定，我決定現在就問問看：「妳還會和那個男的見面嗎？」果步低下頭，過了好一會兒才回答：「還會見面喔！」

她肯定被我嚇到了吧！

只見她用比我想像的還要失措的眼神看著我。

「我也覺得很煩，白白浪費六年的青春。」

「太可惜了。」

「就連我自己也這麼想。」

「妳剛才想說什麼？」

「什麼？」

「提到我之所以要找千惠是因我們是朋友的時候，妳說千惠很依賴我，而我也怎樣？妳當時想說什麼？」

「哦……」果步告訴我的答案是「為她說話。」

她在離去之際，大大地揮著手說：「拜拜～～瑞穗。」在照亮整個停車場的燈光下，她的臉看起

5 意指青木原森林，跨越山梨縣富士河口湖町與鳴澤村，經常有人在此自殺。

來黑黑的。

果步墮胎的那一天，我根本不同情她。

果步和大她五歲的前輩開始交往，是在她結束和那家公司的約聘合約，打算跳到下一家公司的時候。在可以看夜景的餐廳用餐，前輩除了送上鮮花，還送上了無新意的直球告白：「我從以前就很喜歡妳。」果步高興得幾乎忘了自己是誰。在這句話的撩撥下，她深藏在內心深處的羅曼史一口氣升溫加速，成了失控暴走的火車頭，就連我也接到過好幾次她打來的電話。

「我從以前就很喜歡他了，可是因為他已經有老婆了，不得不放棄。這一切就像是在做夢一樣，我真的好高興。」

單純又善良的果步。我很喜歡這樣的她，可是又怕被她疏遠，所以不敢潑她冷水。這點也是當時那群玩伴心照不宣的默契。越是真正為對方著想不得不說的事，越是說不出口，只是一個勁兒地說對方想聽的話。

太好了！喜歡上了嘛！這也是沒辦法的事。

就算是眾人公認的「美少女」，就算是辣妹，也不見得就是戀愛高手。

對方明明是算準果步辭職的時刻向她示好，只要推說「一想到從此再也見不到面就覺得難以忍耐」就顯得合情合理；明明說要跟老婆離婚，卻還生了第二個兒子，果步雖然和他吵過也鬧過，最後還是被他安撫得服服貼貼。「因為他老婆一直要求，他實在拿她沒辦法。」

果步哭著，以維護那個男人的口吻解釋，試圖修復這個千瘡百孔的羅曼史。接著，果步和那男人之間也有了孩子。她還記得她以喜不自勝卻又帶著點困惑的語氣打電話給我，訴說美夢的事嗎？她應該已經注意到那時自己太天真了吧！

「那個啊……真是被打敗了。他居然說希望我生下來。怎麼可能生下來嘛！當我問他打算怎麼處理的時候，他說他就是這麼喜歡我，所以生下來也無所謂，反正他已經不愛他老婆了。」

當我確定她只是想晒恩愛，而不是要找我商量的時候，就任由她說個過癮，隨妳高興吧！若說這個男人有什麼打算，無非只是想安撫住果步吧！果不其然，男人的狐狸尾巴才第二天就露出來了，之所以討果步的歡心，只不過是為了息事寧人的權宜之計，然而這種機心只會招來反效果。遺憾的是一切如同我的猜測，果步第二天果然一反前日的甜蜜，崩潰大哭著打電話來向我哭訴。

「他說現在是準備離婚最重要的關鍵時期，所以沒辦法。」

所以沒辦法。這也是沒辦法的事。

從此以後，果步一有什麼不稱心如意的事，就拿自己招來的事端、自己做出的結論去刁難對方。「那孩子是被我們殺掉的！」「向那孩子道歉！」「你要我別把氣出在你身上，可是每當我看到抱著嬰兒的母親或攜家帶眷的男人，心裡就會一陣酸楚，變得沒辦法控制自己。」「現在雖然沒有了，但那孩子確實在我體內存在過。」

不僅如此，在那之後大概有一整年的時間，果步每個月都會在手術那天悼念那個失去的孩子。現在應該也還會每年為那孩子做一次「忌日」。不同於剛開始的時候，現在只是安靜地悼念，不會再有什麼盛大的儀式或特別做些什麼了。

我曾經認為她只是在顧影自憐。墮胎固然是對方的自私決定，但更多是果步本身的自私。她口中的「母親」聽起來完全沒有重量，根本還沒有跨出小朋友扮家家酒的領域。明明什麼都沒有，卻想惹事的衝動。為了打發無聊日子必須要有的活動。後悔也好，罪惡感也罷，看起來都只不過是用來襯托自己的裝飾品。

如今，我也失去了曾經擁有過的東西，當我看到帶著小孩的母親、或者是大肚子的孕婦時，都會停下腳步。

果步，對不起。

我想一直對她揮手，直到她宛如一抹剪影般的身影坐進車子裡為止。比她對我揮手的時間更長、更久。

瑞穗，夠了，妳也上車！

果步叫道。滿臉笑容，一副被我打敗的樣子。

我想起她輕撫著我的肚子，對我說「沒事的」的聲音。她今天一次也沒說過「我懂妳的心情」這種話。

前腳才剛踏進飯店的房間，就被突然響起的行動電話嚇了一跳。手忙腳亂地從皮包裡拿出來，看到液晶螢幕上的來電顯示，驚訝指數更是節節高升。要接嗎？遲疑了一秒鐘，最後還是接起來。

「喂。」

『喂，瑞穗？』

「嗯。有什麼事嗎？……媽。」

一如往常，在接到母親打來的電話時，我都會有些呼吸困難。心跳的速度突然變得好快，肩膀稍微往前縮。

莫非是我回山梨的事穿幫了？我已經對啟太下了封口令，請他萬一接到娘家打去東京的電話要馬上通知我。邊想邊把電腦和裝有報導、文件的皮包放在床上。

『沒什麼。』

話筒另一頭的聲音說道。

『只是想知道妳怎麼樣了?因為最近都沒消沒息的。』

「一切順利喔!現在也正在工作。」

自從我結婚、離開家以後,母親就經常打電話給我。但我始終不曉得該怎麼回應她那種明明不諳此道、卻還要強裝親密的關心問候。

『這樣啊。』

聽見她附和的回答,我終於鬆了一口氣,看樣子還沒穿幫。這個我從小生長的故鄉,居民間脣齒相依的緊密程度超乎想像。萬一被父母認識的人撞見,回來的事就會瞬間傳得街知巷聞。

已經在這個房間住了三天,牆壁和床鋪還殘留著上一個房客留下來的菸味。從車站前的大馬路上開過的車燈,隔著窗簾隱隱約約地透進來。我離開窗邊,坐在床上。

『我說,爬格子這種工作,情緒不會高高低低的嗎?不要勉強自己喔!如果需要換個心情,東京應該還有很多其他的工作可以找吧?像是行政工作、還是服務業之類的。』

「很難講喔!現在這麼不景氣,我也已經三十歲了。要是問我有什麼專長,老實說還真的沒有。連同過去的工作經驗一起建立起來的,只有自尊心和臭脾氣而已。」

『說什麼臭脾氣,妳這孩子。』

母親拿我沒輒似地嘆了一口氣,接著說:

『別說得這麼事不關己嘛!不過老媽我很喜歡瑞穗這點就是了。』

七年前,母親在打掃家裡的時候,不小心沒踩穩,從樓梯上摔下來,這一摔摔成了右腳的複雜性骨折，醫生說要四個月才能痊癒。雖然不會有什麼後遺症，但是住院的母親十分不安，對我發出了親情的呼喚。

瑞穗，妳的工作在這裡也可以做吧？媽媽擔心得不得了。妳回來嘛！與其在東京租房子，還不如住在家裡。我會買車給妳，也會煮飯給妳吃。

那時距離我大學畢業已經過了半年。雖然自稱自由撰稿人，但是光靠接案幾乎可以說是賺不到半毛錢，處於必須靠著在家庭式餐廳打工才能勉強維持生計的狀態。因此我選擇返鄉，對周圍的人扯了一大堆藉口。沒辦法，是受傷的母親要我回去的……。

真正的原因是什麼呢？在那之後，我回想過無數次，但是每次想出來的答案都不一樣。

不過，真正的答案肯定只有一個。即使母親的傷勢已經完全痊癒，我還是繼續留在這裡，直到啟太這個新的框架出現，才又回到東京。要是沒有這種把自己固定住的框架，沒有收留自己的容身之處，我就會不安地動彈不得。

『前陣子的《Capa》有好幾頁都是妳寫的吧？妳爸好高興喔！還說要帶去公司讓那些年輕妹妹看。』

「噢。」

我父母很喜歡收集所有跟我有關的東西。

擺放在老家客廳裡的書櫃，有一層全都是由雜誌構成的區塊，其中絕大部分都是女性用雜誌，按照上架日期排列，右邊最古老的那些已經泛黃。在父母陳列著厚厚的畫集和硬邦邦的近代文學小說的書架上，唯有那一層顯得格格不入。

大學時代，我的第一篇報導被雜誌採用的時候，興高采烈地打電話回家報告幾號會出版？會刊登在什麼雜誌的第幾頁？我口中的雜誌名稱，聽在他們耳中，宛如另一個國家的語言，他們還在話筒的另一頭做小抄。那是一篇關於戀愛問題的報導，是由我選出的讀者投書內容所構成。

「到處都找不到妳的名字，誰會曉得這真的是我女兒寫的。」這是母親開口第一句話的感想。

「變成這樣的報導，不就表示這家出版社一點也沒有要用妳的意思嗎？」

沸騰的情緒猶如被戳破的氣球，一口氣萎縮了。

當初為刊登我第一篇報導的雜誌拍封面照的偶像歌手，如今已被世人遺忘，幾乎不曾在媒體上露面。令人費解的是，我爸媽至今還在訂閱那份雜誌。這點也曾經令我覺得鬱結於心。不管報導的內容是什麼，就算是跟性愛有關的報導也無所謂，他們都會找出來收藏。這才是所謂的收藏家，內容好或不好根本不重要。而我也看準他們這種個性，一面希望他們永遠不要干涉我報導的內容，一面告訴他們接下來要發行的期數，所以實在不能說什麼。

「被迫看那種東西，爸爸公司裡的人不會覺得很困擾嗎？」

『他辦公室裡的那些女孩子，都說常務[6]的千金好厲害，說她們平常就會看這些雜誌。』

由伯父經營，父親在裡頭擔任董事的建設公司，因為我的舊姓「神宮司組」這個名字的關係，害我小時候常常被班上的同學調侃家裡是不是黑道[7]。那些穿著淺紫色制服的女生，年紀大概都比我小吧！以前去公司玩的時候，記憶中陪我玩的都是姐姐們，如今已時移事遷。

『下次什麼時候回來？』

6 相當於臺灣的經理層級，負責處理公司內部的一般事務。

7 日本的黑道通常是以「組」來稱呼其團體。

語氣雖然裝得雲淡風輕，但是這個月以來，這個問題幾乎出現在每通電話裡。而且是和當初不停重覆著「東京到山梨坐電車只要一個半小時，就算嫁出去了也還是很近啊！」同樣的口吻說道。

「不曉得。」

我回答。

「啟太的工作很忙，我不能把他丟著，一個人回去。我知道妳擔心我，不過我很好。」

待在山梨的時候，我除了雜誌社的工作以外，什麼也不做。總是在熬夜工作以後，鼾聲大作地睡到中午，然後每隔三天就去參加一次聚會或聯誼。因為是住在自己家裡，手頭寬裕得很，我都對果步和政美等當時的朋友說這是「女兒費」。簡言之，就是類似打工費的意思。笑著解釋為了「待在」不安的母親身邊，這是理所當然的報酬。

大哥在考上東京的理工科大學以後，接著念完研究所，就直接立業、成家，現在連孩子都有了。雖然不知道他是否有回山梨的打算，但至少父母打發時間的對象已經逐漸從我轉移到外甥夏喜身上了。

對父母來說，優秀的大哥是他們自豪的兒子。而我老公啟太則是大哥公司裡的後輩。

松葉電機是素有「世界級的松葉」美譽的企業，大名鼎鼎，無論是在鄉下、還是在都會，可以說是無人不知、無人不曉。當大哥拒絕返鄉，表示要在東京找工作的時候，倘若不是松葉電機，父母恐怕也不會答應吧！

『啟太還沒下班嗎？看樣子他的工作還是那麼忙。我聽妳大嫂說，妳哥最近都很早就可以回家了。』

「那是因為大哥在春天的人事調動中離開了原來的單位。啟太還早得很呢！今天大概也要等到十二點以後才能下班吧！」

『還是那麼晚嗎？妳不擔心嗎？』
「正值壯年的上班族都是這樣的。」
父親和母親都很滿意有「大哥帶回來」這項背書的啟太。我想離開那個家的願望也因此得以實現。
單手握著手機，看了看錶，確認時間。十點半。啟太回家的時候再打個電話給他吧！
我想尋找千惠美的下落。當我告訴啟太我想瞞著父母回山梨的時候，他並沒有特別驚訝。雖說不到坦然接受的地步，至少也沒有強力反對，還在我的請求下，幫我打電話給他自己住在富山的父母。
旁人經常對我說：「妳老公好能幹。」我也這麼想。我的戒指還在吧？我怕把戒指忘在飯店裡，昨天和今天都還沒拔下來過。
「等一切穩定下來就回去。」
『真的嗎？真的要回來喔！媽等妳。』
母親努力想擠出溫柔的聲線。我知道她盡力了，但是因為她實在不擅長這種事，那語氣聽起來一點都不自然。從聲音中散發出完全相反的意思。每次都這樣。
我掛斷電話，一口氣哽在胸口。每次在如釋重負的感覺之後，緊接而來的就是更沉重、更討厭自己的感覺。之所以討厭自己，是因為母親的聲音怯生生的，而且我聽得出來。
把行動電話扔在床上。
沒用的，我已經知道了。
母親那只裝飾著乳白色貝殼的珠寶盒就放在衣櫥上方。我已經看過藏在裡面的信了。我們是一對不會手牽著手一起逛街買東西，也不會一起準備晚餐的母女。

我不禁想起一件事。以前當我說出：「千惠家好溫暖啊！」的時候，千惠美驚詫地看著我的事。

從手提包裡拿出電腦，處理了幾件截稿期限迫在眼前的工作。飯店櫃臺的傳真機應該深夜也能用吧？

「我們超討厭『新新人類』的ＯＬ！」

現在比重最大的工作莫過於由已經有後輩的上班族女性們的煩惱所構成的報導，雜誌下個月就要上架了。像我這種名不見經傳的寫手，只能接到距離截稿期限只剩下一點點時間的工作。

——我也已經三十歲了。

我反芻著剛才對母親說過的話。

回到故鄉以後，我寫的都是一些遠距離也可以完成，不需要實地採訪或攝影的工作。只要能上網，基本上不管在哪裡都可以工作。與戀愛及健康、心理層面的成長有關的建議型報導統稱為「生活類報導」，會普遍地出現在每一本雜誌裡。故鄉的緩慢步調對我來說有如溫水煮青蛙，深怕自己這輩子就要埋沒在這裡的不安，讓我永遠比截稿期限更快完成報導，試圖以數量取勝。也多虧這段練筆的沉潛期，如今的我似乎受到好幾個編輯的器重，雖然都是很小的篇幅，但工作還算源源不絕。

也曾經代替偶像歌手和模特兒撰寫她們的自傳，那多半是以照片為主，文筆頂多只有小學生程度的書。別說歌迷會不會看不曉得，就連偶像歌手本人也不見得真的會看。從頭到尾沒採訪過本人，只是把收到的資料看過一遍就草草寫成，送給經紀公司確認，再把經紀公司圈出來交代要改的地方改好，如此而已。

以「人」為對象撰寫報導的寫手其實只有極少數，我也聽說大牌的音樂人或女明星每次都會指定固定的那些人負責撰寫他們的採訪報導。能與對方建立起「只想交給這個人」的信賴關係，才是專業的寫手。只有他們才能逼近那些有頭有臉的「人物」，才有資格評價他或她。

以人為對象真的非常困難。

我在皮包裡翻找，拿出一本A4大小的硬皮本子。「鹽山市立鹽山第三小學紀畢業紀念冊」——基於市町村合併[8]的緣故，我們成長的故鄉目前已被納入甲州市，但當時還是以原本的名稱，亦即鹽山市來標示。

翻到最後，畢業學生和所有教職員的地址、電話號碼映入眼簾。我凝視著其中一個名字。添田紀美子。她是千惠美小學六年級的級任老師。我對她的印象只停留在隔壁班的老師。不同於我們班分配到體育老師型的男老師，我還記得自己曾經很羨慕千惠美班上有個溫柔的女老師。

從個資保護法的角度來看，現在已經不太可能把地址印在畢業紀念冊上了。不過我們小學畢業的那時候，還沒有這麼嚴格的規定。

冷不防，想起果步問我的「難不成這也是為了工作？」

以人為對象真的非常困難。

妳要寫成報導嗎？果步質疑的眼神。我只是想確定而已——我在心裡喃喃自語，沒有要向任何人解釋的意思。

在正式開始工作以前，檢查一下語音信箱和電子郵件，確定柿島大地今天也沒有半點音訊。明知可能只是徒勞無功，還是撥了電話，在語音信箱裡留言。

8 日本基於強化市町村的效率與能量、擴大其治理規模，並因應財政困難，積極對市町村進行合併。

「我是瑞穗，請回我電話。」

明知可能只是徒勞無功，為什麼還要這麼做呢？如果說這只是個人自我滿足的儀式，我也無法反駁也說不定。我心裡很清楚，但也只能一打再打。

望月千惠美，我的童年玩伴。

出生於山梨縣甲州市，案發當時三十歲，三個月後的八月七日是她的生日，所以現在已經三十一歲。父母親務農，主要是從事櫻桃的栽培。她是家中的長女，也是獨生女。從當地的國中、高中畢業之後，進入縣內的私立短大就讀。畢業後，以約聘員工的身分進入辦公室位在甲府市的建築公司「相良設計」，工作內容為整理傳票、管理文件，以及倒茶、掃地等俗稱的雜務。雖然工作範圍不會接觸到設計那種需要證照的專業職務，但是其工作態度及人格給人的評價，依舊不脫認真這兩個字。為人乖巧老實，總是默默地做好主管交辦的工作，每年都能順利續約，直到案發前都一直待在同一家公司。

今年的四月二十九日，千惠美的母親——望月千草被發現側腹部挨了一刀，陳屍在自己家中。死因為失血過多，雖然只有側腹部的一道傷口，但那就是致命傷。凶器是望月家的廚房裡平常使用的菜刀，刀柄上採集到千惠美和她母親的指紋。一開始也有人懷疑可能是自殺，但是隨著當天原本在家的千惠美不知去向，並且從浴室的垃圾桶裡發現沾有血跡，據研判應該是千惠美的衣服等現場狀況，警方認為極有可能不是自殺。

第一個發現遺體的人是千草的丈夫、千惠美的父親望月康孝。案發當時，他剛好去參加由社區組織所舉辦的兩天一夜熱海旅行，大約晚上七點左右回到家，發現妻子渾身是血地倒在客廳裡。望月家自從多年前同住的祖母去世以後，一直是父母和女兒的一家三口同住。母親的死亡推測時間約為四月二十九日的半夜到凌晨之間。

從浴室的垃圾桶裡找到疑似千惠美的衣服上採集到分別屬於母親和犯人的兩種血型，從客廳的榻榻米上和浴室的排水管裡也採集到微量的血跡，據此研判犯人可能在行凶的時候與被害者發生爭執受了傷。

大門沒鎖、家裡也沒有被亂翻的樣子，另一方面，母親名下的存摺和印章、金融卡卻隨著女兒一起蒸發了。因此警方將千惠美視為重要涉案人，對她展開通緝。

望月家位於離以車站為中心進行都市開發的平地有一段距離，在通往山區的平緩坡道上。四周是一大片田地和馬路，與鄰居家的距離大約為五十公尺左右。屋子後面是一座神社。附近的居民都說望月家最近並沒有什麼異狀，再加上和他們家隔得有點遠，即使是視為案發當天的那天，也不記得有聽到什麼可疑的聲響。

根據父親的說法，再加上從左右鄰居、親朋好友口中探聽的結果，都不覺得望月家的母女間有什麼大問題，毋寧說現在已經很少看到感情這麼好的家人了，有時還可以看到她們一起去附近超市買東西的身影，為什麼……。

案發之後，千惠美用母親和自己的提款卡，分別從銀行和郵局的提款機提領出當天可以提領的最高金額，三家銀行的總額加起來一共是兩百萬圓。畫質極差的黑白監視器畫面裡依稀可見她站立的身影。那是一抹拖著右腳、身體往前傾，慢慢走向提款機的剪影。畫面非常不清楚，就算說那是千惠美，也無法立即指認出來，臉上看起來毫無表情。

電視上最常播出的影片是設置在車站前藥局停車場裡的銀行提款機監視器畫面，當時是正午時分。她的車也被棄置在同一個停車場裡，但是從千惠美殺害母親到她出現在那裡的時間，卻有著半天的空白。

如今我已經知道望月千惠美殺害母親、奪門而出之後，第一個前往的地方是哪裡了。是她小學恩師的家。

十月五日

甲府市內——山梨縣立社會教育中心

添田紀美子（千惠美小學時代的恩師）

當我接到她打來的電話，說「可以見一面」的時候，真的嚇了一大跳。因為我問是問了，但總覺得希望渺茫。以前教過的學生被警方列為通緝犯，跟那學生同年的女性友人說要把她找出來，怎麼想都只是小女生打發時間的偵探遊戲吧！應該不會被當成一回事，所以我其實已經做好必須要三顧茅蘆的心理準備了。

和添田老師約好要見面的社會教育中心就位在甲府車站的正後方，跟鬧區反方向，旁邊緊鄰著公園。古老的外牆看起來已經好幾年不曾翻修過，到處都是孩子們字跡拙劣的塗鴉，或許因為時間約在平日白天的關係，此刻十分靜謐，也不見小孩子的身影。

走進玄關，迎面而來的是整片落地玻璃窗的開放式空間，裡頭擺放著桌椅，構成簡單的交誼廳，午後的暖陽灑落一地。大概是住在附近的老年人和似乎正在準備什麼資格考試的家庭主婦戴著耳機看書，不時認真地在筆記上寫些什麼。

看樣子沒有正式的櫃臺。當我往前跨出一步，正打算去找辦公室問的時候，身後發出開門的聲響，伴隨著一句「神宮司小姐嗎？」回頭一看，眼前是位嬌小的女性。我記得她的長相，雖然比我記憶中年長，但我一眼就認出來了，她就是添田紀美子。

從她直挺挺的站姿實在看不出來她其實已經年過七旬了。個子雖然比我矮，但是渾身上下充滿了與學校老師這個頭銜名實相符的威儀。

「您好，請問是添田老師嗎？」

「是的。正確地說，我已經不是『老師』了，不過對於那幾個孩子來說，我大概永遠是他們的老師吧！」

聽見她不卑不亢地用字遣詞，我放下心中大石，低頭致意。

「我是神宮司瑞穗。——神宮司是我娘家的姓，我現在已經結婚，改從夫姓。小學的時候承蒙老師照顧了。」

「我看過畢業紀念冊了。妳是隔壁班的學生對吧？我和千惠美是二班，妳是一班，我記得是小澤老師帶的班級。」

「是的。」

「這邊請。」

將銀絲染成咖啡色的頭髮在她的背後搖曳著，走在我前面的時候，在陽光的反射下，隱約透出幾縷銀色的光芒。

「這裡好找嗎？」

她走在前面，以沉穩的聲音問我。我還以為她會帶我去辦公室，結果卻是從交誼廳的正中央爬上二樓。

「好找。雖然這是我第一次進到裡面來，但以前也曾經從門口經過好幾次。」

「我們經常會在縣或市的刊物上宣傳一些活動喔！也會請老師來開課，教當地居民一些手工藝和花藝。我是在退休以後，透過其他老師的介紹，每個禮拜來這裡三天，做一些行政上的工作。」

我一邊聽著，一邊抬起頭來張望，沿著樓梯的牆壁上裝飾著看來應該是學生的作品、以及拍下活動花架的照片。

我被帶到二樓的會議室，那裡應該是沒有對一般人開放的地方吧！無論牆壁還是地板，就連空氣本身也是冷冰冰的。添田關上門，只剩下我們兩個人以後，這才轉過頭來，指著一旁的椅子說：「請坐。」於是我們側身相對地坐在會議用的ㄇ字形長桌一隅。

「妳要喝什麼嗎？剛才應該先從樓下的自動販賣機買上來的。」

「不用了，老師呢？」

「我也不用了。」

我們相視一笑，然後就出現了不自然的空白。似乎是等到確定沒有別人在聽之後，添田這才開口。

「妳說妳在找千惠美，是真的嗎？」

「是的。」

自我有記憶的小學時代以來，添田老師就一直是位「奶奶」型的老師。個性穩重又溫柔，千惠美非常依賴她。不管是和朋友吵架，還是被同伴排擠，只要有添田老師在就什麼都不怕。她就是這樣一位能讓學生感到無比放心的老師。所以才會是「奶奶」型老師。在奶奶面前，只要當個乖孫子，就能得到無條件的包容。

雖然她臉上的皺紋增加了，但是一坐在她面前，心情總是能回到過去的時光。

瑞穗——耳邊傳來呼喚我的聲音。

黃色的帽子、紅色的書包、再加上路隊長的黃色旗子。我是負責帶領低年級的路隊長，而千惠美則是副隊長。副隊長原本應該要排在隊伍的最後一個，照顧低年級的學弟學妹們，但是因為我們自己想要聊天，所以一起並肩走在前面，幾乎不曾回頭看。直到走到學校附近，擔心被老師發現，才又重新整隊。在那之前，我們一直在聊天。

聊朋友的事、聊心儀男生的事、聊一些長大成人以後還是跟以前一樣的話題。

添田問我：

「妳怎麼會知道我的存在？」

「我是從報紙上的特別報導得知的。今年六月，事情發生以後過了一陣子，報紙上又刊登了千惠失蹤前的詳細報導。」

我不曉得該怎麼稱呼千惠美才好，思索再三，還是決定按照我平常的叫法。此舉是希望對方能夠明白，我並不是抱著玩玩的心態，希望她能明白我和千惠美再怎麼樣都是朋友的關係。

全國性的報導對這起發生在山梨縣的命案已逐漸失去興趣，但是在當地人的關注下，這起事件尚未隨風而逝。或許是還記得當地新聞的那則報導吧！添田點點頭。

關於千惠美的消息中，有一項是確定的，那就是在疑似案發當天，她曾經去找過小學時代的恩師。就只是這樣。報導中雖然還寫出其他的目擊情報，但是其中絕大部分都缺乏那直指就是千惠美本人的決定性證據。

報導中所指的「恩師」，我想應該就是添田，不會錯的。畢竟在小學時代，千惠美最常掛在嘴邊的名字就是她。

「您為什麼會願意見我呢？」

這次換我提出問題。在各種詐欺手法利用電話橫行的今日，我先寫了一封信給添田。不是用電腦打字，而是親手寫在直書的信紙上，盡可能不讓她覺得可疑。我的確期待她能回信給我，但是萬萬沒想到她會願意見我。

添田始終不發一語，凝視著自己交疊在桌上的手。過了好一會兒才慢條斯理地回答：「因為我覺得妳很有毅力。」

「關於千惠美的下落，警方已經找了好幾個月，依舊一無所獲。恕我直言，請問妳為什麼會想要尋找千惠美的下落呢？妳以為憑妳一個人的力量，可以贏過警方，找到他們傾全力精銳盡出都還找不到的千惠美嗎？」

添田會這麼想也無可厚非，雖然我壓根兒也沒想到要贏過任何人。

「我明白您的意思。不過，我認得千惠的長相和聲音。在發生那件令人難以置信的事情以前，我就認識她了。或許憑我個人的力量，能做的事情極為有限，也或許這只是我一廂情願，但我相信這一切的努力應該不至於完全白費。」

「請先讓我確認幾個基本的問題。——神宮司小姐，妳認為是千惠美殺了她母親嗎？」

我一時語塞。添田看著我，繼續說道：

「因為妳剛才說的是『那件令人難以置信的事情』。」

「我不敢相信，但是現在的我也覺得肯定就是那麼回事吧！」

我慎重地揀選著回答的字眼。重點不在於事實如何，重點在於添田怎麼想。如果她相信千惠美，只願意告訴跟自己意見相同的人，那今天難得的會面就功虧一簣了。

「老師又是怎麼看這件事呢？」

「我嗎？」

「——不好意思，請問我可以錄音嗎？」

「請。」

我把錄音筆放在桌上，按下開關。然後意味深長地注視著添田的臉，希望她不要忘記任何一個小細節。只見她搖頭說道：

「千惠美和命案——這兩件事根本連不起來，就像發生在另一個世界的事，我真的不敢相信。那孩子絕對不會殺人，而且還是殺害自己的親生母親。這其中肯定有什麼誤會，我到現在都還是這麼想的。」

「也就是說……」

「可是……」

添田的臉色一暗。「妳聽我說，神宮司小姐。」兩隻眼睛直直視著我。

「那孩子來找我的時候，全身都在發抖。」

這算是委婉的說法了。我才剛張開嘴巴要說話，她又自顧自地往下說：

「抖到我都擔心起來了。是真的。她的手抖到讓泡好的茶從茶杯裡溢出來。我一開始還想說她是不是故意搞笑，可是我都還沒來得及訓她呢！她自己先發現了，把手藏到背後，也不喝茶，只是拚命地想要讓自己不再發抖……。除此之外，她什麼也沒有告訴我。」

添田深深地嘆了一口氣。

「要是沒看到她抖成那個樣子，我大概直到現在還會堅持千惠美是無辜的，堅持她不是會做出那種事的孩子。」

添田的聲音越來越小，而我搜索枯腸也遍尋不到催促她繼續說下去的話語，只能「對呀！」地附和。添田花了一點時間才又斷斷續續地開始說起。

「警方的人也問過我好幾次，但我真的不知道千惠美那天為什麼會來找我。她既沒問我什麼特別的問題，也沒對我說什麼心裡話。」

「千惠經常來找老師嗎？」

「最近才比較常來。」

添田馬上回答。

「從去年春天才開始的，因為那孩子已經畢業十幾年了，所以真的是最近。在那之前，我們甚至沒有互寄賀年卡的習慣。」

她之所以強調這點，就表示其實也有學生畢業以後還會和她互寄賀年卡吧！可以用毫不避諱的態度向她親熱地撒嬌，表現出親密態度的學生。而千惠美顯然並不是這樣的學生。

「重新開始連絡的契機是什麼呢？」

「是因為這裡的手工藝教室。每個禮拜六的下午都會開課，千惠美是在去年三月來的。」

那陣子是我刻意和千惠美保持距離的時間。添田接著說：

「當我一如往常地搬桌子、收錢、幫忙打雜的時候，那孩子主動開口問我：『請問是添田老師嗎？』當她告訴我她是千惠美的時候，我一下子還想不起來。——不好意思，因為自從畢業以來，我已經十幾年沒見過那孩子了。」

添田以辯解的眼神望著我。

「從小孩子的臉突然變成大人的臉，大家都會以令人吃驚的程度變了一個人喔！尤其是女生。千惠美也變成一個漂亮的大姐姐了。還好，還看得出來以前的輪廓，所以過了一會兒，我終於想起來了。那天我回到家以後，還把當時的照片、畢業時大家寫給我的信全部翻出來看。」

「換句話說，小學時的千惠並不是讓老師印象深刻的學生囉？」

「倒也不是這麼說的。只是，該怎麼說才好呢？老師這一行幹久了，惦記著的永遠是現在帶的學生，如果是已經畢業的班級，無論是再可愛的孩子、曾經再怎麼操心的孩子，都會被收進記憶的抽屜裡。要是沒有一些特殊原因，是不會再從抽屜裡拿出來看的；反過來說，一旦有什麼導火線，就連微不足道的小事也會一口氣全部想起來。像是千惠美的事，我就記得一清二楚喔！」

或許是已經對警方及媒體做過同樣的說明，添田的口吻從容不迫、井然有序。

「在老師眼裡，當時的千惠是個怎樣的學生呢？」

「是個很容易鑽牛角尖，乖巧又聽話的孩子。雖然不是跟誰都可以馬上熱絡起來，但是非常努力。去年在這裡遇到的千惠美看起來還是老樣子，一點都沒變。還是那麼有禮貌、深思熟慮。」

截至目前，不管問到誰都是相同的答案，這是大家對她共通的印象。然而，添田垂下眼睫，小聲地補了一句：

「稍微有點神經質和杞人憂天。」

「……沒錯。」

我也有同感。

「既然妳們是好姐妹，就算在隔壁班，想必也略有耳聞吧？六年級的時候，那孩子在班上被欺負過。好像說她們家很窮，被男生嘲笑到哭了。」

——常常有人欺負我，說我們家很窮。

冷不防，記憶中響起千惠美的聲音，這突如其來的衝擊，令我瞬間停止呼吸。直接受到衝擊的耳後還殘留著麻痺的感覺。

明明沒有第三者在場，添田還是下意識地壓低了聲音說：「當時大家都還小。」言下之意有些包庇的味道。

「只有還不知人間疾苦的孩子，才會討論班上誰家最有錢、最貧窮的話題。只要有人家裡是自己做生意的，父親被尊稱一聲『董事長』，就說那個孩子家裡最有錢這樣。」

「千惠的家會窮嗎？」

「可能因為她們家是務農的吧！」

「很愚蠢吧！」添田立刻接著說。似乎是要強調以上發言並不是自己的意思。

「我發了好大一頓脾氣呢！還利用這個機會上了一堂農業有多重要的課，把當時教到一半的課業內容全部停下來。尤其山梨因為種水果，評價比其他縣市好得多不是嗎？怎麼可以說這種不經大腦的話呢？我當時真的非常生氣。事實上，有很多小少爺都是出身於傳統的農家，即使還不到土豪的地步，但是靠著地緣關係，擁有土地的人家幾乎都很富裕，所以千惠美家肯定也是這樣吧！」

「嗯。」

我只能點頭，畢竟這不是個開心的話題。

我想千惠美的家既不到貧困的地步，也不算富裕。但不管事實如何，這件事還是在千惠美心裡留下了傷痕。

我知道千惠美曾經為這件事哭泣，也知道當她長大成人以後，有時候還是會剝開已經結痂的傷口，露出鮮血淋漓的創痕。

瑞穗，聽我說……。

「我曾經聽千惠提過，是老師制止了他們。」

我試圖想要鼓勵垂頭喪氣的添田，但她搖搖頭。

「我的確是希望能說到讓他們明白，但是我真的把問題解決了嗎？」

「我想在那之後就沒再發生過這種事了。雖然不在同一班，但當時千惠對我說得最多的，並不是那些男生如何欺負她的事實，而是她最喜歡您這位熱心聽她傾訴的老師了。」

姑且不論當事人受到的傷害有多深，至少添田的處理並沒有問題。我再次強調：

「所以千惠還記得老師，在這裡遇見老師才會馬上主動攀談。因為當時的事真的讓她很感動，也讓她銘記在心。」

「但願如此。」

添田露出有氣無力的微笑。彷彿要重整心情似地呼出一口氣。

「因為也發生過這種事，所以千惠美的事我記得很清楚。自從在手工藝教室巧遇以後，我們就經常聊天。她會幫我處理為作品裱框的後續工作，到了夏天，其他學生如果有不明白的地方，她也會留下來教大家。千惠美的手真的很巧。」

「原來如此。」

千惠美和手工藝——總覺得兜不起來。看樣子她玩手工藝已經不是一天兩天的事了，可是我從不曾聽她提起這件事。這是我所不知道，千惠美的另一面。

「也是從那個時候開始，她會來我家吃飯。我現在一個人住，老公已經先走了，兒子媳婦雖然也住在市內，但是沒有住在一起。因為我是從很遠的地方嫁過來的，所以和娘家的親戚幾乎已經沒有往來，平常大部分都是一個人。孫子正在念大學，時常會來玩，所以還不會太寂寞，再說千惠美的年紀也跟我孫子差不多大。」

大學生和我們差了十歲左右，但是在她看來應該差不多吧！

「有一次我們一起回去的時候，剛好收到別人送的葡萄，我就請她來我家，想說讓她帶回去跟家人一起分享。因為千惠美她們家好像沒有種葡萄。」

「您最近一次見到千惠的母親是什麼時候？」

「只有擔任級任老師的時候在家長會上見到過。」

添田搖頭。

「自此以來就沒見過了。當然，千惠美經常提起她母親，還說改天要帶她來手工藝教室。好久不見了，我也想見見她。」

「請問您對千惠的母親還有印象嗎？即使是小學時代的印象也沒關係。學生本人另當別論，如果是學生的家人，畢竟不是每天都會見到面，況且老師這輩子見過的學生家長那麼多，還能馬上想起來嗎？」

「神宮司小姐見過千惠美的母親嗎？」

「見過。我們小時候很常去對方家玩，兩家的母親也經常聊天。」

「最近有見過嗎？」

「沒有。」

去千惠家玩見到的伯母。溫柔地牽著千惠的手，出現在路隊集合地點的伯母。說著說著，腦海中浮現出伯母各種角度的表情和聲音，胸口突然一陣絞痛。一直被我忘記的臉、塗得深淺不一，技巧不甚高明的妝容、以及嬌憨天真，笑得露出牙齒的表情。

運動會上，站在撐著陽傘、透過相機看著我的母親旁邊，扯著大嗓門嚷嚷：「快看快看，你們家的瑞穗是班上最可愛的！」

母親把臉從相機的觀景窗上移開，視線飄忽不定，似乎一下子用肉眼找不到自己的女兒。但千惠美的母親已然鎖定我的位置，又在不知所措地呆站著的母親身旁叫起來：

「瑞穗！對妳媽媽揮揮手。」

「媽，妳小聲一點啦！」

我們並肩而立，頭上戴著貌似宴會道具用的遊行三角帽。千惠美站在離我一小段距離的地方，一臉羞赧地雙手合十，對我擺出「抱歉！」的手勢。

我一點也不覺得討厭。真的，一點都不覺得討厭。反而覺得很感謝千惠美和她母親。生硬而冷淡地，花了一點時間才終於找到我的母親，保守地朝這邊揮了揮手。一旁，千惠美的母親把右手高高地舉向天空。

「是一位很純樸、很開朗的母親呢！個性也很溫柔。如果先認識千惠美本人的話，會覺得有點意外就是了。」

「沒錯。」

「她時常找我商量，我們家的千惠美很容易鑽牛角尖，真傷腦筋。父母都是熱情又有活力，做事很有條理的人。她們一家人的感情真的非常好。」

感情很好的一家人。認識望月家的人無不異口同聲地這麼說。

「我不是因為發生那種事才這麼說的喔！他們家真的比一般感情好的家庭還要好上百倍、千倍。千惠美是個聽話的好孩子，似乎從來不曾有過叛逆期，好像什麼事都可以和母親商量。無論是工作上的事、還是朋友之間的事。在離開我家以前，一定會先打一通電話回家。有時候就這樣聊起來了，電話那頭還可以聽見她母親的笑聲。感情真的好好。」

「我也這麼覺得。」

添田點頭，眯起眼睛，先是發出一聲短促的「對呀！」然後又看著我的眼睛。「就是說啊！畢竟妳從小就見識過了嘛！」

當我從母親口中得知這個噩耗時，震驚到一句話也說不出來。望月家的母女說是世人眼中理想的母女也不為過。

添田以緬懷的目光望著窗外。

「千惠美那天也來找我了。」

添田的聲音越來越微弱。恐怕是指案發之後的事吧！顫抖個不停的千惠美。

「當我在第二天的電視上看到她母親的新聞時，我嚇壞了。千惠美不知去向的事也真的讓我很驚訝，我還以為心臟要停止跳動了。」

她說她連忙打千惠美的手機，但是連響都沒響，就直接轉進語音信箱，所以她當然也沒接。添田煩惱了好久，跟兒子媳婦討論後，當天在兒子媳婦的陪同下，主動到附近的派出所做說明。

「她的傷又是怎麼一回事呢？根據警方的說法和報導，聽說千惠本人在發生那件事的時候可能也受了傷。」

「說來真是慚愧，我完全沒注意到。也可能是她刻意隱藏。後來當我看到她去領錢的監視器畫面時，這才驚訝地發現她的腳有點一瘸一拐的。在我家的時候可能是強忍住痛吧！」

添田重重地嘆了一口氣。

「在那之後，警方的人來我家調查，我才知道那孩子坐過的椅墊上有血跡。千惠美肯定很困擾，還把沾有血跡的那一面翻過來朝著榻榻米那一邊。一想到那孩子當時可能正因為弄髒座墊而感到侷促不安，而我居然都沒發現，就覺得好傷心、好難過。」

添田把右手放在胸口。

「聽說在案發現場採集到疑似犯人的血跡和千惠美殘留在我家座墊上的血型是一致的，還說那孩子棄置的汽車座椅上也有少量的血跡。」

「……是的。」

添田無語問蒼天地猛搖頭。

「警方也問過無數次同樣的問題，但我真的不知道千惠美為什麼會來找我。她是來找我商量的？還是來向我坦承一切呢？——不過當我站起來，或者是聊到一半突然沒話題的時候，那孩子曾經惴惴不安地喊我：『老師……』可是我一回頭，她又開始說起一些無關緊要、甚至是天氣如何如何的瑣事。當時她可能真的有話想對我說。」

要克制住想要坦承一切的衝動是非常困難的一件事吧！內心藏著祕密的時候，就是會有一股想要告訴別人的衝動，對象是誰都好。更何況，她心裡的那個祕密還那麼大。

「千惠是突然上門的嗎？」

「她先打電話給我，說她人在附近，所以想過來坐坐。那時候才一大清早，大概還不到七點半。」

「她以前也曾經這麼早打電話給您嗎？」

「沒有。而且這也是她第一次週末來我家。我雖然覺得有點奇怪，但她既然都說想過來坐坐，我也就沒想太多。只不過，那天我剛好和兒子媳婦約好中午前要出門，所以千惠美來的時候，我也接到兒子打來確認的電話，有點手忙腳亂的。仔細想想，千惠美可能也察覺到我趕著出門吧！或許這也讓她更加坐立不安，所以她就算有什麼話想跟我說，也說不出口吧！」

——我先走了。

據說千惠美在離開之際露出了一絲淺淺的微笑。因為她把兩隻手藏在背後，所以看不出她是否還在顫抖。

——謝謝您的茶。

改天再來玩喔！添田的招呼只換來應酬式的微笑，至於她有沒有點頭，添田已不復記憶。千惠美就這樣離開了。

我試著想像。

也許是自己犯下的罪行，也許是別的事，當千惠美決定要對添田敞開心房、坦承一切的時候，電話響起。添田站了起來，話筒那頭傳來她家人溫暖的聲音。可能是她兒子的聲音，也可能是她念大學的孫子爽朗的笑聲。

「那件事以後，妳見過千惠美的父親嗎？」

「沒有。我原本就等於從來沒見過她父親，又想他一定有很多事要處理。」據我爸媽所說，千惠美的父親衰弱到令人不忍卒睹的地步，明明沒必要，卻還是挨家挨戶地向附近鄰居道歉。

「給各位添麻煩了，真的很對不起。」

添田說得沒錯，農家真的很看重其所擁有的地緣關係。反而是我爸媽一下子慌了手腳，問他有沒有什麼需要幫忙的地方，被他含淚婉拒，只是像跳針的唱片似地重覆著同一句話——對不起、對不起……。

千惠美的父親也是個沒有心眼的人，和她母親一樣開朗，連我爸媽都說看了覺得好於心不忍。雖然沒有親眼看到，但是我也有同樣的感覺，感覺小時候見過一面的千惠美父親似乎突然變得矮小了。

「她父親現在也還住在發生命案的那棟房子裡嗎……？」

添田以略顯遲疑的語氣輕聲問道。我搖搖頭。這也是從我爸媽那兒聽來的。基於鄰居一場的情誼，在那之後還和千惠美的父親保持連繫的我們家老爸也令我刮目相看。

「聽說好像是搬去親戚家還是哪裡，偶爾才會回那個家。」

「今年可能沒有櫻桃可以摘了。」

添田喃喃自語地說道。

現在才十月，這個時期原本就不會有櫻桃，然而添田望著窗外的雙眼微瞇，彷彿那裡有一片架空的櫻桃園。

在那之後，我曾經去看過一次案發現場。明明是我從小到大去過無數次的地方，看起來卻像是另一個陌生人的家，讓人聯想到不為人知的幽暗角落。

「請告訴我，」我的提問讓添田幽幽地將視線拉回來。「假設千惠那天真的對老師坦承一切，真的把自己做過的事向老師坦承的話，老師會對千惠說什麼？」

「我想……」儘管還有些遲疑的樣子，但添田沒怎麼花時間思考，爽快回答：「我想我大概會說服她去投案吧！或許那孩子也期待我這麼做。或許她也驚慌失措，很想有人對她這麼說也未可知。」

添田的眼眶泛紅，強忍著不讓淚水流出來。冷靜地回答我的問題，努力不讓自己過於情緒化。她這個人，想必真的會這麼做吧！從她得知千惠美弒母的消息，雖然猶豫再三，還是誠實地主動到警局說明這一點來看，就可以知道她是個一板一眼的人。

「那麼，您知道千惠離開老師家以後，可能會去什麼地方嗎？」

「我不知道。」

這時，添田突然抬起頭來，把背打直，以意志前所未有堅定的眼神看著我。那一瞬間，我明確地讀取到她的想法。

添田為什麼會答應和我見面呢？

並不是為了要給我線索。相反地，她想知道那個以前被她教過，現在不小心沒有抓牢她的手的學生心裡在想些什麼？現在人在哪裡？一切可安好？

「我毫無頭緒，不曉得她後來怎麼樣了。神宮司小姐，妳可有頭緒嗎？」

添田抬起頭看著我。就算希望微乎其微也無所謂，彷彿我是她唯一賴以憑藉的救命稻草。

「像是那孩子可能會去投奔的朋友、或是她可能會去求助的地方。既然妳們是朋友，應該會有些頭緒吧？」

「我現在正向所有共通的朋友打聽她的下落。一旦有什麼進展，一定會來向老師報告。」

我的回答讓添田毫不掩飾地露出失望的表情，癟著嘴漫應一聲：「這樣啊。」但對我來說，這個答案已經讓我用盡全身的力氣了。

「我沒想過自己可以贏過警方，但還是會試試看。我的朋友們也都很擔心。」

「嗯。」

添田點點頭，在胸前的口袋裡掏了一陣，拿出一張貌似名片的東西，「如果妳有需要的話。」遲疑著把名片給我看。「山梨縣警察本部刑事部搜查第一課」的文字映入眼簾，還有眼熟的菊花徽章[9]。名字是鹽田利之。階級為警部補[10]。看來跟來找我的警察是不同人。

「這位是來找老師問話的警察嗎？」

「是的。要是關於案情，妳還有什麼想要知道的地方，不妨跟他連絡看看？這個人很認真，態度也很親切，只要好好說，我想他一定會告訴妳的。」

「謝謝。可是……」

添田大概不知道警察也來找過我吧！但她把手放在我拿著名片的手上，拚命用眼神對我發動「求求妳」的攻勢。滿是皺紋的手溫暖而光滑。

9　菊花圖形的紋章象徵日本國徽，因此菊花紋章便廣為日本具代表性的國家徽章所使用。

10　日本警察的階級之一，位居警部之下、巡查部長之上。負責擔任警察實務與現場監督的工作。日本的警察階級由下而上依序為巡查、巡查部長、警部補、警部、警視、警視正、警視長、警視監、警視總監共九級。

「沒關係，不管會不會真的用到，總之妳先拿著以防萬一。千惠美的事一旦有什麼最新消息，請務必通知我。」

添田用力地握緊我的手，鬆開時問我：「還有什麼要問的嗎？」

「沒有了，謝謝老師。」

老實說，我其實還想問一件事，那才是我最想知道的事。

但我還是把話吞了回去。連我自己都還不確定的問題，在我得到這個問題的答案之前，還有許多事要完成。

在下樓的時候，添田指著掛在牆壁上的拼布及刺繡的作品說：「這是千惠美的作品。」每幅作品底下都貼著想必是作者大名的名牌。

添田的視線前方是一塊白色的蕾絲，上面繡滿了細緻的花朵。不同於其他的作品，既沒有名牌，又掛在角落，看起來就像是從一群外行人的作品中脫穎而出的老師示範作品。邊緣已然泛黃，顯見掛上去似乎已經好一段日子了。

「不想被問些有的沒有的，所以把名牌拿下來。但是因為真的很漂亮，這裡也沒有半個人會說那孩子的壞話，所以就一直掛著了。」

「我可以拍照嗎？」

我對手工藝沒興趣，也無法正確地評斷作品的好壞。但我可以清楚地知道，千惠美花了很多時間，一針一線地完成這幅精密的刺繡。

「可以啊！」得到添田的許可，我從皮包裡拿出數位相機。快門聲連樓下的大廳都聽得見。

「……我真的好擔心。」

背後傳來添田自言自語的聲音。

回到飯店，打開電腦，整理今天聽到的內容。小學時代的望月千惠美、去手工藝教室上課的千惠美、案發後前往添田家的千惠美。

添田是唯一一個在案發後見過她的人。當我把從添田口中聽到的小學時代和去年開始學手工藝的千惠美輸入螢幕中的文字檔案裡，發現中間有一大段空白。國中、高中……以及從二十出頭到年近而立的望月千惠美。我比添田更清楚這段空白歲月的她。

「常常有人欺負我，說我們家很窮。」

儘管有些陰鬱，語氣裡卻聽不見自卑。正因為如此，才能拿這件事來說笑吧！我和千惠美坐在聯誼的餐桌上，中間隔著一個男生。

有人不斷發出嬉鬧的笑聲，也有人開起沒營養的玩笑，這就是聯誼的重點，絕對不能讓場面冷下來。今天的對象就是背負著這種看似迫切但又無關緊要使命感的男士們。跟不上以黃色笑話為主的話題，心裡已經老大不高興了，坐在旁邊的男人還要來惹我。

「喂！神宮司組，不要繃著一張臉，也跟我們聊聊啊！妳該不會是一板一眼的那種人吧？」

二十出頭的時候，當時的聯誼百分之九十九點九都是以長相來做為好男人的標準。不曉得是不是主辦人政美的喜好，專挑那些善於炒熱氣氛的男人當對象，職業和知性都是其次。聯誼時大部分都是對未來沒有半點想法，只有一張嘴說得天花亂墜的打工族，或是些只有頭髮的顏色和眉毛修整得完美無瑕，腦子裡除了女人和名牌再無其他的男人。

不曉得為什麼，那天那個男人特別愛找我的麻煩。經常參加聯誼的男生們只會記得自己有興趣的女生名字。神宮司這個姓在日本雖然算是比較稀有的姓氏，但是在山梨卻很常見。

察覺到我不開心，政美連忙插進來打圓場。

「你現在是開玩笑地叫她『神宮司組』對吧？小心一點喔！瑞穗的父親真的是『神宮司組』的董事長喔！你小心吃不完兜著走。」

「才不是董事長，沒那麼大。」

我心煩意亂地回答。

建設公司經常會在施工現場懸掛巨大的招牌，也會掛名成為慶典或煙火大會等活動的贊助單位。總之就是很招搖，所以很容易被記住。「騙人的吧！難不成這個女生真的是千金大小姐？」耳邊傳來男人的驚呼聲，我搖頭否認。

「不用講得那麼好聽。因為公司的名稱，害我小時候經常被調侃：『你們家是黑道嗎？』我真的很討厭這個名字。」

「有什麼關係嘛！妳其實也覺得很驕傲吧？好好噢！有錢人家的大小姐。」

這種人明明在其他地方笨得要死，為什麼對這種事情特別敏銳呢？口中傳來一陣苦澀。害我很想大聲反駁。我才不會為此感到驕傲。

就在這個時候。

「我也曾經因為父母的事被欺負過喔！不過跟瑞穗剛好相反，我是被笑家裡很窮。」

聲音來自一直默不作聲的千惠美。她看起來笑意盈盈。因為單眼皮的關係，看起來永遠都是笑容可掬的樣子。那似乎已經成為她的一號表情了。

「我和妳一樣。」千惠美說道。

聽起來十分乾澀的聲音，與柔和的語氣極為矛盾，所以我記得很清楚。

「常常有人欺負我，說我們家很窮。瑞穗也有印象吧？」

我已經不記得後來又聊了些什麼，氣氛為什麼會變成那樣了。回家的時候，一直死纏著我不放的男人開車載著千惠美消失在和她家相反的方向。過了一陣子當我和政美見面的時候，她興高采烈地告訴我：

「聽我說，我聽到一個超意外的八卦，聽說是千惠美主動勾引對方的喔！很意外吧？還以為她是個純情的女生。而且那種活色生香的細節實在不用告訴我，可那傢伙硬要說。」

聽說他們見了幾次面，每次千惠美都說：「我很喜歡你，你不和我交往也沒關係。」男人拗不過她，就跟她上床了。事後還沾沾自喜地把這件事告訴政美：「感覺就像是天上掉下來的禮物。」

我簡直聽不下去。要是讓千惠美知道這種話已經在她背後傳了開來，她會有多麼無地自容啊！政美一臉掃興地看著沉默不語的我，但我就是沒辦法附和。

深信不會被任何人知道，沉溺在自己的大膽與男人之間的小祕密裡。沒想到男人卻把這件事當成笑話，講給另一個女人聽。

這種事其實很常見。就這層意義來說，千惠美的確比大家說的都還要純情，也真的很晚熟。絕沒有變得大膽或玩起愛情遊戲這回事。我們大家心裡都有數，她其實是為了想和對方正式交往，只好用身體去留住對方。

後來，我安慰過好幾次為了那個男人哭泣的千惠美。沒事的，沒事的，肯定還會遇上更好的男人。我一再安撫她，輕撫著她的背。

不光是千惠美。我那段時期看過太多無法成為對方的真命天女，卻還是付出身體的女孩子。

正當我和電腦大眼瞪小眼的時候，行動電話接收到電子郵件，是果步寄來的。

「妳好嗎？謝謝妳前陣子和我見面。我寫信給當時提到的政美，她說願意見妳。我也會去喔！好久沒有大家一起吃飯了。」

我還沒拜託她，她就為我牽線，而且還主動提出要陪同。

感謝果步。我鬆了一口氣，可是隨即又緊張地繃緊了肩膀。要和政美見面。我還以為這輩子再也不會見到她，所以在跟過去一刀兩斷的時候，連同她的電話號碼也一併刪除了。老實說，再也沒有比要面對這一切更尷尬的了。這原本是一趟不可能實現的追溯之旅，而我卻打算這麼做。

打開電腦裡的另一個檔案，看著上頭接下來要詢問的對象、想要請教的對象名字和連絡電話。在即將實現的政美名字底下加上今天添田給我的名片上的鹽田警部補的名字。列在最前面，被我視為最重要的名字「柿島大地」今天依舊沒有半點音訊。

啟太在過十二點的時候打電話給我，向我道歉昨天沒能接到我的電話，然後稍微小聊一下，還說他老家那邊說沒有什麼大問題。

掛斷電話，處理好幾件瑣碎的工作。在等編輯檢查我用電子郵件寄去的原稿空檔，攤開飯店放在房間裡的報紙。地方報是唯一網羅了縣內的婚喪喜慶、小至新生兒誕生的唯一媒體，所以這一帶家家戶戶都會訂報。目光幾乎是無意識地停格在「誕生」的欄位。

翻到那一頁，斗大的標題立刻躍入眼簾。

「拯救失去的生命？助長棄養歪風？」

旁邊用小一號的鉛字打出「嬰兒保護艙」這個名詞。這是富山縣高岡育愛醫院的設施。因故無法養育小孩的父母可以用匿名的方式將嬰兒交給院方，不用擔心會被任何人看見。只要打開裝在牆上的抽屜，把嬰兒放進裡頭的保護艙即可。沒有監視攝影機，旁邊還放著院方事先準備好的信。

「當您想把孩子領回去的時候，隨時都可以和我們連絡。」

設置當初引起各式各樣的爭議，電視和報紙有很長一段時間都大篇幅地報導這個新聞。結果自從決定要設置，不顧反對的聲浪以後，媒體似乎也膩了，騷動一下子平靜下來。

話雖如此，但設置至今五年，每年到了特定的時期，對於是否應該繼續存在的正反面聲浪就會突然想起似地喧騰一陣。我是看新聞才知道的。為了不讓我看到，變得有些神經緊張的啟太曾經有段時間很頻繁地切換電視頻道。

「嬰兒保護艙」只是俗稱，富山縣的醫院正式取的名稱是「天使的眠床」。報導指出，有鑑於真正利用的人很少，再加上抗議聲浪始終未見平息，醫院方面也開始重新檢討是不是要繼續運作下去。目前，國內設置嬰兒保護艙的醫院只有高岡育愛醫院一家，倘若真如報導和一部分的傳言所說，真的要廢止的話，嬰兒保護艙就會從日本完全消失了。

現在已經十月了，應該不會在今年內廢止吧！畢竟是抗爭了那麼久才開始的嘗試，不可能只花兩個月就做出結論。

想要孩子的父母、不得不拋棄孩子的父母。我並不想涉入太深，或是把自己代入任何一個角色，但是只要有一點雞毛蒜皮的小事，就會讓我陷入沉思。剪下那一則報導，把報紙摺好。閉上眼睛，感覺身體沉甸甸的。

我已經向高岡育愛醫院提出採訪的申請。腦海中浮現出從剛導入嬰兒保護艙到現在，只要一有風吹草動，就得親上火線的院長容顏。如同「鐵娘子」的稱號，感覺不到表情的變化，總是以冷靜的聲音重覆院方的主張。曾經有一段時間，幾乎每天都可以在媒體上看到她的身影。無論媒體以多麼強硬的語氣問她：「不怕助長棄養的歪風嗎？」她總是一貫地回答：「沒有什麼會比孩子的生命更重要。沒有什麼會比活著這件事更重要。」

我能見到她，和她說上話嗎？可能性微乎其微，但我認為還是有去碰碰運氣的必要。

小學的時候，和千惠美在一起的時間總是過得飛快，她就是這樣的朋友。

在學校聊天，放學後留在教室或圖書館繼續聊天，在回家的路上聊天。放學後，我被各式各樣的才藝課和補習班追著跑，沒辦法盡情地玩耍，但是只要一有機會，我就會去她家玩。

她們家旁邊有座櫻桃溫室。一進到裡面，土壤潮溼的味道便撲鼻而來，我很喜歡那種感覺。和我們家神經質的母親比起來，千惠美母親的神經倒是大條到令人瞠目結舌的地步，整個人像是耀眼的太陽。斜斜地戴著一頂帽簷超大的帽子，對來玩的我用力揮手。帽子和頭之間還塞了一條手帕，看起來就像隻垂耳狗，我覺得這種戴法非常好看。

千惠美的父親也不遑多讓，總是以不討人厭的語氣喊我：「喔！神宮司組的大小姐。」望月家的伯父也跟我父親完全不一樣。在緣廊[11]的窗戶全部打開的房間裡，穿著短襯褲或三角褲滾來滾去，滿不在乎地在我們面前放臭屁，然後裝瘋賣傻地賠不是：「哎呀！歹勢。」逗得千惠美呵呵呵地笑說：「討厭啦！」一面捏著鼻子，用手在面前拚命揮舞。

當我和千惠美一起打開客廳裡的五斗櫃，找找看有什麼東西可以玩的時候，被剛從田裡回來的伯母狠狠地罵了一頓。

「小孩子怎麼可以隨便亂碰大人的東西？下次不可以了！」

明明是別人家的孩子，卻連我也一起結結實實地罵了下去。不可思議的是，我雖然和千惠美一起低眉斂眼地道歉：「對不起。」卻一點也不討厭被伯母罵的感覺。

「吃甜食會蛀牙。」在母親的嚴格管教下，我在家裡完全沒有機會吃到餅乾糖果和果汁之類的食物。唯一得到母親恩准的頂多只有蔬菜餅乾和裡頭沒有奶油夾心，像塊硬邦邦蒸麵包的蛋糕，淨是些名不見經傳的廠商，淨是些一點都不好吃的點心，重點只在於包裝上有沒有「對身體好」的字樣。

由於我們家算是小有名氣的公司，期待能吃到高級點心而來我家玩的朋友們總是讓我覺得很過意不去。因此，我幾乎不會請朋友來家裡玩。縱使千惠美吃得津津有味，但我還是不敢請其他交情沒這麼好的朋友來玩。

基於被禁止的反作用力，我對甜食的欲望絕非一般人所能比擬。現在回想起來會覺得難以理解，但我曾經吃過求爺爺告奶奶才讓爸媽買給我的兒童用有味道的牙膏，顏色看起來像果凍的草莓口味。嚴重的時候曾經一天還兩天吃掉一條。那其實很噁心，一點都不好吃，但我當時的情況只能以中毒二字來形容。後來被母親發現，狠狠地把我教訓了一頓。

我在千惠美家喝了平生第一杯可樂。

母親一直禁止我喝的飲料，沒想到那麼好喝。充滿碳酸的氣泡。剛喝下去的時候有點辣辣的，一下子就轉變成甜味。母親交代我去朋友家玩的時候就算對方的母親端出餅乾糖果也要拒絕，可是當班上

11 **日式房屋獨特的構造，讓建築物邊緣的地板部分突出來一塊，鋪上木板，做成走道。**

同學問我：「妳連可樂都沒喝過嗎？」我總是覺得很受傷。所以這麼一來，再也不會有人笑話我了。

母親來接我的時候，我還沒有全部喝完。當大門口傳來「有人在家嗎？」的聲音時，我驚慌失措地站起來，心驚膽戰地看著千惠美。

「怎麼辦？」

千惠美嚇壞了。對她來說，不能喝可樂這件事本身反而比較奇怪吧！千惠美家的爸爸媽媽在下田工作的空檔也會喝可樂和果汁，還會像小孩似地吃巧克力和棒棒糖。

千惠美抓著我的手逃跑。我們衝進三個並排的其中一個溫室裡，蹲在櫻桃樹下。

我光是想像母親看見客廳裡喝到一半的可樂，臉色大變地到處找我的樣子，就覺得肚子好痛，手心冒汗。耳邊傳來「跑哪兒去了？」的聲音。「瑞穗，妳在哪裡？」「冷靜一點，神宮司太太。」然後是千惠美母親為我說話的溫柔嗓音。救救我。我在心裡尖叫著。伯母，救救我。

體溫從掌心一點一滴地流逝，全身的寒毛都立正站好。就在我快要因為害怕而尖叫起來的時候，千惠美輕輕地把手放在我的手上。

「妳將來想做什麼？」

我不知道她為什麼要在這個節骨眼問我這個問題。慢慢地把臉從顫抖不停的手中抬起來，緊張似乎會讓水分充滿奇怪的彈力，導致掌心就像驟雨初歇的泥土地面一般，清楚地凹陷出我的臉形。

千惠美在旁邊和我一起發著抖。就算被我母親找到了，她也不會罵千惠美。但我知道自己的恐懼已經原封不動地傳染給她，導致她和我擁有相同的心情。就在那個時候我發現了，我想變成千惠美。有個溫柔的母親真是件幸福的事。她還在喃喃自語似地問我：

「妳將來想做什麼？」

「……空姐。」

我以顫抖的聲線回答。千惠美點頭，拍拍我的背。

「沒問題的。瑞穗的話，一定可以當上空姐的。」

「千惠呢？」

「我？新娘。」

班上很少有人會講這麼「平凡」的願望。因為成為誰的老婆、誰的母親是再天經地義不過的事，所以誰也不會特別許下這種心願。

不過，如果是千惠美的話，肯定會成為溫柔的母親。我羨慕她羨慕得不得了。

「將來，我們生一對同年紀的小孩吧！」

千惠美繼續鼓勵我。邊說，視線邊飄向主屋的方向。

「這麼一來，我們就可以讓孩子一起玩，也可以一起參加學校的活動喔！到時候再一起去海邊、一起去遊樂園吧！」

瑞穗，妳在哪裡？快給我出來。

神宮司太太，妳冷靜一點。

——像她們那樣？

我以快要哭出來的心情點頭。嗯，嗯，嗯。

「伯母，不可以，不要罵瑞穗。」

千惠美發出像被踩到尾巴的尖叫聲，然後是衝進溫室的大人們。母親的視線只盯著我，嘴歪眼斜，伴隨著一聲短促的「妳這孩子！」一步步地邁著大步靠近我，用力地按著我的頭，把我的臉按在泥土地上。

草的味道。從今以後，我可能會討厭本來最喜歡的溫室味道也說不定。也許會再度想起今天的事也說不定。唉，明明不一定會發生的事，我現在就開始擔心的話，或許就真的會發生了。

鼻尖有隻蚯蚓，草的根部還可以看見一隻蜷縮著的球潮蟲。

「打擾了。」母親說道。那是我有生以來第一次聽到那句話，既不是在電視裡聽到，也不是在書上看到。打擾了。打擾了。

十月九日

甲府市內——家庭式餐廳

飯島政美（舊姓．永井）**（兒時玩伴中負責帶頭的人物、聯誼主辦人）**

政美的結婚對象是我不認識的人，我是在她的婚禮上第一次見到那個人。

在和甲府有一大段距離的度假勝地清里，林立著餐廳和休閒設施的風光區域背後，有很多企業都把工廠設置在那裡，她老公就是負責處理那些工廠所產生的廢棄物。和叔父一起繼承從祖父那代創立至今的公司，才二十多歲就頂著「專務」[12]的頭銜。

「雖說是專務，但敝公司就連董事也全都要親臨現場工作呢！」政美嬌羞地牽著新郎的手，看起來非常幸福。或許新郎不是她最喜歡的那種類型，倒也是長相很溫和，不具攻擊性的帥哥，與政美十分相配。

聽說兩人是在政美以前像隻花蝴蝶似的，每晚流連在聯誼的場合上認識的，我並沒有參加那次的聯誼。政美是個聯誼皇后，每天晚上一定要安排什麼節目，看似極端害怕沒有人約的她擁有很會看人的犀利眼光，應該也會毫不留情地對「朋友」打分數。我們在她心目中是幾分？她又是幫我們找幾分的男人撮合呢？

果步居中幫我們約的會合地點是上次和她見面時去過的那間家庭式餐廳。

不是連鎖式的居酒屋，就是家庭式餐廳。我們只有女生時聚會的場所不外乎這兩個。鄉下雖然也有很多一分錢一分貨的美味餐廳，但如果不是和男生聚會的話，還是能省則省。我還記得千惠美稱那是「普通的地方」。如果我約她就我們兩個一起去吃飯的時候，她都會問我：「好是好，可以去普通的地方嗎？」因為「瑞穗看起來好像比較喜歡氣氛好一點的餐廳。」

不巧的是，果步貌似沒辦法準時下班。她傳來道歉的郵件，說不知何時才能走人。我深知自己的神經沒有想像中那麼強韌，還沒到約好的時間，就已經開始胃痛了。

一輛天藍色的車駛進停車場裡。當那輛車不疑有他地與我的車擦身而過時，我看見駕駛座上的政美。好久不見的模樣，讓感覺一口氣甦醒過來。她的聲音、說話的語氣、動作、習慣……。她就那樣把車停在與我隔著一段距離的地方。

我認識的政美才不會開國產車。

因為當她看見身邊的女生開那種車的時候，曾經高高在上、斬釘截鐵地說：「太土了！」她開的是經常可以在雜誌上看到的白色德國車。明明不喜歡黑色的內裝，卻不一開始就買白色的，而是故意

12 **相當於臺灣的執行董事。**

訂購同車種的米白色皮椅，然後再重新漆成白色，可以說是煞費苦心，是她引以為傲的愛車。還經常說下次換車的時候，一定得換更高級的進口車才行。

政美下車，似乎沒帶小孩。

是我先開口叫住她的。鼓起勇氣，下車，站在她面前。

「政美，好久不見。」

政美看著我。我才想說她都沒變，便發現好像也不是完全沒變。中小企業的專務之妻，應該要能掌握住公司和家庭、乃至於員工的經濟狀況。化妝的方式倒沒什麼改變，毋寧說是更精心打扮了。只不過，確實看得出歲月的痕跡。

自從政美的婚禮以來，這是我們第一次見面。從那以後就再也不曾連絡了。誰叫我是個交了男朋友也不一五一十地報告，背著大家跑去東京的叛徒呢？

「嗨！」政美驚呼一聲。一臉懷念地笑瞇了雙眼，浮現出笑容，親切地喊我：「哈囉！瑞穗。」我正要跟著露出笑容，只見她踩著高跟鞋朝我走來，冷若冰霜的笑容像貼上去的。「我真是不知道該怎麼說妳才好了。事到如今，妳怎麼還有臉來見我啊？瑞穗。」

含糊不清的腔調、令人懷念的童音。但是在這段時間裡，政美已經嫁為人妻、生兒育女、長大成人了。

總之臉上還是保持著笑容，嘴角也未見抽搐的表現讓我放下心中的大石頭。現實中的政美比我想像中的她還要不恐怖多了。

「謝謝妳來。」

「果步還沒來嗎？真尷尬啊！該怎麼辦才好？」

她用塗著厚厚一層藍色眼影的雙眸斜睨著正打算請她先進店裡等的我。

「話說回來，妳沒有話要對我說嗎？」

「我知道沒邀請妳來參加婚禮、也不和妳連絡是我不對。雖然為時已晚，但還是很抱歉。」

我下定決心要說真心話。政美將嘴唇抿成一條線，站在我面前，直勾勾地瞪著我，然後像是定身咒終於解除似地走向餐廳。

「妳和我見面不會很尷尬嗎？」她繼續問我。我追上去回答：「很尷尬啊！」

「但我還是想跟妳聊聊。只有這個時候才會來找妳，真的很抱歉。」

「只有今天喔！我討厭妳，也不敢再相信妳了。我是個一旦決定就不會改變心意的人。所以沒辦法，只有今天例外，今天以後還是繼續絕交，可以嗎？」

「嗯。」

政美瞥了我一眼，下一瞬間，以開朗到出人意表的語氣喃喃說道：「了不起。」

「什麼東西了不起？」

「妳居然能老實地向我道歉。聽完妳的道歉，害我覺得自己也有錯了。抱歉，我說得過分了些。」

政美說到最後，突然用一種洩了氣的表情看著我。還以為她要用劇烈起伏的情緒浪頭把對方淹沒，突然又縮回去。這一點也沒變呢！

絕交。那段時間經常聽政美用到這個單字。

和男人是「分手」，和女人是「絕交」。

憑藉著女性的本能，很容易知道誰是主導者、說什麼可以讓對方感到高興。拐彎抹角地強調「我是〇〇的人」。不讓同伴踐踏自己的個性，也不讓同伴模仿自己的個性。我們只會說一些好聽話來取悅對方。像是稱讚彼此「好可愛」、「好漂亮」，稱讚彼此的男朋友或心上人「好帥」、「好溫柔的樣子」，一起群情激憤地痛罵自己甩掉的男人或是其他看不順眼的友人「好過分」。

在我小時候的想像中，二十歲已經是大人了。從來也沒想過這樣的大哥哥、大姐姐還會說出「絕交」這種話。

我不覺得我們有什麼特別之處。我們的確是很閒沒錯，除了互相吹捧、互吐苦水之外，實在沒別的事可做。大家從事的多半是很單純的作業，所以對於工作也沒有出人頭地或提升技術的想法。政美和果步就是這樣，千惠美也不例外。我們這群人只要一提到工作上的事，無非是對職場環境的不平和不滿。抱怨連連，感嘆現狀。

我在這群人身上學會、也最常用的附和詞就是「我明白」這三個字。我明白，我明白。妳也是嗎？然後不約而同地一起點頭。

對於那個時候的我們來說，三十歲應該要更成熟，但是直到現在，我還是以「女孩子」、「男孩子」來形容自己或朋友，幾乎是無意識的。我們既不是大人，也已經不是小孩，但內在其實都還非常青澀不成熟。即使到了四十歲、五十歲……搞不好這輩子都這麼青澀不成熟也未可知。

「這一頓算妳的對吧？我想吃漢堡排。」

「沒問題，妳想吃什麼儘管點。」

「好。」

她也不等店員帶位，就直接走向吸菸區，坐進四人座的沙發最裡面，轉動著脖子，看起來很累的樣子。剛才在陰暗的停車場沒看出來，她塗著紫色的眼影，顏色深到眼皮像是腫了起來。

「在家裡都不能抽。」政美拿出香菸，把放在桌子角落的菸灰缸拉到面前。「說是家裡有小孩，叫我別抽。那傢伙是自己沒抽菸才會這麼說。」

「妳老公好嗎？我聽果步說妳有小孩了，是男生還是女生？」

「女生，叫小月。」

「小月？」

「其實是單名一個月字。今天是請我老公的父母幫我帶。」

「不好意思，還讓妳丟下孩子跑出來。」

「不要緊。如果我不想來，一開始就不會赴約了。」

政美按下桌上的服務鈴，叫來店員，點了兩個飲料吧和漢堡排。「瑞穗妳呢？」政美問我，當我回答「飲料就好」的時候，政美皺了眉頭。

「別這樣好嗎？光我吃多尷尬啊！妳也吃點什麼嘛！」

「因為我中午很晚才吃。妳吃妳的，別顧慮我。」

「不是這樣的，才不是顧慮妳呢！是體重、外表、身為女人的問題。」

政美誇張地聳肩，擺出一副「妳怎麼就是不明白呢？」的表情。

「像妳這樣，還是這麼瘦、這麼漂亮的話會讓人很焦慮好嗎？會讓人覺得身為一個女人，我是不是很糟糕？是不是輸人一大截這樣。」

政美忿忿不平地鼓起臉頰。不仔細看可能不會發現，但下巴的線條的確沒有以前那麼緊實了，但也還不到鬆垮的地步。會注意到這種細節的女人，本身就是不是一盞省油的燈。我忍不住讚嘆出聲：「真不愧是政美。」然後對呆站在一旁，不知如何是好的店員說：「這樣就好。」請他退下。

當我們輪流去拿完飲料，面對面地就定位後，不切入正題不行了。政美問我：「妳想知道千惠美的什麼事？」果步是怎麼跟她說的呢？

「妳們最近見過面嗎？」

「在我結婚以後我們還是偶爾會碰面喔！不過那也只到我生小孩以前，所以最後一次見到她是在事情發生的半年前。」

果步說她們上個月見面的時候，政美在提到千惠美的時候還哭了，說要是多找機會和她聊聊就好了。然而，從剛才聽下來的感覺，政美的語氣說好聽是剛強，說難聽一點則是冷漠。

「怎麼了？」

政美反問沉默地看著她的我。我苦笑著再反問回去：

「妳喜歡千惠嗎？」

這次換政美默不作聲地看著我。手裡還拿著捻熄在菸灰缸裡的第一根香菸。慢條斯理地眨了一下眼，這才回答我：

「既喜歡，又討厭。她是個好女孩，有時候也會讓人火冒三丈。妳呢？如果我猜得沒錯，妳們雖然是好姐妹，但妳對她其實沒那麼在乎。」

「說不在乎是有點過頭了，但的確是妳指的那個意思也說不定。」

「那事到如今妳是吃錯什麼藥了？」

政美嘆了口大氣說道。露出有些傷腦筋的表情，雙腳在桌子底下交換姿勢，然後嫣然一笑。

「妳也真是莫名其妙耶。妳沒邀我和果步，但邀請了千惠美去參加妳的婚禮對吧？我一直以為妳們是好朋友。」

「我的婚禮真的不像大家那麼盛大，主要都是親戚，只邀了少數幾個朋友。」
「哼……也就是切割『以前』的朋友，只邀請『從今以後』的朋友是嗎？」
政美望著一時語塞的我。
「聽說妳的婚禮是今年三月舉行來著？妳在那之前就去了東京的事也都沒告訴我喔！當我從千惠美口中聽到的時候，真是大受打擊。」
「對不起。妳結婚之後沒多久我就搬家了。婚禮是最近才辦的，但我兩年前就去了東京。」
「這些我早就知道了。千惠美都告訴我了。妳變了，瑞穗。」
政美仔細地端詳我的臉說道。
「決定不再附和別人了嗎？我記得以前不管誰說什麼，妳都會點頭附和的。」
「政美給人的感覺也跟以前不一樣了。」
嘴角逐漸浮現出一抹微笑。感覺比以前一起混的時候更舒服。她不再用甜膩的嗓音對我說：「瑞穗，妳好可愛喔！」我也不需要再配合著稱讚她。那種對熟人撒嬌的聲音，就像是表面覆蓋著一層砂糖的蛋糕，用叉子輕輕一戳就會碎裂。正因為裡面是那麼地脆弱，我們才會為彼此裹上一層甜蜜的外衣。當時凡是比較平靜無波的聊天內容多半都是用這種形容詞堆砌起來的。
「妳只邀請千惠美去參加妳的婚禮這件事，我倒是無所謂。」
政美老實說。
「請不要誤會，我並不是嫉妒千惠美還是什麼的。畢竟妳們從小一起長大，認識的時間比我們還要長得多。要是妳不邀請千惠美，我反而會覺得妳很過分。」
「很過分？」

「因為妳跟千惠美不一樣，感覺並不只千惠美這個朋友。我還擔心妳會不會瞧不起她呢！」

我凝視著政美，不發一語。只見她突然別開臉說道：

「千惠美令我最火大的，就是死要面子這點。」

政美的口吻毫不客氣。用吸管喝起她的綠色哈密瓜蘇打。

「她從來不曾講過男人的壞話對吧？不管和誰交往，發展順利的時候就喋喋不休地講個不停，不順利的時候就突然什麼都不講。再擔心害怕，也只會往好的方向解釋。和大地交往的時候不就是這樣嗎？就連妳問她，她依舊不肯面對現實地淨往好的方向想。」

她指的大概是我問千惠美是不是正和那傢伙交往的時候吧！

「你們真的在交往嗎？」我問千惠美。大家一起去喝酒的時候，千惠美跟我講了這件事，後來我又向大地確認。「聽說妳和千惠開始交往了？恭喜。」大地只是支吾其詞地點點頭：「啊！那個啊……」語氣完全像是在述說一件稀鬆平常的事。

「妳說千惠美嗎？嗯，後來我們時常一起玩。」

一聽我就知道了。

我想又不是小朋友了，自己要對自己做的選擇負責，千惠美肯定也很快就會察覺到。但是當她以喜上眉梢的語氣告訴我大地怎樣又怎樣、那個人怎樣又怎樣的時候，我還是有股不祥的預感，忍不住問她：「不要緊吧？」

人類這種生物，要是自己真正在意的事先被別人戳破就會惱羞成怒，千惠美也不例外。話說回來，乖巧溫順和懦弱之間本來就不一定能畫上等號。千惠美其實很好強。她一口咬定大地是因為害羞，之所以不直說他們在交往，是因為他很純情云云。

千惠美的自尊心極強，害我不知道是不是還要繼續追問下去，畢竟這是一種潑冷水的行為。從男人口無遮攔、昭告天下的輕佻和從朋友聽來的小道消息，他和千惠美的交往方式之間存在著非常嚴重的溫差。大地會打電話給我：「我們再去喝酒吧！」另一方面，千惠美卻說他很溫柔、已經見過雙方家長了、準備結婚……兩人的關係進展得十分神速。

「我覺得奉子成婚也沒什麼大不了的，不如說我好想趕快當媽媽。」

千惠美笑著說道。

「瑞穗可能不喜歡這樣，但結婚嫁人和生兒育女是我從小到大最大的夢想。」

彷彿是怕惹我不高興，千惠美硬生生地補了一句。我聞言不由得苦笑，看來在她心中，我對戀愛的想法似乎還停留在上一個時代。

有一天，她終於對我說，說大地向她求婚，她準備把工作辭掉了。

政美說她死要面子，但這也不能全怪千惠美。因為她說的是實話。柿島大地的確向望月千惠美說：「我們結婚吧！」也就是所謂的求婚。

金色的戒指上頭鑲著一顆小巧的鑽石。千惠美心花怒放地向我們獻寶。政美說想拿在手上仔細瞧瞧，千惠美一臉為難地笑著說：「不好意思，這是我的寶貝，我不能摘下來。」「抱歉我就是這麼小家子氣。」政美和果步都給予祝福，順便調侃她一下：「妳這個幸福的小女人！」

這還真是出乎我的意料之外。從我們一起上同一所大學的時候開始，和大地交往過的女生來來去去我都看在眼裡，千惠美和她們是完全不同的類型。他以前交往的女朋友都是所謂「受歡迎的女生」。那些女生全都長得很漂亮，個性非常活潑，任誰都會投以豔羨的眼光。在他被公司派到山梨工作之前，最後一個介紹給我認識的女朋友是K大的才女，大地相當引以為傲。就連大學同學的聚會，他也經常會帶女朋友出席。那女生是女性時尚雜誌的讀者模特兒[13]，得知我為那本雜誌撰寫報導的時候曾經微笑著說：「真巧！」雖然我們之間隔著彩頁與黑白頁面的距離，但是卻不會讓人覺得不舒服，是個臉上掛著純淨笑容的女孩。

「千惠美明明一開始是不打算接受他的。她明明說大地念過大學、頭腦一定很好，所以有些猶豫的。」

「不喜歡頭腦太好的人？」

「妳沒聽她說過嗎？她說她不喜歡被當白痴的感覺。我也不是不懂她的心情啦！」

「是喔……」

我想起來了。我記得千惠美跟我說過，也聽她說過當時自己在想什麼。

一般人都認為女人會將高學歷列入選擇男朋友或結婚對象的條件，但我身邊也有人不吃這一套。在我的家鄉，反應快、長得好看才是受歡迎的條件。不僅如此，有時還會飄散著一股由對高學歷的自卑轉化而來，就連自己也未曾意識到的「厭惡」。

這可以說是單純，也可以說是不夠聰明。我身邊的人似乎並沒有男人的學歷是自己的勳章這種想法。

我不記得那兩個人在那次讓他們走在一起的聯誼上有特別聊得來的跡象，也沒見他們交換電話號碼，就只是淡淡的而已。沒想到過了一陣子，千惠美就含羞帶怯地向大家報告，說他們開始交往了。

「對了，」政美猛然想起似地喃喃低語：「妳還記得千惠美說是大地給她的訂婚戒指嗎？」

「當然記得啊！」

兩人分手以後，那個戒指是怎麼處理的呢？已經結束的關係，只留下紀念品般的東西，光是試著想像，就覺得胸口一陣絞痛。

「是現在我才敢說，那玩意兒大概是便宜貨。」

一針見血的說法驚得我啞口無言。政美以感覺不到絲毫歉意的語氣接著說：

「我的意思並不是便宜就不好，只是覺得有點不太對勁，因為那不像是大地那種人會送的戒指。千惠美本人看起來那麼高興的樣子，心裡又是怎麼想的呢？」

「我倒是沒有注意到這點。聽說是鑽石？」

「當然是鑽石啦！畢竟是訂婚戒指嘛！問題是，鑽石也有分等級啊！」

政美收到訂婚戒指的時候，我們圍著她吵翻了天。卡地亞的一整顆鑽石。有人問她多少錢，我還記得當我聽到「將近百萬吧！」的回答時所受到的震撼教育。

我不曾比較過她們的戒指，但政美就是這種人。在她面前珍而重之地撫摸著戒指的千惠美是否意識到這點呢？

「千惠美為什麼會那樣一頭栽進去呢？」

「因為對方說喜歡她吧！」

我想政美可能不會明白吧！只見她沉默地注視著我，於是我接著說：

「因為有人向她告白、有人追求她吧！千惠是真的很感動。」

13 **指走在路上因為穿搭風格有型被挖掘的素人，也就是所謂的業餘模特兒。**

「我知道啊！就我所知，千惠美在大地以前淨是愛上一些不怎麼樣的男人。明明是個那麼可愛、那麼好的女孩子。」

最後一句話包裹著甜蜜的糖衣。之所以要置換成這不是在說她的壞話、我是在擔心她的口吻，大概是為了在女人的世界裡活下去所養成的習性吧！我以沉默來回應。利用透明的語言，輕易地挖掘出政美避而不談的真實。千惠美從來沒有和任何人「交往」過。

對我來說，無論是大學畢業還是大型企業的正式員工都無所謂。反而一開始可能會不喜歡這樣的人，可是大家好像都很羨慕的樣子……。

她雖然不曾露骨地說過，但是一旦開始交往，就會以此地無銀三百兩到近乎可悲的態度，用非常迂迴曲折的說法，強調自己受到條件很好、「很有女人緣」的人追求。

剛和大地開始交往的時候，我們一群女性朋友還辦過小小的慶祝會，千惠美悄悄地走到我旁邊說：

「關於前陣子由瑞穗和大地舉辦的聯誼，」

我還以為她是要為因此交到男朋友的事向我道謝。但我對大地有些不放心。見我心情複雜地抬起頭來，千惠美接著說：

「瑞穗有看上誰嗎？」

「嗯……沒有耶。一方面也因為是主辦人的緣故，光顧著和大地說話。不過我覺得那個比他小一歲的男人似乎很適合果步，我看他們也聊得很開心的樣子。」

我轉身面向她，只見千惠美的臉上慢慢地開出一朵笑靨如花，眼睛眯成兩彎新月。

「妳知道那群男生其實全都有女朋友了嗎？大地還叫我不要告訴大家，真是個壞蛋呢！」

以只告訴妳一個人為前提，在床笫之間說給親密愛人聽的小祕密。轉過身去當成笑話偷偷告訴其他女人。就像政美以前經常拿自己的男友們和千惠美來說笑那樣。

千惠美看起來非常開心的樣子。

我閉緊嘴巴，努力把滾到脣邊的話吞回去，只是靜靜地回了她一句：「是喔。」

政美的眼神黯淡，似乎看穿了我的心思。過了一會兒，她才說：

「妳該不會要跟我說妳明白千惠美當時一面說不用交往也沒關係，一面跟男人上床的心情吧？」

這完全是兩碼事喔！政美補了一句。

菸灰落在桌上。即使她用強烈的語氣、銳利的目光瞪著我，但是從她連菸灰都不能好好彈在菸灰缸裡的舉動看得出來，她其實也正處於某種緊張的狀態中。是不安？是害怕？還是一再指責我所帶來的快感或興奮呢？

「就算妳真的這麼想，關鍵還是在於會不會跨過那條線。妳是一定不會跨過那條線的，所以不可能明白千惠美的心情。」

「為什麼要問我這個問題？」

「因為我不希望妳認為自己跟千惠美一樣，不希望妳用自以為很了解千惠美的態度來跟我說話。」

她眼裡那條肉眼看不見但繃得死緊的線鬆開了。政美垂下眼睫，又叼起香菸。

「我也和妳一樣，不會跨過那條線，但千惠美不一樣。我們這麼會算計的人，再怎麼說也不是真的沒有男人追吧？老實說，我想不通妳為何會來參加我們的聚會。結果妳還不是靠自己找到對象了，而且還在東京。」

「妳太看得起我了。那時候我又還不認識啟太，我也想交男朋友啊！」

「我才不相信。」

政美再度把香菸捻熄在菸灰缸裡，光用叉子就把店員端上桌來的漢堡排切成小塊小塊的。這次換我問她：

「話說回來，妳又是怎麼看我的？當時妳為什麼會邀請我呢？」

「朋友在幫《Capa》或《Lily》之類的雜誌工作不是很有面子嗎？而且妳總是安安靜靜的。能跟妳成為好朋友，是我的驕傲喔！」

真不知她是在稱讚我呢？還是在損我？但我還是以「謝謝」二字回敬。政美又瞪了我一眼。我明白她的意思。

曾經發生過一件令人哭笑不得的事。政美逢人就拿我出來說嘴的炫耀曾幾何時變了調，當時有好多我連見都沒見過的政美朋友透過她來找我商量。像是要求我在婚禮上致辭、代寫出差的報告。我沒一次答應過的。與其說是基於工作上的原則，其實是因為那全都是一些由她們自己來表達會比較好的事。因為我又不知道她要結婚的朋友是什麼個性、有什麼回憶，也不知道出差的狀況，是要我從何說起、寫起呢？也無法理解她們明明每天都能打出一大堆廢話連篇的電子郵件，一旦要寫比較正式的文章就突然膽怯起來，一行都寫不出來的心情。

我都已經這麼說了，政美還是不知收斂，搞得自己灰頭土臉。一直纏著我，要我花一個小時也好、半個小時也罷幫忙寫那些東西。要一直回信拒絕這種莫名其妙的要求，也是造成我和政美疏遠的原因之一。

這群人既無法用自己的語言說話，也不會用自己的辭彙寫文章。

聯誼的時候，我從來不會主動開口。自我介紹過之後，當氣氛逐漸變得熱絡，政美會坐到我旁邊來，對自己的朋友和男士們說：「瑞穗很了不起喔！」還不忘把我捧得高高的：「不問她的話，她絕對不會主動說出自己的家世很好、還是個作家的事。所以我得幫她宣傳一下才行。」算是一種默契，聯誼一定要有的團隊合作及固定流程。

真是令人懷念的過往。我已經過了那種願意和不認識的人吃吃喝喝的年紀。當時一點也不覺得那有什麼，可是最近開始會對已經事過境遷的事感到惋惜。雖然絕對不想再來一遍就是。

「當千惠美帶妳來的時候，我其實感到很意外。」

「哦？」

「因為妳散發出一股花俏的味道。」

政美笑著說。

「我還以為她只有土氣的朋友，沒想到她居然帶一個會讓我想讓她加入我們的人來，所以真的感到很意外。事實上，除了妳之外，她根本沒帶過其他朋友來。」

我反射性地想起前幾天才見過的由起子。高中時代的手工藝社那群人。

「我想對千惠美來說，妳是她引以為傲的朋友喔！」

「可能妳自己不覺得——」政美補了一句。

「當我們提起妳的婚禮在三月舉行這件事時，她還幫妳說話，說妳其實也想邀請我和果步參加婚禮，只是因為人數的關係，無論如何也塞不進去；說妳為此深感抱歉，覺得非常過意不去。——妳知道嗎？」

政美以高八度的聲音模仿完千惠美的語氣之後，輕聲說道：

「妳不覺得她是個很讓人心疼的好朋友嗎？」

感覺胸口被什麼東西堵住了，我屏住呼吸，保持鎮定。

離開山梨後，我時常回想起那個時候的事。我的確認為自己和她們不一樣，因為這樣的想法，讓我在眾人之間總是顯得格格不入。無論我再怎麼想要融入大家，與大家好好相處，她們都不會接受我吧！因為我們追求的東西就是不一樣。就這點來說，是千惠美搭起我和她們之間的橋梁，讓我能坦然地和大家坐在一起。

我和她們不一樣。的確在想法上有很多分歧的地方，後來也變得疏遠了，但我喜歡政美，喜歡果步，也喜歡聚會。因為很開心，所以我才會去。借著千惠美的力量去參加。

我緩緩地轉動眼珠子，凝視著政美。換她開口問我：

「可以換我問嗎？」

「嗯。」

「妳心裡是怎麼想的？我不是指千惠美本身的事，而是關於千惠美的家庭，妳怎麼看？」

我一聲不響地回望著政美。彷彿是要逼出我的答案似地，政美接著說：

「我討厭她們家。」

政美告訴我，這是她討厭千惠美的第二個理由。

「她們家感情真的很好對吧？好到沒水準的地步。我光看就覺得渾身起雞皮疙瘩。」

政美第一次用這種方式形容千惠美家是幾時來著？好像是在千惠美缺席的聯誼還是只有女生的聚會上，彷彿不吐不快似地滔滔不絕。沒水準、不解世事、容不下外人的家庭。政美在罵人的時候，辭彙豐富得令人大開眼界。

我想起來了。千惠美和政美的深夜吵架記。

本來不是值得一再提起的話題，但我還是問了。

「妳還在生氣千惠打電話的事嗎？」

「我不是生氣喔！只是無法理解。」

政美微微一笑。

「和爸媽一起去買東西、幫忙做家事、無話不談、爸媽說什麼就是什麼……明明是這麼乖的好孩子，為什麼會做出那種事呢？那件事以後我看到報紙和電視都是這麼報導的。大家都是這麼說的。無論是她的朋友、還是附近的左鄰右舍，都說她們明明是那麼理想的母女，假日還會一起做飯。」

「嗯。」

「問題是，做為一個實際知道這一切都是事實的人，反而無法坦然地接受這種說法。因為真的就是那樣沒錯。那家人的關係太過於密切了——她公司的女生也是這麼說的喔！我也真的很討厭在這件事上為她說話的妳。」

為她說話。

就在前幾天，果步也說過同樣的話。看在大家的眼裡，我原來是這樣的人啊！

「妳認識她公司的女生嗎？」

「嗯。但不是透過千惠美認識的。是以前一起喝過酒。過了好久才知道她們在同一家公司工作，當時還嚇了一大跳。」

「那個人是怎麼說的？」

我又重新認識到政美的朋友之多、人脈之廣。

她的回答極為簡短。

「千惠美是個好孩子，坦率，但還沒長大的孩子。完全不能否認對吧？」

「——政美，我聽說妳哭了，沒想到妳這麼冷靜。」

「果步告訴妳的？」

政美叼著菸，呶了呶右邊的嘴角笑著說：「果步也是個好女孩呢！」

「很像她會省略的說法。我可能真的哭了，但是並不深刻喔！果步還單身，好像也還在到處參加聚會，所以千惠美的事對她來說畢竟是近在身邊的大消息，可能還有力氣拿來說嘴，但我已經沒辦法了，每天都忙得要死，再也無法像以前那樣熱衷於別人的事。我的確很震驚。沒想到那個千惠美居然會殺自己的母親？可是啊……平常又不常見面，也許最近幾年她們母女倆之間發生過什麼變化也未可知，我甚至覺得比起發生在其他朋友家，這件事發生在她們家還更能說服我。」

「妳知道原因嗎？為什麼千惠會對她母親……」

「妳這不是明知故問嗎？」

我都還沒問完，政美就搶白了。我嚇了一大跳。而且是不讓我繼續把話說完，非常強烈的嘲諷口吻。我還在怔忡的同時，她的表情已經恢復正常，接著說：

「我不知道為什麼，但我並不覺得奇怪。理由可能一點都不重要吧！妳可以在報導裡隨便幫她想一個理由。」

我沉默不語地凝視著政美。「妳會寫吧？」政美硬是要一個肯定的答案。

「不管是千惠美的事、大地的事、還是她母親的事。我是聽果步說的。」

「……我只是想找到她，壓根兒也沒想到要寫成報導。」

「少來了。妳一定會寫的。」

政美的聲音低沉得有如在對我下咒，但是又不是強力地抨擊我。話說回來，她今天到底為什麼會願意見我？

「妳認為千惠現在人在哪裡？」

被我一問，政美默不作聲地眺望著窗外。窗外只有黑夜和家庭式餐廳偌大的停車場，除此之外沒有任何引人注目的東西。她讓視線停留在窗玻璃上，窗玻璃上隱隱約約地浮現出自己的臉，然後回答：「不知道。」

「我想她應該不會去找認識的人。我覺得她根本沒有可以依靠的人。我最後一次見到她的時候，她連男朋友都沒有。」

猝不及防地，政美把視線移回到我臉上。

「想必也不會在大地那裡吧？」

「我想應該不會。雖然我尚未和他連絡上。」

「那個人現在在幹嘛？」

聽起來雖然是隨口問問的疑問句，但是聽得出很明顯的好奇。我搖搖頭。

「這我完全不清楚。而且我們的交情其實也沒有那麼好，只是他來山梨工作的時候，因為住得近，才比較常連絡，回到東京以後就再也沒見過了。」

「結婚了嗎？」

「天曉得。」

或許是知道從我口中再也套不出什麼消息，政美從鼻子裡哼了一聲。

「要是沒有調回東京，搞不定他們現在還好端端地在一起呢！千惠美真是太可憐了。」

我無言以對。

千惠美和大地的交往持續了兩年左右。當大地確定要從山梨回東京的時候，千惠美也已經決定好要和大地結婚，和他一起去東京。決定要辭去這裡的工作，投入新環境。是大地要她一起走的、婚禮要在哪裡舉行、新房靠近哪一個車站……千惠美口中的進度很具體，但是一如往常，大地完全不曾向我報告。

看在政美及果步等當時一起玩的朋友眼中，那兩個人看起來似乎發展得相當順利。千惠美也曾經帶大地連袂出席只有女生的聚會場合，而且還特地選我沒去的時候出現。

「我也想和女生朋友一起玩，但這傢伙會吃醋。所以我就想說，那就千惠美跟朋友出門的時候把我也帶上好了。不好意思，請讓我參加吧！」

果步事後告訴我，大地是笑著說這段話的，兩個人可恩愛了。

「他還跟我說：『妳不覺得要是我們有了孩子，肯定是個很可愛的孩子嗎？』真是夠了。」

三年前的十一月，在政美的婚禮上遇到千惠美的時候，她告訴我隔年的四月就要和大地一起去東京的事。

我不曉得該不該為她高興。那時已經決定要嫁給啟太的我也正準備去東京。想像自己和千惠美在東京見面的樣子，總覺得欠缺真實感。

後來在婚宴上，千惠美和我比鄰而坐，當我和果步稍微追問她進一步的細節時，空氣的溫度也跟著一點一滴地下降。原本一臉幸福洋溢的千惠美，變得越來越沒精神。

事實上，從說好要結婚一直到那天，她和大地已經三個月以上沒見過面了，其間只靠著惜字如金的電話和電子郵件保持連繫。大地的工作似乎很忙，每當她發出「想見你」的訊息，就會收到「別為難我」的回覆。

別為難我。

能夠若無其事地說出這種話的男人。我這才第一次知道，居然會有人願意跟這種男人交往。由於已經向大家宣布婚訊，礙於面子和自尊，千惠美似乎把自己逼入無法把真相跟任何人商量的絕境。

終於說出真心話的千惠美，再也控制不住自己地開始哭泣。很順利。很順利。以前只會報喜不報憂的逞強口吻，一下子急轉直下。根本還沒見過雙方家長。也不敢向公司提辭呈。一整個不知道該怎麼辦才好。

說已經帶大地見過家長，原來是千惠美的謊言。聽說大地雖然答應她一定會去她家拜訪，但是又以工作忙碌為由，始終無法敲定日期。

只有這種節骨眼，我才會帶著鼓勵的意味問她。為什麼非大地不可呢？那種男人不要也罷，一定會有更珍惜千惠美的男人出現的。天涯何處無芳草，何必執著一個他呢？一如往常地勸她。

但千惠美只是一味搖頭，沒有回答。事情或許已經發展到難以挽回的地步了。

還等不到四月，過完年他們就玩完了。

「我們分手了。」千惠美發給我一封簡單到極點的郵件。我馬上打電話給她。希望這次彼此都能開誠布公地把真心話講出來，可是她卻沒接。不管我再打多次電話，不接就是不接。

可能是覺得把一切都告訴我們很丟臉吧！她近乎頑固地避著我。就連我離開山梨的時候，彼此也沒能好好地說上一次話。

「千惠和大地分手以後，妳還有見過她嗎？我在那之後就很少跟她連絡了，所以也不曉得她的近況。」

「那孩子起初連我也避著喔！因為她死要面子嘛！大概是不想我再過問吧！不過我還是三天兩頭就約她出來聚會，寫信告訴她我很擔心她，所以就慢慢地恢復連繫了。不過她再也不曾提起過大地，也幾乎不曾提起她們之所以分手的前因後果，所以我也沒問。」

「妳好了不起。」

「什麼意思？」

「我這個人只要主動連絡對方，對方沒反應的話，就會馬上放棄，而妳卻能鍥而不捨地跟她保持連絡。」

「因為我們是朋友啊！」

毫不遲疑的語氣，跟剛才抱怨千惠美時用的是同樣的腔調。也沒忘了對我補上一箭：「不過，妳一定不會再跟一刀兩斷的朋友連絡吧！」

「嗯，對不起。」

「我大概是喜歡這種麻煩的感覺吧！無論再怎麼看不順眼，要是連看不順眼的對象都失去了，沒有人可以說別人壞話的日子不是很無聊嗎？這也是朋友相交的醍醐味不是嗎？朋友是很重要的，而且多多益善喔！」

這點我真的學不來。我在內心對她頂禮膜拜。政美換上嚴肅的表情說：

「我在想，和大地分手的事，她媽是不是安慰過她。雖然她不讓我們觸碰她的傷口，但應該還是會想找人哭訴吧！要是連感情那麼好的母親都要隱瞞的話，未免太悲慘了。一個人要獨力振作起來，其實意外地辛苦呢！——對千惠美來說，這肯定是她第一次和別人認真交往那麼久吧？」

「應該是。」

「真的很可憐。二十五歲到二十七歲的這段時間剛好是女人最精華的時光，要是大地能一直留在這裡就好了。」

耳邊傳來政美的低喃，我不禁想起自己最近好像也才用同樣的語氣對誰說過類似的話。是對還在談一場沒有結果的戀愛的果步說的。太可惜了。年輕。

身為女人用來與人一較長短的武器。

我不認為女人年過三十就會枯萎，但是在二十多歲的時候的確會有一股實實在在、近乎焦躁的感覺。無法步入結婚禮堂的戀愛全都是在浪費時間，再也沒有比把青春年華奉獻給這樣的戀愛更不智的事了。我也是直到現在才能輕描淡寫地想說不是才二十七歲嗎？急什麼？但是在參加同年紀朋友的婚宴時，明白自己的青春確實已被耽誤的千惠美，心裡又作何感想呢？

對那些以結婚為人生的前提，完全不在乎自己現在的工作能力是否能持續到將來，在經濟和精神上都還無法自立的女人而言，結婚無疑是唯一的成果。因為只有這樣的價值觀，所以才會坦然接受偏離原意，被用來指稱超過三十歲還未能結婚生子的女人「敗犬」一詞。結果導致我身邊有很多人充滿被害妄想地越來越恐懼步步近逼的三十歲大關。

我夢想著有朝一日能夠成為叫得出名字的自由寫手，所以「敗犬」一詞中那種豁出一切的大無畏精神反而更能帶給我勇氣，但是像我這種人在這個鄉下地方絕對是例外。

「妳還記得妳以前教過我殺人的時候可以確實將對方一刀斃命的方法嗎？」

「什麼？」

「妳不記得啦？妳在喝酒的時候教我的。那時我剛被男人甩掉，憤世嫉俗，還說想殺了對方。結果大家還起鬨要我趕快動手。」

政美噗哧一笑，開玩笑地按著自己的腹部。

「妳告訴我，光把刀子插進去是不夠的，最萬無一失的方法是把刀子插進去以後還要轉一圈。這麼一來，內臟就會變得支離破碎，空氣一旦跑進去就沒救了，會形成確實的致命傷。」

「我確實說過這件事呢！」

那是我從當時看到的漫畫現學現賣的。政美點點頭。

「我不曉得妳是從哪裡學到這些的知識，但我也很喜歡瑞穗的博學多聞喔！覺得自己也跟著變聰明了。」

「因為這種無聊的事嗎？我只是開玩笑耶。」

「當時，千惠美也在場。」

嚴肅的表情重新回到政美臉上，我也收起嬉笑的表情。

「當警察來問我話的時候，我還反問一句：千惠美刺傷她母親的傷口有沒有轉動菜刀的痕跡？」

「警方怎麼說？」

「雖然刺得很深，但只是那樣。刺進去，拔出來，因為把刀子拔出來而造成大量失血。聽說現場似乎爭執得很厲害，她母親死前可能相當痛苦。」

政美以凝望著遠方的眼神淡淡地說明。

「可能她當時已經無暇他顧，也可能只是不記得了。總之，當我得知她沒有轉動刀子的時候，雖然鬆了一口氣，但也覺得好心痛。她明明沒有要致母親於死地的意思，卻還是刺了她一刀。」

我始終默默無語。政美又把一根新的菸捻熄在已經堆了好幾根菸蒂的菸灰缸裡。

「我聽說她帶著家裡的提款卡逃走了，但妳不覺得奇怪嗎？」

「哪裡奇怪？」

「我在新聞裡看到她用提款機提領了兩百萬現金的畫面，問題是密碼是怎麼來的？」

我從來不曾想過這個問題。政美問歸問，似乎已預測到我會怎麼回答，所以微微地勾起嘴唇笑了。

「那是她母親的提款卡吧？他們家該不會連提款密碼都告訴對方吧？請恕我口沒遮攔，但如果真是如此，那也很像他們家會做的事，我實在無言以對了。平常人不會這樣吧！就算是母女，也不會把密碼告訴對方吧！」

「我不曉得，但是警方應該向千惠的父親求證過吧？」

腦海中浮現出畫質粗糙的監視器畫面。千惠美的臉上沒有任何表情。

「我的確很想知道千惠美現在怎麼樣了。」

政美的語氣像是吞了黃連，言下之意透露出千惠美或許已經自殺的可能性。

「萬一她還在逃亡的話，也太令人心疼了。該死心認罪了吧！話說回來，她為什麼要逃呢？這點還比較讓我覺得不可思議。」

妳不覺得嗎？政美以疑問的眼神看著我。

「我不認為她是個可以自己思考、自己決定什麼事的人。就算她認為殺害母親是重罪，這輩子已經完蛋了，逃走也不能解決問題，還不是一樣完蛋嗎？只是徒增痛苦而已。倒不如束手就擒，照警方或律師說的做還比較輕鬆。」

「會不會只是因為害怕被抓呢？」

政美瞥了我一眼，陷入沉思，任憑時間一秒、兩秒地沉默滑過。過了好一會兒才幽幽地說：「如果是那樣的話，也太笨了。」

「果步好慢喔！」政美回頭往家庭式餐廳的門口張望。「該不會是故意的吧？故意製造我們兩個人單獨說話的機會？」

「我的精神可沒有這麼強韌。光是請她幫我連絡妳，就已經很需要勇氣了。」

我苦笑著回答。政美「哼……」地點點頭，看著切成小塊小塊的漢堡排，我還以為她不吃了，沒想到她又拿起叉子，叉起一塊送進嘴裡，用手指抹去沾在脣角，已經凝固的醬汁。

「等果步來了，我們換個地方吧！去酒吧好了。可以的話，最好是以前聯誼常去的地方。實在太令人懷念了，今天就陪陪我吧！只要從明天再開始絕交就好了，妳說對吧？」

我只聽過「昨天的敵人是今天的朋友」，政美的思考模式未免太極端了。

「了解。」

她邊吃著漢堡排，邊聊起失去連絡的這幾年彼此的近況。我在記憶裡回溯，我們是從什麼時候開始不講話的呢？

結果只想起跟很高的高跟鞋。

政美搖晃著桌子下的右腳，揭開謎底。

化妝品和衣服都選越來越便宜的買，LV或愛瑪仕的名牌包和首飾再也不曾增加過。妳相信嗎？連我自己都不敢相信了。從我婆婆到員工，每個人都在觀察「專務夫人」穿戴的東西。真受不了。就算回娘家訴苦，他們也都不管我的死活。

以前在聯誼的場合，我的名牌皮包曾經被她們讚美過「妳自己買的嗎？瑞穗果然很了不起。」她們之所以會這麼說，是因為她們真心相信寫稿的收入很好，反而是我嚇了一跳，那麼那些好幾十萬，光靠薪水肯定買不起的皮包又是誰買給她們的呢？男人嗎？還是她們一邊抱怨，最後還是指望能幫自己收拾殘局的母親呢？

我也沒資格說別人。因為我以前也是坐領「女兒費」的那種人。

果步來了，我們離開家庭式餐廳。「不好意思，我遲到了。」我們異口同聲地笑著對不斷道歉的果步說：「沒關係啦！」不知從我們的笑容中解讀到什麼，果步笑彎了眼，露出如釋重負的表情，喃喃自語地說：「太好了。」

「我們沒有和好喔！今晚是例外。」

政美說道，謹守著不肯讓步的原則。

我們在酒吧裡天南地北地聊著以前的事。明明千惠美的問題還沒解決，長伴我們左右，是避無可避的現實。我們還是像以前一樣高聲大笑。話題中不斷出現千惠美的名字和她的話題。「那孩子曾經坐在這個位置，說過這樣的話對吧？曾經做過那種事，逗得大家哄堂大笑對吧？」還模仿她當時的動作，聊個沒完沒了。女人真的很多話。

「妳現在和娘家的母親處得還好嗎？」

果步離開座位去上廁所的時候，我問政美。政美搖晃著馬丁尼的酒杯。剛才她用口齒不清的語氣大聲宣布，今晚要奢侈一下，已經請好司機來開她的車載她回去了。

「瑞穗還沒有小孩嗎？」

「還沒有。」

「我看妳是根本不想生吧！妳老公感覺是很開明的都市人，你們很適合不要小孩，永遠過著闊綽的兩人世界。」

「才沒有那回事呢！」我只能這麼回答。搞不好這是我第一次在日常生活中親耳聽見「都市人」這三個字。

「等妳生了小孩就知道了。」政美接著說。「雖然很不甘心，但是等到自己成為母親，就會原諒母親的所作所為了。因為一切都會感同身受。比較困難的是父親那邊。就算可以對母親睜一隻眼、閉一隻眼，但是與父親之間的鴻溝還是怎麼填都填不平。我現在比較傷腦筋的是這個。」

她並沒有明說到底是什麼問題，我也沒問。

「不好意思。」政美還在說。「做為一個已經結婚生子的女人，我可是人生的贏家了。」政美高高地舉起酒杯，從丹田發出開玩笑的聲音。雖說已經醉得不輕，但是在果步面前，她絕對不會這麼說吧！政美和以前一模一樣，比誰都懂得察言觀色。

透露著生活的氣息，後腳跟已經磨損的包鞋發出「咚！」的一聲，從政美的左腳脫落。她放在吧臺上的手機一直在閃。從我們還在家庭式餐廳聊天的時候，我就注意到她的手機在皮包裡振動過好幾次。

自己開業，還要進行現場作業的公司，董事長和專務絕不是大家以為的那麼清閒，這點政美想必一開始就有所覺悟了吧！參加她的婚禮的來賓，全都是兩家為了爭一口氣找來的大人物，不是當地出身的國會議員，就是市議員，和她都是當天才第一次見到面。其中還有一個人在致辭的時候，從頭到尾都把政美的名字喊成「政子小姐」。其他的人只能露出苦笑，裝作沒看見。

錢不是問題，問題是沒有請假的理由，聽說他們的蜜月旅行是日本國內的熱海之旅。前幾年還單身的時候，她趁著暑假去夏威夷旅行買回來給我的小瓶香水，現在也還放在我娘家的窗臺上。

人生的贏家。

她去夏威夷的時候，「敗犬」這個名詞剛好流行起來，當時最不以為然的就是她了。「我最討厭有人這樣說我了。妳不覺得世界上也有不想結婚的人嗎？

想談戀愛，至於結婚嘛……還不想定下來。」

到底哪一句才是她的真心話呢？只要有人家裡是自己做生意的，父親被尊稱一聲「董事長」，就說那個孩子家裡最有錢這樣——最近才聽說小學生會這樣講。政美當時是對什麼事理解到什麼程度？又是做好什麼樣的心理準備呢？

問題不在於她是不是「人生的贏家」。問題是，肯定有什麼理由迫使她眼下不得不說出這句話。

我本來就知道引起流行的書和這裡對書上內容的理解存在著落差。在地方的中小企業穿著工作服的「我們」既不叫「敗犬」，也不叫「人生的贏家」。話雖如此，但到底要怎麼叫，才能追得上理解的程度呢？我也不是很清楚。

我想起幾年前的某一個晚上，我曾經同時聽見政美發怒的聲音和她軟弱的真心話。

——妳打什麼電話？

走廊上傳來政美中氣十足的聲音。我和果步面面相覷。

千惠美和政美相繼離席已經過了好一陣子，我們也開始覺得有些不太對勁。先站起來的是千惠美。每次聯誼的時候，千惠美在十二點前一定要打電話回家。除了千惠美以外，也有其他女生會打電話回家報平安，說自己會晚一點回去，請家人不用擔心。大家都會假裝是去上廁所，拿著手機離開座位。回來的時候被男生調侃：「剛才的電話是打給男朋友的吧？其實妳已經有男朋友了吧！」不知該做何反應而感到不知所措的模樣，在當時並不是什麼特別的光景。

「妳打什麼電話？真令人火大。妳幹嘛什麼事都要報告？」

「政美。」

我們丟下男生們，連忙趕到走廊上，發現兩人正站在廁所前。見我們趕到，千惠美的眼神得救似地放鬆下來。但也只有一瞬間，因為政美看也不看我們一眼，繼續數落千惠美。

「正常人都會瞞著父母吧！也不想想父母聽了會作何感想。」

果步嚇得目瞪口呆，但一旁的我已經知道是怎麼回事了。千惠美握緊手機，臉色漸漸蒼白。政美

「我從以前就覺得很奇怪了，妳們兩個也知道吧？千惠美什麼事都會告訴她爸媽。而且不是只說會晚一點回去，而是鉅細靡遺地報告喔！今天的聯誼對象有幾個人？又是什麼樣的人？」

千惠美求助地看著我們，尤其是我，害我超想避開她的眼神。政美繼續發飆：

「就連來參加的男孩子住在哪裡？是老大嗎？還是老二？這些全都在報告的範圍裡喔！老實說，我覺得這實在有點不正常。妳們難道不覺得有點噁心嗎？」

那一天，政美一下子就喝了很多酒，已經醉了。

「對不起。」

千惠美以顫抖的聲線說道。雙手緊緊地捧著手機，深怕有什麼損傷似的。

「我爸媽比較怕寂寞。可能是因為我從小一放學就回家，父母不是在溫室，就是在田裡的環境下

長大的關係。」

「妳在說什麼？我有問妳這個嗎？」

政美嗤之以鼻。

「正常人不管父母多怕寂寞，也會覺得父母很煩，慢慢不再跟父母無話不談喔！難道妳不曾覺得老是和父母黏在一起很丟人嗎？至少我就覺得很丟人，這麼一來，父母也會習慣，不再一一出言干涉。但千惠美家從來不曾進入這個階段，感情也好得太過頭了。」

「才沒有這回事。」

千惠美慢慢地漲紅了一度變得蒼白的臉，這也使得政美的攻擊更加一發不可收拾。

「是嗎？妳明明還要向妳爸也報告一遍的。我可是目擊過無數次妳打電話的場景喔！和她媽講完電話以後，千惠美還會叫她爸來聽喔！而且就算換成她爸，她照樣一五一十地報告：『嗯，很好玩喔！聚會點了什麼菜？有幾個男生？其中有個很帥的男生喔！』」

政美是想把惡意灌輸給千惠美。

我的背脊一陣涼意。

「正常人在叛逆期的時候會一天到晚跟父母吵架，久而久之就不會再有那種和樂融融的氣氛了。我和我媽的感情就很差。所以才會覺得更奇怪也說不定，但我真的不能理解妳們家。」

我還是第一次聽說政美和她媽感情不好。但是不難想像應該不是什麼大不了的事。我看過她在接她母親打來的電話時氣鼓鼓回話的場面。我不認為那有什麼特別的。她們肯定就像我想像中的母女，像我和我的母親——和我們家同樣程度的親密，然後也同樣程度的吵吵鬧鬧。

「我在叛逆期的時候也很誇張啊！」

千惠美從聲帶裡擠出聲音回答。

「不信妳去問我爸媽，我想他們肯定會說我在叛逆期的時候也鬧得很厲害。」

「真是雞同鴨講。妳根本什麼都不懂嘛！真正在叛逆期鬧得很厲害的家庭，是無法修補那個裂痕的。你們一家子真的全部都跟小孩子一樣。」

千惠美的臉色變了。

「這種親子關係已經超越搞笑的境界，變成恐怖片了。」

政美皮笑肉不笑地說。千惠美一副隨時都要哭出來的樣子。我以嘶啞的聲調打圓場：「政美。」但政美看也不看我一眼。

「政美！」

我發出怒吼般的聲音，政美終於轉頭看我，受驚似地縮著肩膀。

她那時完全把計算自己的立場拋在腦後。我往前一步，問她：

「千惠這樣子對妳造成什麼直接的困擾嗎？」

政美注視著我，一時無言以對。醉意和氣勢似乎同時退駕似地眨了眨眼睛。果步露出泫然欲泣的眼神，輪流看著我們。

「我送妳回去。」我把手放在政美的肩膀上，對果步說：「千惠就拜託妳了。」

聯誼的男生們都站在離走廊稍微有一段距離的地方看我們的笑話。當我拉著政美回去拿外套的時候，其中一個男生小聲地嘟囔：「女人好可怕！」我面無表情地對他說：「今天就到此為止。」身為主辦人的政美早已拋棄她的職責，依舊沉默不語地低著頭。這件事從頭到尾就只發生過那麼一次。

政美坐在我開的車上，絮絮叨叨地說：

「她曾經問過我，我不是長女嗎？為什麼要和長男交往啊！」

政美的表情變得十分苦澀。當時政美已經和她現在的老公開始交往了。她有些難以啟齒地說下去：

「我想她應該完全沒有惡意，但我還是覺得問這什麼白痴問題。難道只因為長男這種理由，就要我放掉眼前的好男人嗎？在我們這個年紀，而且還是在現在這個時代，居然還有人在乎這種事，而且還這麼直接地問我……」

政美的確是兩姐妹中的長女。千惠美的意思大概是想知道是不是哪個女兒會招贅好留在家裡？抑或是兩個人都要嫁出去？我多多少少可以理解政美被問到這種問題不舒服的感覺，也可以理解千惠美不問不舒服的感覺。畢竟千惠美是她們家的獨生女。

政美嘆了一口氣。

「氣死我了。居然擔心起這種事來，她是準備當一輩子不解世事的小孩嗎？每次我和我媽吵架的時候，她都會數落我『怎麼這麼不聽話』，每次聽到這句話，都會火冒三丈地想，到底是要聽誰的話？我明明就對自己的心很『聽話』，我媽所說的『聽話』只是要我聽她的話，一旦我不照她的話去做，她就會遷怒於我。」

政美似乎累了，但還是垂頭喪氣地接下去說。

「問題是，千惠美卻是與生俱來就能這麼『聽話』。」

政美結婚的時候，聽說她父母對女兒嫁給長男並沒有意見。因為家裡有兩個女兒，所以從以前就有所覺悟了。婚禮後政美告訴我，她很感謝自己的父母。

自從那次吵架以後，千惠美不再大動作地打電話回家，但那也只是從走廊上換到餐廳外面去打。大冬天的寒風中也不穿著外套。政美雖然也察覺到了，但也不再說些什麼。

有一次，政美找我出去，告訴我千惠美向她道歉了。

政美的嘴角掛著一絲苦笑。看起來像是覺得一開始先找碴的自己很丟臉，又像是在講一個引人發噱的笑話。

「她向我道歉說：『對不起，我很噁心吧？』千惠美紅著眼眶對我說，被她這麼一說我才恍然大悟，我居然逼千惠美親口說出這種話，但是比起反省和後悔，我終於明白了一件事。啊！我在千惠美身上感受到的那種不對勁的感覺究竟所為何來。沒錯，我就是要逼她承認自己很噁心的事實。」

「實際上變成這樣之後，妳有何感想？」

「什麼感想也沒有喔！我連忙否定、安慰她說：『抱歉抱歉，呃……我不是那個意思，我是羨慕妳。』這樣。」

政美笑著向我坦白之後，臉色突然變得很嚴肅，補了一句：

「老實說，我絕對不要跟那種家庭扯上關係。可能也有人會覺得那孩子那種天真無邪很好、很可愛，但是對我來說，卻像是地雷連環爆，而且還是殺傷力最大的那種。」

「是喔。」

「我想問妳一件事。」

政美以冰冷的語氣對我說。

「妳為什麼要替她說話？妳看到那家子都不會覺得怪怪的嗎？」

「我只覺得她媽媽人很好。」

真令人意外，我居然毫不遲疑，聲音就從喉嚨裡發出來了。政美露出驚訝的表情。我不管她繼續說：

「可能是因為我從小看到大吧！我很喜歡千惠的母親。」

把爛醉如泥的政美交給代駕的司機，由以前去過她家的果步告訴司機該怎麼走。「沒問題，沒問題。」政美發出不當一回事的豪爽聲音，向我們揮手道別。目送她消失在計程車裡，兩輛車一前一後地疾駛而去之後，兀自對著車道揮手的果步回過頭來看著我。

「不好意思，今天來晚了。不過這樣也好，看樣子妳們兩個人聊得挺愉快的。」

「嗯，謝謝妳。」

「妳付錢了嗎？」

「家庭式餐廳和酒吧的錢都是我付的喔！」

「啊！我不是這個意思。」

果步難以啟齒似地看著地面，過了一會兒，才小聲地說道：「當我告訴政美妳想見她、問她關於千惠的事時，政美反問我：『瑞穗會付我錢嗎？』我說我不曉得，但政美好像有所期待的樣子。」

「是喔。」

臉上不由得浮現出一抹苦笑。這麼說來還真像是政美的風格。

從她的車消失在視線範圍之內的高架道路再往前一點的地方可以看見施工的照明。我和政美都很喜歡望著紅色的燈光和霓虹燈閃爍在夜空中的零星光芒，在深夜的空曠馬路上兜風。

不管政美是為了掩飾自己的難為情也好，還是真的期待會得到謝禮卻又期待落空也罷，當我們一路敘舊下來，這已經變得一點都不重要了。我不確定真實情況為何，但是她完全沒提到這件事，只吃了家庭式餐廳裡冷掉的漢堡排。

政美身為專務之妻，身為人母，置身於公司的人際關係與左鄰右舍的來往、媽媽友[14]的交際中，肯定也還沒有要把主導權讓給別人的意思。今天光是她願意穿上高跟鞋、打扮得漂漂亮亮地出現在我面前，我就應該要千恩萬謝了。

由於我一直沉默佇立著，果步問我：「接下來呢？」

「要回去睡覺了。真抱歉，果步，妳工作一天肯定很累，明天還要早起對吧？」

「我還好，比起這個……」

「什麼事？」

「也讓我幫忙吧！」

我抬起頭來，只見果步露出認真的表情，然後俏皮地笑了。

「我也想幫妳的忙，幫妳把千惠美找出來。我今年的特休幾乎都還沒用到，工作到這一週應該也會告一段落，所以隨時都可以請假喔！反正我的工作本來就全都是一些無關緊要的雜事。」

「可以嗎？」

「當然。」

果步嫣然一笑。我想起政美說過的話：「果步也是個好女孩呢！」她的意思是，果步和工於心計的我們不一樣。

「接下來該怎麼做？妳打算一個一個去問千惠美的朋友嗎？像問我和政美這樣？」

「不，我打算先回東京一趟。有件事情我想調查一下。」

「我明白了。如果有什麼需要我幫忙的地方，請跟我連絡，雖然我可能幫不上什麼大忙就是了。」

「謝謝妳。」

我好想把一切都說出來。

告訴她我其實沒有回娘家，告訴她我等一下要回去的地方其實是車站前的廉價商務飯店，告訴她我心裡的祕密。

原來人在因為緊張而情緒緊繃的時候，一旦接觸到少許的溫柔，就會想要整個人依附上去。

千惠美現在怎麼樣了？

失蹤至今，有人和她接觸過嗎？無意中走進去的餐廳、下榻的飯店……什麼都好，應該有人除了公式化的應對以外，也會對她投以溫情的招呼，像是「今天的天氣真好啊！」「妳是打哪兒來的呢？」當她聽到這些帶有人情味的問候時，難道不會一而再再而三地削弱她的決心嗎？能夠抵擋這樣的誘惑繼續逃亡，我想這並不是一般人所能做到的事。

——倒不如束手就擒，照警方或律師說的做還比較輕鬆。

政美的話聽起來就像是對我說一樣。我悄悄地把手放在右肩上。我們這群欠缺思考能力，只能任人擺布的孩子們。當無憂無慮的我們終於下定決心，決定用自己的雙腳站立的時候。

十月十日

在車站的月臺等特快車要離開山梨的時候，接到政美打來的電話。

『瑞穗，妳現在有紙和筆嗎？可以記下來嗎？』

14 日本家庭主婦一種獨特的交友型態，主要是家有幼兒的母親們所形成的交友圈。

她的聲音後面傳來小孩的哭聲。不光是那樣而已，還有男人們忙進忙出的吆喝聲，混雜著方言，聽起來十分刺耳，想必正在工作中。從置身於早晨一片忙亂的政美身上，絲毫感覺不到昨晚玩到半夜的氣息，只有比多年前更強悍的氣息。

『我已經幫妳跟對方打過招呼了。』她告訴我一串行動電話的號碼，接著說：『及川亞理紗。小我們三歲，目前還在千惠美待過的那家建設公司上班。也許是我多管閒事，但是妳如果想知道什麼的話可以問她。』

「謝謝。」

出乎預料的發展，我一下子反應不過來，只能先道謝再說。將號碼抄在筆記本裡，複誦一遍後，終於擠出一句：「昨天也謝啦！幫了我大忙，真的很感謝妳。」

『我也很開心喔！』

政美的語氣太自然了，害我嚇了一跳。我提起果步說的謝禮一事，政美哈哈大笑。

『不用了啦！不過，妳在寫千惠美的報導時，要把我的事也寫出來喔！當然，要寫好的那面，好讓我可以拿出去向別人炫耀。』

我不曉得她哪句是真的、哪句是假的，總之話筒那邊傳來忍俊不住的笑聲。伴隨著她爽朗的笑聲，小孩哭得越發大聲了。

『妳可不要誤會喔！我們還沒有和好，所以這次是我先賣妳一個人情。』

再見。政美輕描淡寫地丟下這麼一句，隨即掛斷電話。

我們都到了明白不是要一直講電話、不是得義務性地經常見面才是所謂朋友的年紀了——這點令我感慨良深。

我重新打開闔上的手機，把政美剛才打給我的號碼新增到通訊錄裡。這是我第一次把已經刪除的號碼又重新登錄回手機裡。

當我回到東京的住處時，啟太不在家。我在玄關卸下大件的行李，心裡想著既然是平日的白天，不在也是理所當然的。

屋子裡比我預想的還要整潔。除了脫下來的睡衣就直接披在沙發上、桌子上有幾個杯子沒收以外，看起來並沒有太亂七八糟的痕跡。

三餐大概都是在外面解決的吧！話說回來，就算我在家，他也都是吃過了才回來。我邊思索邊望向桌面，發現桌上有個便利商店的塑膠袋，裡頭有幾雙免洗筷。看樣子他還沒奢侈到三餐都吃外面，這點讓我心中充滿愧疚。啟太目前所在的部門忙到就連讓他溜出去吃個晚餐的時間都沒有，通常下班回來只能精疲力盡地倒在沙發上，吃我用剩菜剩飯簡單做成的消夜。我才離家幾個禮拜，卻已經一下子想不起來自己為他做飯的樣子了。

我把髒衣服從行李裡拿出來，和啟太脫下來的睡衣一起丟進洗衣機裡。房間看起來雖然很乾淨，但洗衣籃裡的髒衣服堆積如山。

回到客廳裡，設定成外出模式的傳真機閃著燈。啟太不會碰這部我工作專用的電話。我很想馬上確認，但是一看到累積的留言和傳真的件數加起來超過二十件，就突然沒了幹勁，撲倒在沙發上。其中有幾件是我從山梨的飯店裡轉寄過來的呢？

耳邊傳來洗衣機運轉的聲音。

把臉埋進沙發的座墊裡好一會兒，告訴自己這裡才是我的生活。

我好想去找啟太。但是飛機的起飛時間是下午兩點，沒時間讓我慢慢摸了。

將事先冷凍保存的麵包拿出來解凍，吃起遲來的早餐，一邊從放在桌子旁邊的報架裡抽出舊報紙，瀏覽著報紙上的內容。然後下定決心，開始處理工作，當我正在檢查已經進入校對階段的原稿時，目光不禁停留在女性雜誌《Capa》交代我撰寫的打樣稿上。這本雜誌起用了很多讀者模特兒，善於運用這類的宣傳手法來拉近與讀者之間的距離。其所鎖定的讀者年齡層是大學生到二十出頭的女性，在我看來稍嫌年輕了點，但工作歸工作。如今當我看到雜誌名稱的商標時，腦海中突然閃過一件事。

打電話過去，負責跟我接洽的編輯剛好在辦公室裡。約好今天會回傳打樣稿之後，我拜託她一件事。說我想見幾年前曾經擔任過讀者模特兒的「寺脇悠里」一面。

『因為是在我來編輯部以前的人，所以我得問一下前輩和以前負責的人。妳是要採訪她嗎？』

「我是她老公的朋友，麻煩妳把我的名字告訴她，說我有篇採訪想拜託她，請她考慮一下。」

『那女生已經過氣了，我手邊有很多新鮮貨，隨時都可以介紹給妳，如何？』

「我現在正在寫的報導是關於幾個和自己同年代的人，剛好那女生和我同齡，所以非她不可。」

我強調完這點，把電話掛斷。

洗衣機的聲音再度響起，逼我不得不正視屋子裡的寂靜。不曉得是因為大樓的隔音設備做得好、還是蓋的地點好，總之是都會中難得寂靜的空間，也很清楚自己應該要心存感謝，應該在結婚的時候就把這分感謝銘記在心，可是我卻老是不在家，每次都把這個環境一拋開就是好幾個禮拜。

和自己同年代的人。

我剛才脫口而出的話。

我、寺脇悠里、果步、政美、就連不知去向的千惠美，大家都是同年代的人。腦海中浮現出「同人不同命」這句話。這句經常出現在新聞及報章雜誌裡的話，總是讓我連想到負面的情緒。有人是鎂光燈的焦點，有人卻只能躲在暗處。

光線是從哪裡照射過來，又是從哪裡被隔絕的呢？我當然知道眾生在呱呱墜地的那一刻就已經不是平等的，但依舊想不通，到底是從哪裡拉開了差距呢？

受到關愛的孩子就能得到幸福——這件事難道只是海市蜃樓嗎？與我同年的千惠美受到父母全力的關愛，而她也是個願意回應父母期待的女兒。

我翻開筆記本，又打了一通電話。及川亞理紗。千惠美以前的同事。

『喂。』

「妳好，我是神宮司瑞穗……」

『啊！嗨！我是及川。政美跟我說過了。請等一下喔！太好了，我現在剛好人在茶水間裡。』

聽說她比我們小三歲，但是說話簡單扼要，聽起來天不怕、地不怕的樣子。對當時的聯誼成員來說，能夠正確使用敬語[15]的女生也算是稀有動物了。當我說我有事情想請教她的時候，她很爽快地答應了。

『我也很擔心望月小姐，要是我能夠幫得上忙就好了。』

或許是顧忌到公司裡耳目眾多，唯獨在稱呼「望月小姐」的時候壓低了音量。我問她什麼時候有空，感覺她在話筒那頭微微頷首。

15 日語中用於表達敬意的詞語。說話人會根據談話內容以及對象，而使用相關的辭彙或是動詞變形。

『我的行事曆現在不在手邊，所以還不確定日期，可以請妳過兩天再打給我嗎？』

我向她道謝，掛斷電話。將洗好的衣服晾在浴室裡，設定好烘乾的時間以後，也同時準備好接下來的行李。

「我回來過了，再打電話給你。瑞穗。」

留下紙條，走出家門。

趁著在機場候機的空檔，打了一通電話到啟太位於富山的老家。婆婆以輕快的聲線接了起來。

『瑞穗嗎？』

「好久不見，前幾天才提出那麼任性的要求，真不好意思。您現在方便嗎？」

『方便方便，我現在在家裡。禮拜四店裡休息。』

啟太的母親是精品店的受僱店長，那是一家所謂的高檔店，客層是很捨得把錢花在衣服上的三十歲到五十歲的女性。富山縣內只有她那家店有很多名牌貨，再加上開在車站前，地理位置很好，所以生意還不錯。

『妳今天大概幾點會到這裡？我去機場接妳。』

「謝謝。啟太其實也很想跟我一起回去的，但工作實在走不開，所以我就先一個人過去打擾了。」

『說什麼打擾？我超歡迎妳來的。』

我告訴她預計抵達機場的時間，掛斷電話以後，喝了口保特瓶裝的礦泉水。比起前幾天接到親生母親打來的電話，壓力小多了。

其實只有一件事讓我無法釋懷，那就是自己為什麼要為那件事對親生母親有罪惡感。

到了登機時間，我坐上飛機。一面聽著機內廣播，一面走到自己靠窗的位置，然後馬上靠在椅背上。從皮包裡拿出資料夾，翻開在山梨縣的飯店裡剪下來的報導。

〈嬰兒保護艙的功過〉

第一次聽到設置的消息，是在我回到山梨，參加聯誼參加得最勤的時候。我還記得曾經和政美、果步、千惠美討論過這個話題。就連平常幾乎不看報，除了自己生活周遭的人事物以外，對政治、經濟漠不關心的她們，對這件被媒體當成頭條新聞報導的消息也略有耳聞。

我們家因為做生意的關係，父親訂了七種報紙，每天早上出門以前都要全部瀏覽過一遍。因此我從小就養成看報的習慣。政治、經濟、國際情勢……在我們家的餐桌上提起時事新聞的話題是司空見慣的事。

一直到上國中以前，朋友之間討論的無非是聽朋友抱怨或談戀愛的事，嚴肅的話題最多僅止於學校的功課，因此我並沒有特別意識到，和身邊的朋友有哪些共通的話題。直到上了高中，為了準備考大學的論文及面試，看報、關心國家大事變成是一種義務，進到大學以後，原本的義務也順利成章地融入我的生活中，成為無庸置疑的常識。雖然我最後選擇在家工作，但是考慮進大公司工作的朋友們對時事特別敏感，要是不了解彼此談話的內容就會被瞧不起，這也讓人感受到一股無言的壓力。

因為從公立的中學到接下來的高中、大學都是我自己選擇的學校，因此聚集了一群和我相同程度、志同道合的人。學業成績當然不用說，就連生活的能力、思考的能力我想都在伯仲之間。

當我回到山梨，和千惠美她們重逢的時候，她們那種漠不關心的態度、貧瘠的思考能力令我感到錯愕不已。與其說是錯愕不已，還不如說是重新回想起來。和國中的時候一樣，她們只對自己生活周遭的範圍和演藝圈的新聞感興趣。

搞不清楚縣議員和國會議員的差別，就算選舉去投票，也不曉得自己現在投下的一票是在選什麼東西來著。就算成天把不景氣、不景氣掛在嘴邊，也不想去追究不景氣的原因究竟出在哪裡，也不知道自己上班的公司會不會受到不景氣的影響。萬一公司真的破產倒閉，頂多也只有一開始會附和大家說公司的壞話，然後再去找下一份大同小異的工作。

這樣其實就能活下去了，一點問題也沒有。

周圍的時間慢吞吞地，有一搭沒一搭地流逝，反而是我時時刻刻擦亮自己的天線顯得滑稽又可笑。

「我不太懂嬰兒保護艙的意思，那是什麼意思？可以這樣做嗎？把小孩丟掉不是犯罪的行為嗎？」

「什麼？我還以為是把小孩送來耶。我以為是把嬰兒送給沒有孩子的人。」

可能是因為媒體反覆再三地報導，她們也開始討論起這則新聞。而且之所以能引起她們的關心，恐怕還得歸功於「嬰兒保護艙」這個令人印象深刻的名稱。

「為什麼設在富山那麼遠的地方？既然都要成立的話，設在東京不是比較好嗎？」

千惠美的發言讓政美她們點頭如搗蒜：「就是說啊！」基本上，所有的時事新聞大抵如此，我會比大家了解得更深入一點。和政美她們在一起的時候我雖然什麼也沒說，但是在回程的車上，我向千惠美解釋：

「千惠，嬰兒保護艙一開始是由私人醫院設置的喔！而那剛好就是位於富山的醫院。」

當時千惠美正開車送我回家。通常我們會事先討論過，如果今天其中一個人喝得多了，就由另一個人負責開車。坐在駕駛座上的千惠美看著我說：

「私人醫院？」

「妳一定以為這是政府新頒布的制度對吧？不是喔！這只是一家民間醫院基於自己的方針決定要設置的。正因為如此，才會引起這麼大的騷動。」

「妳是說，是那家醫院擅自決定的嗎？」

「歐洲好像已經有前例可循，最先開始的國家我記得是德國，報紙上是寫說已經行之有年，從以前就設在修道院之類的地方。富山那家醫院是天主教醫院，原本就不肯幫人墮胎。這次的措施也是從幫小孩找認養家庭的活動延伸出來的措舉。」

千惠美似懂非懂地聽我說，於是我又接著說：

「日本很久以前好像也曾經有過這樣的醫院，不過現在聽說已經不存在了。」

「為什麼？」

「因為設備不像這次這麼齊全，冬天發生了保護艙的嬰兒凍死的意外，引起軒然大波。」

千惠美噤口不言。不同於平靜講述這件事的我，臉色倏地刷白，非常心痛的樣子。

「這次的醫院沒問題吧？」

「我想應該沒問題。千惠家有訂報嗎？我記得報紙上有很多設備的照片。」

「我回去看看。」

「妳都沒在看報嗎？」

我其實沒有要諷刺她的意思，但千惠美還是露出苦笑。「我們家不像妳們家腦筋那麼好。報紙訂是訂了，但是沒有人有看報的習慣。和瑞穗家比起來，我們家真是太丟人了。」

「我很羨慕你們家感情那麼好喔！」我這句話讓千惠美誇張地把身體從面對方向盤轉向我。

「我們家感情不好喔！我們的確很常聊天沒錯，但是聊天的內容都在開玩笑，再不然就是些廢話。一整天下來，正經的對話可能連一個小時都沒有。」

「能開玩笑就已經很厲害了好嗎？就連談戀愛的話題，妳也會跟伯母討論對吧？」

「因為我媽很怕寂寞嘛！」

千惠美笑著說。

彷彿算準時間似的，千惠美的電話響了。「啊！不好意思。」千惠美把車停在路邊接電話。行動電話中傳來她父親的聲音。

『喂，我是飲酒過量的不來了．彼特。』

「那是誰啊？你是指布萊德．彼特嗎？」

我在副駕駛座聽到他們的對話，有點傻眼，然後也有些莞爾。

『妳這麼晚還不回來，老爸好擔心。妳現在人在哪裡？要不要去接妳？』

聲音繼續從話筒的那頭傳過來。「真拿你沒辦法。」千惠安撫著自己的父親：「我就快到家了。」

千惠美掛斷電話，鼓著臉說：「我爸真是的。」不過，感覺得出來她並不是真的生氣。那一天，我們沒有去續攤就直接回家，因為千惠美說他們家明天要去迪士尼樂園，所以得早起。她的說法是「因為我爸媽很想去。」她打算老實告訴政美，但我委婉地提出建議：「就說我明天早上有事好了。」之前才和政美吵過那一架，她居然還不知道要隱瞞，天真的程度令我大開眼界，我也希望她能永遠這樣天真下去。

我閉上眼睛。

「瑞穗。」

千惠美叫我。

「剛才提到的嬰兒保護艙，妳為什麼不在大家都在的時候說，只對我一個人說呢？」

我知道她在看我，但我沒有回答。鬆開手，假裝已經睡著。耳邊傳來千惠美的嘆息。

「我什麼都不知道，所以很喜歡妳告訴我這些事喔！謝謝妳。」

走出機場，婆婆站在停滿了巴士和計程車的圓環迴轉道前對我用力地招手。

「歡迎妳來，瑞穗。今天搭機的人多嗎？」

「因為是平日的白天，所以人很少。」

「我們家老爸也很期待妳來喔！說我們家的平均年齡好久沒這麼年輕了。」

啟太家就兩兄弟，他上頭還有一個哥哥，大學時代就到東京，畢業以後也在東京找到工作。所以富山的梁川家現在只剩下老父老母。

我把旅行箱塞進後座，坐進副駕駛座裡。婆婆的眼睛長得跟啟太一模一樣，「距離晚餐時間還早，要不要去泡溫泉？我有個客人的旅館可以不住宿純泡湯。」婆婆問我。「我不會勉強妳，不過泉質很好喔！我上次第一次去的時候，在休息用的座位區看到妳喜歡的那個作家……呃……叫什麼名字來著？總之就是那個人的簽名。聽說他去世以前有去泡過湯。我當時就想告訴妳了。不過從這裡開車得花上一點時間，如何？」

「好啊！」

「那就這麼說定了。」

婆婆興高采烈地笑了。

婆婆店裡的衣服是我媽也很喜歡的牌子。雙方家長第一次見面的時候，我媽就很喜歡婆婆了。至於我媽那些自吹自擂，善於應付客人的婆婆也都禮數周到地一一傾聽，適時地表示讚美。

婆婆為了開車而轉頭確認後方來車的時候，領口露出格子的花紋。穩重大方的衣服只有內裡有花紋，顯現出絕佳的品味。我媽也打扮得很年輕，但婆婆顯然更勝一籌。

「妳爸媽身體都好嗎？」

「很好。最近雖然沒回去，但是經常通電話。還提到下次再一起去旅行吧！」

「哎呀！好期待。」

從高架橋上看到的店家和群山，和我熟悉的山梨鄉下幾無二致。除了因為是雪國的關係，紅綠燈是垂直的以外，我幾乎要忘了今天是來旅行的。

婆婆帶我去的旅館就蓋在從停車場順著石階往上爬的坡道上。木造的建築物還很新，麻雀雖小的感覺讓人覺得很自在。可能是之前已經先知會過了，婆婆一報上名字，看上去像是老闆娘的人就從裡頭走出來，年紀大概和婆婆差不多吧！非常適合那一身藤紫色的和服。

「啊！堀田太太，這孩子是我們家的媳婦。今天剛從東京來，我就帶她來了。」

「那真是太感謝了，謝謝妳特地遠道而來。」

「別這麼說。聽我婆婆說了以後，我就一直很想來打擾。」

「真是個懂事的女兒呢！」老闆娘微微一笑，和婆婆說了一會兒話。我喝著下人端來的茶，尋找婆婆所說的簽名，但可能不是掛在這裡，所以到處都找不到。耳邊傳來婆婆說的話：「改天再來店裡坐坐吧！」然後拿了毛巾和浴衣[16]，走到大眾池的地方。

「反正沒化妝的樣子早就被妳看光光了，完全不用在意呢！」

婆婆落落大方地率先脫下衣服，把毛巾遮在胸前笑著說。我也笑著說：「我也覺得很輕鬆。」趕上婆婆的速度，迅速地把衣服脫掉。

那是面向西海岸的露天溫泉。落日餘暉宛如被刺破的蛋，慢慢地流出蛋黃，將天空和大海的上方染成橘色。
「會不會擔心晒黑?」
婆婆問我。聽我回答:「不會。」之後,滿意地點頭。
「會擔心有人從下面或海那邊偷看嗎?」
「我相信旅館,想必會設計成不會被看到的構造,所以沒什麼好擔心的。」
漁船航行在被陽光照得波光瀲灩的海面上。將視線往下望去,在有段距離的岩石區對面,可以看見米粒大的人影。婆婆邊用毛巾擦臉,喃喃自語地說:「那就好。我上次是跟店裡的年輕妹妹來,那妹妹就有很多顧忌。好不容易來一趟,沒兩下就圍著浴巾上去了。真掃興。而且身材又沒多好,看了也不會少一塊肉。真是個神經質的丫頭,傷腦筋。」
「對呀!」我也用毛巾擦臉,在熱水裡轉動手臂。「的確會有這種人呢!」
「嗯,所以我放心多了。」
「女人之間的相處,常常要顧慮對方的狀態呢!我有時候也會因為對方吃很少,自己卻大吃大喝,或者是別人都好仔細地補妝,自己卻隨便弄一弄而深自反省,覺得無地自容。」
「沒錯沒錯。」
我原本是為了站在婆婆這邊才這麼說的,冷不防想起上次在政美面前才因為做的跟說的完全是兩回事而被指責過的事。她點了漢堡排,但我卻什麼都不吃。
可能因為是平日沒什麼客人,浴池裡就只有我和婆婆兩個客人。我轉過頭去,想向婆婆確認一

16 日本人在夏天穿的簡式和服。

下，只見婆婆告訴我：

「我和這裡的老闆娘認識很久了，算是我們店裡的老客戶之一。不過在這麼不景氣的情況下，她買的數量越來越少，但這也是沒辦法的事。」

「您那裡也經營得很辛苦嗎？」

「當然。經濟一旦不景氣，第一個受到影響的就是服飾業了。因為肯定是從可以刪減的開銷開始刪減嘛！雖然我是賣方，但是真正看到一件十萬塊的大衣也買得下手的人，還是會覺得很佩服。所以不能用平民老百姓的心情來賣衣服呢！必須把腦海中的標價拿掉一個零來思考才行，必須想說來我店裡消費的人都是一些特別的人才行。」

「問題是，就連這些特別的客人也都不太上門了呢！」

「所以才要像這樣換我們來光顧啊！今天換我是客人了。」

我用游泳的姿勢從溫泉的這一頭移動到那一頭。

婆婆店裡的客人幾乎都是有錢人家的少奶奶。醫生、旅館、地方上的議員……最有錢的客人其實是小鋼珠店的老闆娘。「因為這裡的娛樂和商店都不多，所以人都湧進我們店裡來了。」婆婆曾經笑著如是說。

「還有人說有什麼需要的時候只要去梁川太太的店裡，基本上什麼都買得到呢！那種人好像經常會臨時需要一些晚宴或聚會上的穿戴。雖然有人形容我的店是遮風蔽雨的緊急救難寺，但事實上還真的有很多客人是寺廟的住持夫人呢！」

婆婆說，做生意的祕訣就在於要和客人建立起長長久久的關係。像是定期寫明信片，改用手機之後就改發電子郵件。如果受到邀請，還得陪同去看演唱會或舞臺劇。我上次見到婆婆的時候，就是她陪客人來銀座看歌舞伎[17]的時候，因為距離開場還有點時間，婆婆便約我喝茶打發時間。

「育愛醫院的醫生姓瀨尾是嗎？」

「沒錯。他太太也在同一家醫院負責行政工作。我明天會開車送妳去醫院。」

「謝謝。」

「畢竟事情現在正在風頭上，好像有很多這方面的採訪邀約。如果能從正面的角度來寫，對方貌似也願意積極地配合，剛好一拍即合。」

「拜託婆婆這麼奇怪的事，真不好意思。我會努力，不會讓您顏面無光的。」

「別放在心上，這是妳的工作不是嗎？」

我默不作聲，手在溫泉裡揮動著，故意發出聲響。「還不確定能不能登出來。」我軟弱地回答。婆婆一時之間也沒說什麼，只是怔忡地眺望著大海。過了一會兒，才喃喃自語似地說道：「看妳還滿有精神的，我就放心了。當時雖然那麼說，但是對於現在的妳來說，或許會是個不錯的題材。」

上個月的懷孕與流產。最開心也最失望的是啟太；而第二開心、第二失望的大概就是婆婆了。啟太的哥哥還沒結婚，要是我生了小孩，就是梁川家的長孫了。

當我提出要去育愛醫院採訪的時候，婆婆起初表現出驚訝的反應，吞吞吐吐地反問我：「是因為妳自己的事才會對這家醫院產生興趣嗎？」小心翼翼的語氣十分溫柔，深怕傷害到我。我老實回答：「是的。」

泡了太久，來不及去休息區，上車以後才想起還沒看到婆婆口中的作家簽名。我們相視一笑：

17 **日本傳統戲劇表演之一。現代歌舞伎的特徵是布景精緻、舞臺機關複雜，演員服裝與化妝華麗，且演員清一色為男性。**

「改天再來吧！」

坐在車子上的時候，我的電話響了，是山梨的區域號碼開頭的陌生號碼，我向婆婆道個歉接起來，原來是千惠美的恩師——添田紀美子打來的。我握緊電話，期待她是不是又想起什麼來了。

「什麼事？」

『啊！不好意思。因為我一直很在意千惠美現在到底怎麼樣了？妳不是說妳要去問妳朋友有沒有頭緒嗎？』

「是的。」

我無力地回答。對方想得到線索的心情和我一樣迫切。

「抱歉，我還在向一些共通的朋友打聽消息，其中有幾個朋友還連絡不上。一旦有什麼最新的消息，我一定會主動向您報告的。」

『真對不起，是我太心急了。』

添田從話筒那頭傳來的語氣似乎也大失所望的樣子，心急如焚地重覆著對不起這三個字。

『這樣催促妳真不好意思。今天早上氣溫不是突然下降嗎？我一想到千惠美現在不曉得怎麼樣了，就實在冷靜不下來。』

的確，進入十月以後白天就變短了。從副駕駛座的車窗往外看，剛才的夕陽就像是騙人的一樣，太陽一下子就下山了。

『千惠美明明來向我求救，我卻什麼也沒能為她做。』

語氣裡透露著後悔的情緒，我只能回答：「我明白您的心情。」以前教過的學生可能是來向自己求助的，卻什麼也沒問就讓她回去了。當了那麼多年老師，責任感或許不會放過她吧！

「我再跟您連絡。」

我掛斷電話。強烈地感覺到，確實還有人在等待千惠美歸來。

在梁川家吃完晚飯，時間還早就窩進客房裡。

我很喜歡啟太家，有一種跟我娘家不同的距離感。或許是因為家裡只有男生吧！這麼說起來，我爸媽對我和對我哥的態度也不太一樣。

之所以覺得這個家很自在、之所以能無條件地喜歡、尊敬公公婆婆，是因為畢竟是外人，沒住在一起。我很清楚這一點。距離越近，就會看到一些以前沒看到的問題。

我想起當自己決定要結婚的時候，那個深藏在心中，現在回想起來很愚蠢，但當時真的是非常迫切的決心。上天真是眷顧我。就連我賭上整個人生的賭注，也賜予我一個好結果。

——啟太不就是很好的對象嗎？如果是啟太的話，媽媽願意把妳交給他喔！

明明兩個當事人之間什麼都還沒有開始，母親就說出這種話，當時的我除了滿腔憤怒以外，還來不及有其他的情緒。因為啟太是大哥暑假帶回來的後輩中，學歷最高、最有禮貌的，所以母親當場就問大哥，他和啟太的交情好到什麼地步？啟太在家排行老大？還是老二？在公司裡的發展性如何？都沒有問過本人的意願，母親就已經浮想連翩了。「怎麼樣？瑞穗，妳不覺得啟太是個好對象嗎？」

受不了光用這種單純到不行的條件就要判斷一個人的態度，我向母親抗議。說我的事我自己決定，請她不要過問。

是大哥先採取了行動。

看到母親的態度，先輕描淡寫地問啟太：「你覺得我妹怎樣？」都被這樣問了，不可能完全沒感覺。於是我們就從對彼此毫無興趣的情況下，硬被撮合成對彼此有感覺。是母親那種丟人現眼又單純到不行的心思把我們拉到一塊兒的。過了幾天，啟太打電話來約我吃飯的時候，我沒有拒絕。

十月十一日

高岡市內——高岡育愛醫院

設樂香苗（院長）

瀨尾新一（婦產科醫生）

把車子停進停車場之後，醫院的招牌從四方形的白色建築物上方映入眼簾。至今在電視新聞和報紙上已經看過好幾次這樣的景色了。明明現在理應處於風暴中，但是就像其他任何一家醫院一樣，除了早上來看診的病患有些喧囂擾攘外，整家醫院靜悄悄的。

雖說和婆家相同，都在高岡市內，但是高岡育愛醫院的地點算是北郊，距離有百貨公司及銀行的分行進駐，等同於市中心的高岡車站，搭電車還要好幾站的車程，也不是從最近的車站下車就能輕鬆走到的距離，交通十分不方便，難以和院內擁有足以撼動全國的設備聯想起來。從遠方抱著小嬰兒來的母親，必須轉乘好幾趟車，再走上很長一段距離的路才行。如果不開車的話，真的是長途跋涉。

開車送我來的婆婆向櫃臺報上名字，用壓克力板隔開的辦公室後面傳來一聲不帶感情的「喔。」

其中一人與婆婆四目相交之後，點頭致意。

「我跟外子說過了。」

從辦公室裡走出來的瀨尾夫人順手將頭髮束在腦後，眼影和口紅都選用讓人幾乎看不出來有化妝的顏色。披在肩上的黑色開襟毛衣也皺巴巴的。乍看之下，實在很難想像她會是婆婆的老客戶。不同於昨天的旅館老闆娘，和婆婆沒有任何親密的舉動。

「早上的晨間會議好像還沒結束，可能要再等一下，不過距離看診還有一段時間，我先帶妳去診間，請在那邊稍候。」

她以公式化的口吻淡淡說明，和婆婆也只略略打了一下招呼。我也挺起胸膛向她行禮道謝。婆婆丟下一句「待會兒見。」就回去了。她對瀨尾夫人也只簡單地打了個招呼。

門診的婦產科櫃臺在二樓。在上樓的途中，瀨尾夫人頭也不回地滔滔不絕說：

「關於妳打聽的那件事，最近這三個月都沒有人來。」

我抬起頭來，希望能得到更詳細一點的說明。於是夫人接著說道：

「不管是使用『天使的眠床』的人、還是急診的孕婦。」

「是的，我聽我婆婆說過了。真是非常感謝……」

「對妳有點不好意思，但是可以請妳對我先生保密，別讓他知道我向妳說過這件事嗎？」

「好的。」

她以不由分說的強硬語氣堵住了我接下來想說的話，我只好點頭答應。

「請務必遵守承諾。」

真令人費解——我在心裡犯嘀咕。

眼前這個態度冰冷、打扮樸素的女性，卻是在婆婆店裡貢獻了最多營業額的重點顧客之一。從不錯過每一季的新商品，只要是看上眼的東西，花錢從來不曾手軟過，比那位旅館老闆娘還要闊綽許多。聽說家裡的車也是夫婦一人一輛最高級的賓士房車。

婦產科的醫師荒一直是很嚴重的問題，這家醫院是以相當好的條件重金禮聘她丈夫，也因此她丈夫忙得不可開交，以及她丈夫的醫院現在是話題的中心——這些事聽說她在婆婆的店裡其實講得口若懸河。但從婆婆剛才退避三舍的態度，不難看出她有著人前人後的兩張臉。

在門診的診間前，有很多孕婦和小孩子正坐著等叫號。其中也有一些孕婦是由自己的母親或丈夫陪著來，還可以看見一些並肩而坐、親密交談的女性身影，不曉得她們是原本就認識，還是在看診的時候認識的。

——我們生一對同年紀的小孩吧！

千惠美的聲音突然在耳邊甦醒。

千惠美曾經說過，為什麼要把嬰兒保護艙設在富山那麼遠的地方？既然都要成立的話，設在東京近郊不是比較好嗎？當我解釋給她聽以後，她說她很喜歡我告訴她這些不著邊際的事。即使是我隨口說說的話，千惠美肯定也全部都記得。一思及此，不禁感覺有股寒氣從腳底往上竄。

我被帶進診間裡。

診療臺和椅子、醫生的桌子、放東西的籃子。

和我上個月以患者的身分前往看診的婦產科診間大同小異。唯一的不同點，是牆壁上掛了一整片小朋友畫的圖。「瀨尾醫生」在皮膚色幾乎要滿出圖畫紙的臉上，用黑色的蠟筆塗滿了類似鬍子的筆觸。

「他也看小兒科。」

注意到我的視線，瀨尾夫人告訴我。這麼說來，的確還有「謝謝你治好我」的圖畫。夫人向護士們打了聲招呼，低頭離去。

瀨尾醫生彷彿與她換班似地現身，看上去不是坐四望五，就是五十出頭的年紀。圓圓的臉上戴著眼鏡。可能真的很忙吧！氣色不太好。雖然沒有鬍碴，但臉上還殘留著刮過鬍子的青色痕跡。胖胖的體型也和畫裡如出一轍。

「妳好，我來晚了。」

「初次見面，我是神宮司瑞穗。」

「久仰大名。聽我老婆說，妳想採訪這家醫院？」

也許他本來就沒有看著對方眼睛說話的習慣，只有在接下我遞出的名片時，迅速地瞥了我一眼，我還沒來得及與他四目相交，他就把神線撇開了。

「這些是資料。」

從桌子底下拖出來的籃子裡裝滿了用釘書針把Ａ４大小的紙張裝訂成冊的文件。他拿起最上面那本交給我，坐在椅子上，對起桌上的電腦。

我的視線落在資料上。

以粗體字印著「天使的眠床　概要」的彩色印刷手冊大概是直接拿以前開會時使用過的投影片製作而成，而且恐怕還是剛導入的時候做的，所以上頭的資訊大概不會比新聞報導或電視節目上說的多到哪裡去。

「除了這上頭寫的以外，妳還有什麼想知道的嗎？」

我還在翻閱，瀨尾就急著問我。但他的臉還是面向電腦，振筆疾書地不曉得在桌上寫些什麼，握著原子筆的手呈現不健康的蒼白顏色。我心裡清楚他是抓緊空檔在處理與此事無關的工作。冷不防，腦海中閃過一個驚嘆號。

從醫師白袍的袖口，隱約可見不知道被什麼東西抓過的傷痕。只見他時不時地用手指摩挲著那個地方，顯得有些神經質的樣子。

「這是燒傷。」

我只是好奇地多看了兩眼，他就冷冰冰地說道，似乎是在責備我的好奇心。我連忙把頭抬起來。

他慢了好幾拍地端詳起我的名片，然後從鼻子裡哼出一聲。

「神宮司，瑞穗小姐。」

「還真是個特別的名字呢！神宮司。」

「我老家在山梨，這個姓氏在那裡還挺常見的。」

「抱歉。因為我以前喜歡的小說主角也是這個名字，但這還是我第一次實際遇到這種姓的人。這個姓在這裡很少見。」

不管理由為何，只要他願意對我產生興趣，我就要謝天謝地了。「原來如此。」我坐正姿勢附和，瀨尾接著說道：

「還很年輕嘛！」

不經意地看著我的眼神和聲音裡聽得出微微的笑意。我閉上嘴，用舌頭溼潤一下口腔，鼓起勇氣問：

「『天使的眠床』真的要關閉了嗎？我聽說導入至今五年，是該重新檢討了，所以最快會在今年內關閉。
「誰說的？沒有這種計畫喔！」
「從導入當初就可以聽到從倫理的角度所發出的質疑聲浪對吧？我所知的理由是那股聲浪越來越強大，再加上利用實績也不符維持費用。」
「妳也是個報紙寫什麼就信什麼的人呢！妳是在哪家報紙看到的？《每朝》？《東經》？」
他的語氣雖然很溫和，聲調卻冷若冰霜。據婆婆所說，他對接受採訪應該是採取積極的態度，但是當話題扯到關閉的問題，還是必須慎重再慎重也說不定。我看了看掛在牆壁上的時鐘，八點四十五分。我記得是九點開始看診。
「不好意思，沒有時間了。如果這些資料和報紙能滿足妳的需求的話，可以請妳離開嗎？」
「我想要幫忙。」我鍥而不捨地解釋。「請別誤會，我來這裡不是為了寫出評斷存廢功過的報導，我是來求你讓設施存續下去的。」
瀨尾抬起頭來，雖然還是面無表情，但這是他第一次正眼瞧我。
「我認識很多沒有足夠的經濟能力，無法一個人獨力把孩子帶大的女性。我身邊真的有很多這樣的女性。或許有一天我也會站在那個立場。我是這麼想的。」
「妳有小孩嗎？」
我知道他正在打量我手指上的婚戒。老實回答：「還沒有。」也知道一旦說出口，事後一定會陷入自我厭惡的情緒裡，但是為了把所有能用的武器都用上，我還是說了：
「我們雖然很努力想要有孩子，但是我的體質不容易受孕。」
瀨尾什麼也沒說，只是摩挲著自己手上的傷痕。

「我認為『天使的眠床』有其存在的必要性。現在雖然只有富山，但我認為遲早要檢討導入全國的可行性。所以當我聽到第一個天使的眠床才撐了五年就要關閉的消息，實在覺得太可惜了，也希望事情不要發展成那樣。這才是我想寫成報導或出書的動機。」

瀨尾用拿在手裡的原子筆抵住下巴。我無從猜測他在想些什麼。不一會兒，從他口中發出宛如苦笑的聲音，伴隨著一聲嘆息。

「事情哪有妳想的這麼簡單？要是這麼簡單的話，我們也不用辛苦了。」

「問題是，過去在批判『天使的眠床』的言論中，從來不曾出現積極肯定其存在的文章也是事實吧？」

我一口氣說完。

「可以讓我寫嗎？不是關乎整個社會的倫理問題，而是從我的角度出發。或許我的影響力微乎其微，但是我有自信可以寫出如果是和我同年代的女性，肯定會產生共鳴的文章。」

越來越接近看診的時間，以簾子隔開的診間對面開始發出兵荒馬亂的聲響，可以看見護士們走來走去的腳步十分匆忙。

瀨尾陷入沉思，靜默不語，然後重新把臉轉回桌上。我還以為能聽到正面的答覆，但他只是把堆滿了資料的籃子塞回桌子底下，此舉令我大失所望。

沒想到，瀨戶蹲在桌子底下說道：

「首先是維持費用，其實不像妳說的要花到那麼多錢喔！」

我驀地抬起視線。從桌子底下鑽出來的瀨尾拍了拍沾在白袍肩上的灰塵。

「單就設備本身而言，並不是太大的負擔。比較麻煩的是因為媒體太難纏，用來應付媒體的人事費用和所花的時間。」
就像妳這樣──瀨尾若有所指地瞥了我一眼。
「妳到底打算怎麼寫呢？話說回來，妳到底想知道什麼？」
「我想採訪把孩子託付給『天使的眠床』的母親。」
瀨尾的表情凍結在臉上，轉動脖子再度面向我。我一瞬也不瞬地凝視著他。
「當然，不想表明身分也無所謂。我只想知道她們現在的心情，是怎麼知道『天使的眠床』？又是基於什麼苦衷才把孩子丟在這裡？」
聽到這裡，瀨尾笑出聲來。剛才的面無表情就好像騙人的一樣，笑得好大聲。或許他平常真的是個不苟言笑的人，簾子對面的護士們全都停下腳步，腳尖朝向這個方向，流露出詫異的氛圍。
「想也知道不可能吧！」
瀨尾止住笑聲，斬釘截鐵地拒絕。
「因為可以用匿名的方式把孩子留在這裡可是『天使的眠床』的成立宗旨。」
「我聽說床上有一封信，裡頭寫著如果有朝一日想把孩子領回去的話，隨時可以與院方連絡。」
「是有這麼一封信喔！不過五年下來，來把孩子領回去的母親一個也沒有。」
「一個也沒有嗎？」
「沒錯，所以根本沒有人可以接受妳的採訪。」
時間剛好九點。隔壁的診間開始人聲鼎沸。「○號的患者。」不像以前那樣直呼其名，而是以叫號的方式請患者進來。
「原來如此，所謂從妳的角度出發，就是要還原成一個私人故事的意思嗎？」

語氣聽起來雖然有些酸溜溜的，但我想瀨尾本來說話就是這種調調。和一開始截然不同，瀨尾的眼神如今已充滿了表情。

「這麼做能讓事情往好的方向發展嗎？的確，要是將某個人確實得到救贖的事實寫成充滿人情味的佳話，或許真能期待妳的文字所造成影響力，也能讓世人理解這個設施真的只是一個緊急避難的措舉呢！」

「實際收容的嬰兒人數……」

「資料的第五頁。」

瀨尾不動聲色地留意著時間說道。我連忙翻到第五頁，上頭有過去五年來，「天使的眠床」收容過的新生兒人數。第一年比較多，一共十三人，接下來人數逐年遞減，去年只有三個人。圖表底下以斗大的字體加上「請勿針對個別案例發表意見」的註釋。

「就算真的有人來領回孩子，也不可能讓他們接受採訪，更不會把他們的身分告訴妳。不好意思，既然匿名性是最大的特點，就不能違反這個最重要的原則。」

「可以再請教一個問題嗎？」

「請說。」

「我還有話想跟院長和瀨尾醫生說，可以安排我和院長見個面嗎？」

瀨尾眨了眨眼睛，似乎有些錯愕的樣子。

「求求你。」

我站起來，低下頭去。對一臉困惑的瀨尾重覆著同一句話。

「求求你。」

關上院長室的門同時，我深深地呼出一口氣。

走出醫院，從停車場抬頭望向那棟建築物。

爬上三竿的陽光下，早上的喧囂已逐漸平靜下來，提著藥袋的患者們陸續從醫院門口走出來。挺著肚子一步一步往前走的孕婦身影也不時映入眼簾。

再深深地吸進一口氣。

這家醫院是我最後的王牌。剛開始採取行動的時候，便已下定決心，要是連這裡都落空的話，就只能放棄了。反之，我也做好要在這個範圍內盡最大努力的心理準備。

來的時候因為是搭婆婆的車，所以可能一下子就閃過去沒注意到，停車場的門口和玄關的地方有塊立牌。上頭寫著「夜間緊急入口　由此進」的舊牌子旁邊，有一塊小小的，比較新的牌子。

「天使的眠床（嬰兒保護艙）」

下面除了指示方向的箭頭，還描繪著長出翅膀的赤裸嬰兒、以及頭上頂著光環的天使。

往前走幾步，在離夜間緊急入口有段距離的地方，有個類似正方形金屬抽屜的東西。那是個黃色的抽屜，讓人感覺到溫暖。上頭也有天使的圖案，還寫著一段話。

「請留下一點東西給妳的孩子」

看到這行字，我明明什麼都沒有準備，卻猝不及防地感到鼻腔內一陣酸楚。如果不咬緊下唇，淚水必然會模糊視線。「一點東西」。那是父母來領回孩子的時候，可以用來證明親子關係的東西。同時也是這個孩子未來要一輩子握在手裡，證明自己曾經有過父母的證據。

我抬起頭來，轉動脖子。

眼前是高聳的櫻花樹迎風搖曳的景致，看不到安裝監視器的痕跡。以前確實曾經有過母親、或者是父親抱著孩子投奔到這裡。

我呼吸著樹蔭下的沁涼空氣。明明已經十月了，這裡卻像是夏天偶然出現的極地一隅，散發出特有的味道。

離開醫院，步行前往最近的車站。聽說走到最近的車站也得花上四十分鐘，我想實際體驗一下這樣的距離。

或許是因為遠離高岡市中心的緣故，街道給人窮鄉僻壤的冷清印象。雖說是車站前的大街，但是壞掉的自動販賣機就那樣放著不管，地上還倒著幾個被太陽晒黑，設計跟現在截然不同的可樂空罐。

我邊走邊欣賞著街道上的風景，突然想起行動電話的電源從剛才在醫院的時候就一直是關著的。趕緊打開手機，正打算檢查有沒有留言或郵件，手機已經先振動起來，收到電子郵件的燈號也閃爍不停，顯示有未接來電，是「柿島大地」打來的。

我站在白天瀰漫著乾燥砂礫味道的居酒屋街上，慢慢地倒抽一口涼氣。手忙腳亂地收聽唯一一通留言，耳邊傳來那個熟悉的聲音。

『——瑞穗嗎？我是大地。』

欲言又止的沉默。電話那頭的聲音聽起來很明顯的不耐煩。彷彿累積了很多想說的話，以不高興的語調繼續往下說：

『我再打給妳。』

等不及聽完留言，我便叫出他的電話號碼。最近這一個月，我幾乎每天晚上都會撥打這個號碼，但始終無功而返。響了三聲，這次終於接通了。

『——喂。』

「喂，大地嗎？我是瑞穗。」

話筒那頭傳來深呼吸的氣息。大概是正在工作中吧！旁邊似乎還有其他人。大地壓低聲音，移動到另一個比較安靜的場所。

「謝謝你打電話給我。」

『瑞穗，妳這個玩笑開得太大囉！』

語氣裡夾雜著苦笑。之所以還笑得出來，其實是因為想大事化小、小事化無。話筒那頭的氣氛隱約透露出怪我找他麻煩的焦躁，但我絕不能因此就被嚇退。

「你什麼時候有空？我想先跟你見個面，對你絕對是有好處的喔！」

『妳居然找上我老婆，不覺得自己踩線了嗎？』

「這還是我們第一次這麼認真地對話吧？早知道從一開始就該這麼做的。」

我不給他喘息空間地說道。

——妳最近和大地有連絡嗎？

千惠美的信來得非常突然，而且只有這麼一句話。

事情發生在我剛和啟太訂婚、剛到東京的時候。或許是拜不管是多麼不起眼的報導，只要有人委託，我就會拚命三郎似地趕快寫完的努力，再加上剛到東京，行動還比較方便所賜，工作上的委託正一點一滴地增加。當時距離千惠美和大地分手，大概已經過了三個月左右吧！自從政美的婚禮以後，我和她就再也沒有見過面了。

我沒想太多便回信給她，還附上自己的近況。

「好久不見！妳好嗎？沒能好好地向妳報告真對不起，我現在已經搬來東京和他一起住了。妳有空的話，歡迎來我們的新家玩。

「至於大地，在那之後我們就沒有連絡了。更何況我們也不是那麼好的朋友，本來就不常連絡，所以我也不曉得他現在怎麼樣了。」

其實我很想再補上一句：「來找我玩嘛！」可是又想到千惠美的傷肯定尚未完全痊癒，對大地肯定還有所眷戀。除了交給時間以外，沒有其他的解決之道，便放棄了。

千惠美馬上回信。

「真的嗎？真的沒有連絡嗎？」

又是只有一句話的內容，完全沒有提到我搬家的事或關心一下我的近況。

該不會是大地換了手機，而她想知道新的號碼吧？問題是，大地對我來說，也已經是過去的舊識，我不可能會知道。更何況，千惠美還是忘了大地比較好。

「我們真的已經沒連絡了。就連大地的事，我知道的也只有你們交往以後，從妳的口中聽到的那些，已經很久沒有直接面對面地說話。就連他調職的事，我也不曾從他本人口中聽到任何風聲。」

「真的嗎？請妳老實回答我。你們真的完全沒有連絡嗎？關於他調職的事，我是怎麼告訴妳的？」

「妳說他被調回東京的總公司。」

我覺得好麻煩，簡短地回答。然後有點不太高興。連自己說過的話都不記得嗎？我剛按下送出鍵，才一眨眼的時間，就收到千惠美的回覆。

「抱歉，問妳這種怪問題，這件事請不要告訴任何人。不管是我問妳的事、還是大地的事。無論我和大地將來發生什麼事，都請妳不要過問。」

我愣住了。

這完全不像千惠美的作風。這種沒用上幾個表情符號，充滿了距離感，措辭明顯跟以前不一樣的內容，究竟該怎麼回覆才好呢？我一下子反應不過來。

「我不會說的，別擔心，請相信我。」

「可以把這件事當成是我們兩個人的祕密嗎？可以就當我們自從在政美的婚禮上見過以後就沒有連絡了嗎？」

「沒問題，我真的不會告訴任何人，請放心。」

本能告訴我，雖然只是簡單的一句話，但絕不能問她「發生什麼事了？」

換成政美，可能還是會問個水落石出，但我沒問。不是我不想知道發生什麼事，但總覺得隱藏在電子郵件背後的「什麼事」恐怕脆弱得像是隨時都會爆炸。千惠美抱著這顆炸彈，情緒有如繃緊的弓弦，明知自己抱著一顆炸彈，卻只能發出尖叫聲，依舊不敢面對這個事實。

我只能了無新意地重覆著同一句話，已經在我面前醜態畢露的千惠美，原本如雪片般飛來的信更如同雪崩般，鋪天蓋地而來。即便我不回信，她也一直寫來。

「妳可以向我保證，說我們最近都沒有見面、也沒有連絡嗎？」

「突然寫信給妳，問妳這種怪問題真不好意思。不過，這件事真的很重要。對瑞穗來說可能無關緊要，但是對我非常重要。」

「不管是政美、果步、惠理、還是〇〇、△△、□□……還有那些我一下子想不起名字的人，總之就算是我們的朋友，也不要告訴她們。」

我真的開始不耐煩了。為什麼不能忘了那種男人？為什麼這麼執著？為什麼不往前進？為什麼要把我牽扯進去呢？

我只能盡可能講些不著邊際的廢話。我知道該怎麼做，只要打通電話就好了，只要告訴她我的不滿，她一定會爆炸。雖然不曉得她懷中的那顆炸彈到底是什麼，但也不是完全想像不出來。不管是什麼，對我來說肯定是個大麻煩。我沒那個閒情逸緻去收拾爆炸後的殘局。

我的世界裡可不是只有你們。我還有工作，也有未婚夫，還有東京的朋友，在這裡已經建立起新的交友圈，跟緊抓著已經結束的殘骸不放的千惠美不一樣。

正因為一肚子火，才不能給對方趁虛而入的空隙。我只是機械化地回答：「我不會說的，我向妳保證。」至於發生什麼事，我不知道，也不想知道。

「無論我和大地將來發生什麼事，都請妳不要過問。」

還用得著妳來告訴我嗎？

千惠美的電子郵件攻勢持續到深夜，我則不再一一回覆，等到第二天，炮火不再那麼猛烈以後，只回她一句「了解。」

透過手機的螢幕，幾乎可以看見千惠美令人恐懼的偏執，甚至覺得她是不是打算這輩子都不再和我見面。就算我們兩家住得再近，只要有心閃躲，還是可以避開的。

我覺得她好可悲、好可憐，但這也是沒辦法的事。

因為儘管如此，大地「選擇她」的記憶還是能照亮她的生命。對千惠美而言，不管是朋友或友情、還是我們的忠告，都只是火柴的微光，一點力量也沒有。

沒錯，我一直是這麼想的。直到幾個月後，我的想法被翻轉一百八十度為止。

直到有一天，在銀座偶然遇到柿島大地為止。

在準備婚禮的邀請函時，我雖然猶豫再三，但還是寄給千惠美。其他受到招待的朋友主要是以大學同學和現在的同事為主，來自山梨的朋友只有她一個人。因為在擬賓客名單的時候，母親說了這麼一句話：

「妳也會邀請千惠美吧？要給那孩子多少車錢才好呢？」

我既沒有邀請政美和果步，和千惠美共同的朋友也沒有半個人會出席。自從那次的電子郵件風暴以來，已經將近兩年沒連絡了，她肯定也會覺得很為難吧！

可是看母親的態度，我還是寄出了邀請函。如果她不來就算了，畢竟我們是從小一起長大的朋友，父母也都認識，要是一開始就沒有邀請她的話，萬一哪天此事穿幫，反而更尷尬。

婚禮當天，千惠美依約前來。只可惜，那天我光是自己的事就忙得暈頭轉向，除了無可無不可地打過招呼，並未和她說上話。

今天的四月上旬，大約是婚禮結束後一個月的時間。

我收到千惠美寄來的最後一封信。真的就在那件事發生之前。

「瑞穗，妳還記得那個約定嗎？只要撐到明年三月就好了。」

依舊是只有一行字的惜墨如金。

又是大地的事嗎？我真的受夠了，完全沒有想要立刻回信的念頭。

我會遵守保守祕密的約定，事到如今也不知道可以告訴誰。在我結婚那天，雖然沒能說上幾句話，但千惠美看起來已經沒有以前那種傷痕累累的感覺。比我想像中還要有精神的樣子讓我放心不少，為什麼又回到同一個地方原地打轉呢？

既然是要我遵守約定，又為何要設下期限呢？只有這點讓我百思不得其解，但是又覺得不能對千惠美那些神經質的信件內容追究得太深入。先暫時觀察一下情況吧！過一陣子再打電話給她。到了我這個年紀，身邊有人因為輕度的憂鬱症而去看精神科醫生的流言也時有所聞。倘若有必要的話，我也想跟千惠美好好地討論一下這件事。

我是在三個禮拜後接到母親打來的電話，她的聲音聽起來驚慌失措到極點。

『瑞穗，不好了！望月太太她……。千惠美也不知去向了。』

「要約什麼時候？」

大地還是保持沉默，過了好一會兒，才說出下個禮拜的某一天。『算我求妳。』大地以虛弱的聲音接著說。

『這件事跟我一點關係也沒有。聽說妳找上悠里，我的心臟都快要休克了。那傢伙已經當真了。自從不當讀者模特兒以後，最近幾乎都接不到這類的工作，所以卯足了幹勁喔！妳不覺得她很可憐嗎？』

「只要你願意出面，我就不會對你老婆說什麼。」

『拜託妳打消採訪那傢伙的念頭吧！』

我沒有答應大地的要求，決定好見面的時間和地點之後，就把電話給掛了。一把冷汗順著背脊往下流。當我收起手機的時候，全身上下似乎都在尖叫，我深深地嘆了一口氣。

十月十三日

週末，我和來接我的啟太一起在富山度過。

先去公婆時常光顧的壽司店和蕎麥麵店用餐，再去另一個可以只泡湯不住宿的溫泉旅館。泡完湯以後，還有散步用的簡單路線，可以在位於溫泉後方的森林裡散步。

啟太的父母坐在休息區裡喝茶。我們則是穿著浴衣，在幽靜的森林裡散步。啟太稱呼我為：「老婆大人，好久不見了呢！」

啟太瘦瘦小小的一隻，單薄的胸膛不太有男人味，個子也只比我高了那麼一點點，體重說不定比我還輕。

我喜歡他不管是生氣還是故意擺出嚴肅的表情，依舊給人臉上掛著穩重微笑的感覺，看起來就像是外表還很年輕的神仙或精靈。初次見面的時候，我就覺得很好奇，他這種有些遺世獨立的平靜究竟是打哪兒來的。

「抱歉。」

森林裡有個足湯[18]。淺淺的檜木泉池，明明滅滅的燈光籠罩在暮色裡，白色的霧氣迷濛了視線，除了我們沒有其他人。

18 **用來泡腳的溫泉。**

「有什麼收穫嗎？」

「多多少少。真不知道該怎麼感謝婆婆才好。」

我走近足湯，脫下借來的草鞋，直接把腳伸進去，站著踩在水面上。溫溫的泉水裡漂浮著礦物沉澱的渣滓和泡沫。啟太模仿我的樣子，站在我旁邊。

那小子，可惜就是矮了一點。當我們家的人說出這句話的時候，換來母親口沫橫飛的一頓好罵。

「就因為這樣，條件這麼好的男人才會還沒有對象啊！瑞穗算是高攀人家了。」

「妳還記得結婚時對我說過的話嗎？」

「什麼話？」

「這場婚姻是自殺式的恐怖活動。」

啟太的臉色和語氣都很平靜，看不出他的真心話。從足湯裡反射出來的黃色光芒滑過他瘦削的臉頰。我苦笑回答。

「記得啊！這樣你還肯娶我，你也真是個怪人。」

「因為防止恐怖活動發生也很有趣的樣子嘛！反而是把一切都毫不保留地告訴我的瑞穗還比較奇怪喔！」

「這樣居然還沒有把你嚇跑。」

我的運氣真好。抬起頭來仰望森林，或許是足湯的燈光太明亮，來的時候還看得很清楚的樹林，如今已變得模糊難辨。隨著天色逐漸暗下來，在頭上閃爍的星星也隨之增加了密度。

啟太是母親選中的人。

所以我才會選擇啟太。此舉令我如釋重負。因為這麼一來，我就可以把所有的責任都推到母親身上。這個人是母親指定的男人，萬一我過得不幸福，就可以向母親追究責任，就可以把一切都怪到母親頭上，就可以指責母親了。

這麼一來，我再也不用故意和母親看不上眼的對象交往，然後把因此招來的不幸全都歸咎於母親。我是抱著這種想法，以近似報復的心態答應和啟太吃飯的。

只是沒想到我和啟太投契到不可思議的地步。成長的背景、以前看過的書和電影、對一件事會投入到什麼程度……討論這些真的很開心。最令我滿意的是他聽別人說話的態度。總是先穩重地聽我全部講完，再一針見血地指出問題核心，我很喜歡他這一點。回過神來，我已經跟他講了好多好多事。就連母親的事，我跟別人從來不曾說得這麼詳細過。當我對他坦白一切的時候，心裡甚至已有非君不嫁的念頭。一想到就連自己內心的最深處都被他看光了，還有什麼好害怕的。於是我向他說出「自殺式恐怖活動」的比喻。

「結果沒有自爆，這樣也沒關係嗎？」婚禮前夕，啟太問我。「如果變得不幸是妳對妳母親的恐怖攻擊，那我是不會讓這顆炸彈爆炸的，這樣也沒關係嗎？這件事真是有夠蠢的，妳也太天真了。口口聲聲說要自爆，但還不是慎重地選擇絕對不會發生悲劇的路來走。」

當時的我只能報以苦笑，回答他：「我知道。」

我真的很愛他，再也離不開他。就連孩子，也因為是他的孩子，我才會那麼想要、那麼後悔。

現在的我，甚至會為當初先看上他的是母親這件事感到不甘心。剛訂婚的時候，每當我像個幸福的小女人站在啟太身邊時，母親微笑的目光總令我如有芒刺在背。我打從心底覺得能在婚禮前先搬到東京真是太明智的抉擇了。遠離母親的勢力範圍，我再也不用顧忌她的眼光，可以慢慢地接受自己在啟太身邊過著幸福快樂日子的事實。

到底是為什麼？

為什麼我在大學畢業以後會馬上回山梨呢？為什麼會答應母親的要求，在她身邊生活呢？為什麼一開始會認為選擇啟太是對母親發動自殺式的炸彈攻擊呢？而且我永遠是在過了選擇的時期才開始產生疑問，選擇的當時我總是深信不疑地認為那就是獨一無二的答案。

啟太雖然總是面無表情，但嘴角一逕掛著淺淺的微笑。我看著他垂在眼前的髮絲，打從心裡覺得不可思議。我總覺得假如我是在沒有母親介入的情況下認識這個人，擅作主張帶他回家的話，母親一定不會接受他這個人。

「妳最近都把我扔在一邊，滿腦子只有千惠美的事呢！」

啟太說道。語氣有些鬧彆扭的味道，但表情跟剛才沒什麼差別。聽起來其實也不是真的很在乎的樣子。抬起視線，以窺探我內心深處的表情問我：

「千惠美是那個在我們結婚的時候，在紅包袋裡放了一張押花卡片的人嗎？我想起來了，那張卡片還是以刺繡製成的。」

「刺繡？」

「嗯，妳不記得了嗎？」

我早就忘得一乾二淨了。不管是卡片本身，還是上頭的文字。當然也不記得刺繡什麼的。「真糟糕耶妳。」啟太誇張地皺眉。「沒想到瑞穗也有這麼過分的一面呀！」

「是你比較奇怪吧！居然能記得這種事。」

「其實是妳回娘家的時候，我突然想起來的。那個刺繡很漂亮喔！回家以後記得拿出來看看。」

「我會的。」

我點頭之後，突然出現一段靜默無聲的空白。「對不起。」啟太小聲地向我道歉。「妳是回山梨，而不是回娘家呢！」

「這種事不要分得這麼清楚啦！我會難過的。」

「啊！抱歉。」

天曉得他是不是真的感到抱歉。為了和婆婆他們會合，在沿著步道往回走的途中，我對著他的背影說：「再給我一點時間。」走在前面的啟太從石階下抬頭看著我。

「還有一些無論如何都想要查清楚的事。」

「我又沒說不讓妳查啊！」

啟太的語氣很是溫柔。白皙細緻的頸項搭配藍色的浴衣非常好看。

「這件事對妳來說好像很重要，所以我是不會阻止妳的。」

「我希望千惠能平安無事。」

關於望月家的事，我不知道接下來又有誰會說什麼、寫什麼。但是我相信，最想知道的毫無疑問是我自己。不管誰寫了些什麼，都不會比我知道得更多。我也不希望他們寫。這是我自己的問題。

「所以我又沒說不行。」

我猜他現在對妻子的要求已經降低了很多。流產的打擊和千惠美的案子。他之所以容許我到處亂跑，肯定是為了安慰我。

啟太把手伸向我。寒風掠過我剛泡過溫泉的腳。唯有思慮不周的觀光客，才會在雪國的十月還穿著浴衣走在這種地方。啟太打了個噴嚏，我趕緊說：「回去吧！」抱著浴衣裡的兩條手臂追上他。

母親教訓我的時候，一定是在琴房裡。

「瑞穗，過來一下。」

每當我聽到這句話，總是會全身打哆嗦。腦子裡只有一個念頭，那就是今天又做錯了什麼。明明不是我的本意，但是曾幾何時，母親越罵我，我就越邋遢，最後總是破壞母親所訂下的規矩。弄髒衣服、成績退步、搞丟東西、問好的聲音太小了。視力減退、發現蛀牙、感冒。只要發生以上的情況，我就會被叫進琴房裡。

在千惠美家喝可樂被發現的那天也是如此。從望月家回去的路上，母親說：「我去買點東西。」帶我去她平常不會去，位在我們家附近的便利商店。而且是特地走進那家因為有認識的人在裡頭打工，覺得要打招呼很麻煩，所以她平常都會繞道而行的便利商店。我還在抽抽噎噎地啜泣，但也知道母親很討厭因為我哭害她受到注目的事，所以低著頭，不敢出聲，站在入口的地方。

那天在琴房裡，母親反覆再三地告訴我可樂的壞處。

喝下去，骨頭會腐蝕，牙齒會腐蝕。只要倒三瓶可樂在頭上，頭髮就會掉光，變成老太婆那樣，滿頭白髮，就連頭皮也會潰爛。聽了這種危言聳聽的恐嚇將近兩個小時，我尖叫哭泣著。

對母親來說，對當時的我來說，可樂等於是硫酸。被母親罵得太兇、苛責得太慘，我已經搞不清楚什麼是什麼了。哭得太過頭，就連意識也變得朦朧。只有碳酸咻咻的氣泡聲，在腦子裡不斷地迴盪著。

「明白了嗎？瑞穗。」

我點頭，不住點頭。

「不，妳不明白。正因為妳不明白，所以才會偷喝。真拿妳沒辦法，跟我來。」

母親還記得她在浴室裡把整瓶可樂倒在我頭上的事嗎？

眼睛好痛，快要不能呼吸了。但最可怕的還是頭髮掉光光的恐懼，再也沒有比變成滿頭白髮更可怕的事。我再也不敢了，再也不敢了。我邊哭邊求饒，但是母親置若罔聞。前一刻還在便利商店裡跟店員談笑風生，一想到她以同樣的表情買的可樂，我的身體就撲簌簌地發抖。我不禁懷疑，這個人到底是不是我的母親？

我不曉得母親一共開了幾瓶可樂。

「把衣服給我脫下來，已經變得又溼又黏，沒辦法穿了。」

母親把我的裙子扔進垃圾袋裡的時候說：「妳給我看清楚了，這衣服是因為妳才被丟掉的，妳給我好好地記清楚了。」

在大哥和父親回來以前，家裡只有我和母親，氣氛說有多尷尬就有多尷尬。我換好衣服，躺在自己房間的床上，把臉埋進枕頭裡。

「我回來了。」耳邊依序傳來大哥和父親的聲音。又過了一會兒，母親叫我吃晚飯。

「今天是瑞穗最愛吃的漢堡排喔！」母親微微一笑，望著父親說：「今天我罵了瑞穗一頓喔！我都已經說過碳酸飲料對小孩子的身體不好了，她還在望月家給我偷喝。」

「望月家？」

「你忘啦？就是千惠美她們家。」

「喔。」

父親漫應一聲，看不出來對這個話題到底是有興趣還是沒興趣。我期待父親能幫我說兩句話，結果父親什麼也沒說。反而是大哥「我倒是挺喜歡碳酸飲料」的仗義執言被母親當作沒聽見。

「我雖然發了脾氣，但瑞穗說她下次不敢了，所以也要給她一點獎賞。瑞穗，好不好吃？」

母親以和藹可親的溫和語氣問我。一想到和她生氣時的落差，這語氣應該是原諒我的意思，懸著的心終於落地，無條件地表示服從。我好高興。得知母親已經不生氣了，不由得感謝起她來。

「嗯，好好吃。」

就連胃口也不見一絲一毫的減退。

幫忙洗碗的時候，在廚房的垃圾分類裡發現今天的可樂空瓶。瓶身是白色的，不是在千惠美家喝到的紅色瓶身。我問大哥，大哥告訴我：「這是低卡可樂喔！」

「低卡可樂？」

「就是味道比一般可樂淡一點的那種。」

我最擔心的莫過於自己的頭髮變白掉光的事，一直擔心要是變成那樣該怎麼辦，現在我明白了。原來如此，原來是低卡可樂啊！母親一定是選不會傷害我的那種可樂。

頭髮平安無事，我也沒有因此就不喜歡可樂。雖然母親還是三令五申：「去千惠美家的時候不可以再吃零食囉！」只不過，我把這個規定拋在腦後，繼續在千惠美家吃一堆甜點，有時候也會偷喝可樂。

望子成龍的母親。我長大一點才知道班上其他同學的母親都是這麼稱呼我媽的，也才知道他們都在私底下說這也難怪，瑞穗要學很多才藝，「家世」又很好，哥哥念的是私立而不是公立的中學……。反而是母親比較敏感。每次聽到流言就會跑來問我和大哥：「我才不是什麼望子成龍的母親對吧？」或者是「我從沒說過要你們用功念書的話吧？」

母親的確沒用過這麼明確的字眼，所以我也不得不點頭。母親採取的方法是每當我成績退步的時候，就露骨地表現出失望的表情，還附帶長串嘆息地說：「我還以為瑞穗是個更聰明的孩子呢！」然後把我叫進琴房裡，跟發現我蛀牙、或者是視力減退的時候一樣，劈頭就是一頓罵。罵到我噁心想吐，把臉伸進垃圾桶裡，卻只能吐出一堆口水。而且不曉得為什麼，只有我會受到這種待遇。

琴房裡的教訓持續到我升上小學四年級那一年。

當時，每個月一號都要把用來儲蓄戶外教學或滑雪教室用的基金帶去學校。有一天早上準備要出門的時候，突然找不到我要繳的錢。不管是存摺，還是母親前一天交給我的一千圓。

父親和大哥利用出門前的時間幫我找，母親則是一個勁兒地罵我：「都怪妳沒有收好！」從一大早就把我罵得狗血淋頭。我明明收進書包裡了，明明昨天還好端端地躺在我的書包裡。

雖然已經想不出來還可能放在哪裡，但我還是邊大哭邊找。找到父親和我們兄妹都快要遲到的時刻，母親叫父親和大哥先走，說接下來交給我們兩個來找。

父親放心不下地頻頻回首，大哥則是因為趕不上早上的社團練習而顯得有些不愉快。當玄關的大門在他們身後關上的那一刻，母親馬上把我帶進琴房裡，從自己的皮包裡拿出存摺和夾在存摺裡的千圓鈔。「給妳。」

我驚得眼珠子都快要掉出來了。母親卻理直氣壯地說：

「誰叫妳平常都不好好保管，所以為了教訓妳一下，也順便測試妳一下才這麼做的。瑞穗，從今以後妳一定要更謹慎小心喔！」

測試我什麼？

這絕不是虐待。當時在我的世界裡，還沒有這個單字和概念。因為我的母親在看到跟虐待有關的新聞報導或電視連續劇時都會掉眼淚，會說節目裡那些孩子好可憐，還會跟我和大哥說：

「那種家庭很可怕吧？你們可以被我生下來，生長在這個家裡真是太好了。」

有一次，千惠美放學後還留在學校裡，我一個人先回家的時候，經過他們家。她媽媽身上穿著下田的工作服，正用水管為院子裡的草木澆水。

「午安。」

我向她問好。她媽媽看到今天只有我一個人，關上水龍頭，打開玄關的門，走到馬路上，喊我的名字：「瑞穗。」然後緩緩地抱緊了我。

「瑞穗一定沒問題的。」

她沒頭沒腦地對我這麼說。

我不記得自己露出過悲傷的表情，也不覺得自己是不幸的。然而，千惠美的母親彷彿能看見我確實背負著某種不幸。從她的體溫、寬闊的肩膀、抓住我的手臂傳來一陣又一陣足以包覆我全身的熱切。

「我喜歡瑞穗，妳是個好孩子，沒有做錯任何事喔！」

她這樣對我說。

一片空白的腦子如遭電擊。我都明白。明白那一切不能言說的事。

明白伯母為什麼會這樣抱著我，對別人家的孩子說出這種話的事。

我母親把我叫進琴房裡的事、她對我發脾氣的內容其實夾雜著一些毫無道理的事，這些都不能告訴任何人。理由我說不上來，只知道這麼做不好，說了只會讓別人感到困擾。

「謝謝妳，伯母。」我只能這樣回答。

千惠，為什麼？

我想不通。

為什麼妳會殺死自己的母親呢？為什麼那件事不是發生在我家，而是發生在妳家呢？為什麼被女兒殺死的不是我的母親，而是妳的母親呢？

十月十八日

東京都品川區——飯店大廳酒吧

柿島大地（千惠美的前男友）

出乎意料的是大地居然比我先到，已經坐在位置上了。

離約好的時間還有五分鐘。從飯店的大廳遠遠看到的他，比和千惠美交往的時候更多了幾分玩世不恭的味道。經過設計的西裝比以前更適合他，髮型和故意不刮的鬍子也充滿了不拘小節的瀟脫帥氣，看起來跟明星沒什麼兩樣。唯獨直接用嘴巴咬著冰咖啡的吸管，身體往前傾，玩手機的樣子還有幾分孩子氣。

要是他變成胖子、變成禿頭就好了。

要是千惠美始終放不下的他能落魄到讓人不屑一顧的地步，我心中那股怨氣也算是得以發洩了，沒想到他卻一副混得很好的樣子，外型也比以前更加迷人，更讓人感覺到一股惡意。

「好久不見。」

我走到他面前，向他打了聲招呼，他這才注意到我。「喔。」地抬起頭來，臉上浮現出虛假的笑容。

「三年不見了吧？瑞穗。」

「兩年又一個月。」

「什麼？」

「距離我們上次在銀座擦身而過，剛好是兩年又一個月。」

「是喔。」

是喔。是有這麼一回事呢。

大地沒什麼大不了地點點頭。要怎麼做才能讓那抹游刃有餘的輕浮笑容從他臉上消失呢？我皺著眉頭，在他面前坐下。

無論我和大地將來發生什麼事，都請妳不要過問。

事情發生在我受到千惠美宛如雪片般飛來的電子郵件攻擊之後又過了三個月，走在銀座御幸通上的時候。一個穿著西裝的男性與我擦身而過，看見我，驀地停下腳步。

我當時正開完工作上的會議準備回家。所以是在我離開出版社，正把收到的資料放進皮包裡，走向車站的途中。

覺得好像有人回頭看我，於是我也停下腳步。然後吃了一驚。柿島大地就站在我面前，身後還跟著應該是同事之類的人。
「瑞穗。」
「嚇我一跳，真巧。」
「妳怎麼會在這裡？妳回東京啦？」
「嗯。你是去年開始在總公司上班的吧？」
他的同事還站在後面聽我們閒話家常。
「啊！抱歉，我得走了。」
他說完，轉身回頭，然後又發出「啊！」的一聲，再次叫住我。
「對了，我結婚了。」
他說得實在太輕描淡寫，害我一下子不知道該說些什麼才好。「欸？」地驚呼一聲，抬起頭來。只見大地笑著把左手的手背朝向我，禮數周到地讓我看見他無名指上的婚戒。
「和誰？」
我幾乎是反射性地回問，聲音又大又尖銳。不敢相信自己的眼睛。也太快了吧！我今年三月才聽千惠美說他們分手了。現在才九月，時間經過還不到半年。
我的聲音意外地響亮，大地露出心知不妙的表情，臉色變得嚴肅又正經，有些慌張地說：「有什麼關係嘛？」
我頓時明白了。他直到這一刻，才猛然起想那個名叫望月千惠美的女孩子。也才想起那個女生是我的朋友。
「我再打電話給妳。既然大家都在東京，改天再約吧！」

大地神色倉皇地說完，走回同事身邊。直覺告訴我，他一定不會打電話給我。事實上也真是如此。

「看樣子你是同時向兩個女生求婚呢！」向前來訂餐的女服務生點了杯咖啡之後，我重新開口。大地只是沉默不語，從他的表情完全看不到些許的驚慌或歉疚。

「我是從社團的人口中知道的。但我得知你的婚期時，真是嚇了好大一跳。因為跟千惠告訴我你向她求婚的時間是一樣的。」

大地根本沒有和他在東京的女朋友分手。確定要調回東京總公司的時候，兩個人就開始準備婚事了。求婚、買戒指、見雙方家長、決定新居……然後訂婚。

「準備婚事不是很忙嗎？為什麼你還能利用中間的空檔讓另一個女孩子以為你要和她結婚呢？你一開始就打算把千惠留在山梨對吧？真是太過分了。」

「我沒想那麼多喔！」

大地的回答坦白到令人瞠目結舌的地步，長久以來彼此以「大家都是成年人」為由，隱藏在內心深處的真心話終於浮上水面。

「停止這個話題吧！事到如今，再翻舊帳也沒什麼意思。我已經夠倒楣了。發生那件事，警察還因此找上門來。我跟她都已經是幾百年前的事了，真受不了。」

「如果你沒想那麼多，為什麼要這麼做？如果你一開始就打定主意只是玩玩，分手的時候就不要提什麼結婚的事，不是省事許多嗎？」

「因為我當時真的在籌備婚事嘛！擔心她會嗅出什麼不對勁來。」

大地不負責任地說。

「妳沒聽說過腳踏兩條船的男人為了避免叫錯名字的風險，通常會把老婆和外遇對象的小名統一嗎？雖然我已經不記得了，但大概就是那種心情吧！」

「萬一千惠不願意和你分手的話，你打算怎麼辦？萬一她的父母出面幫她討公道，告你騙婚的話怎麼辦？你完全不怕事情變成這樣嗎？」

「瑞穗，我說妳呀……我又不是笨蛋。妳應該也知道她不是這種類型的女生吧！像她那種女生最怕引人注目了。」

大地破罐子破摔地說，從上衣的口袋裡掏出香菸。

「把事情鬧大了，自己被男人用過又甩掉的事不就會傳得街知巷聞了嗎？話說回來，她連該上哪兒去找律師都不知道吧！也沒有請律師的錢。我是不曉得她爸媽會不會幫她出頭，但是從她跟我說過的話聽起來，她爸媽也不會比她高明到哪裡去。」

他嗤之以鼻地笑彎了眼角。到了這把年紀，我也知道遇到這種不要臉的男人說什麼都沒用。忍住想要撲上去咬他的衝動，只見他點上一根菸，繼續大放厥辭：

「事實上不就是這樣嗎？她也默默地接受了分手的事實。我是不是很厲害？我認為腳踏兩條船的時候，絕對不讓對方知道真相是一種體貼，所以在交往的時候，我猜她從來不曾懷疑過我喔！——之所以向她求婚，也是基於這種體貼喔！」

最後一句顯然是他剛剛才想到的。大地油嘴滑舌地接著說：

「總而言之，她滿腦子都是結婚的事。朋友都結婚了，婚禮是怎麼籌備的；朋友生了小孩，現在又是什麼樣的家庭狀況。我只不過是應觀眾要求，好心陪她做夢而已。」

「不認真交往、又不想負責任，還在那邊畫大餅，根本是騙子的行為，少為自己欺騙別人感情的事找理由開脫了。」

「咦？妳不知道嗎？瑞穗。所謂的夢，就是總有一天絕對會醒來啊！」

大地以戲謔的態度說道。這個人，完全不為所動。不僅如此，似乎還越說越得寸進尺。「是她要感謝我才對吧？」

我瞪著大地。

「千惠實在太可憐了，浪費時間在你這種人身上。你都不覺得心裡有愧嗎？和你交往的那段期間，她搞不好還有機會認識別的男人，是你奪走她的機會。」

「是嗎？我倒不這麼認為喔！」

大地緩緩地搖頭。

「這麼想或許比較輕鬆也說不定。問題是，要是不曾和我交往，她才真的是一無所有喔！因為會發生什麼事的人，無論什麼時候，無論正在和誰交往，總是能遇見新的人，而且受到歡迎。並不會因為她從一而終，就什麼事都不會發生。所以不要再把她沒有男人緣、也沒有任何長處的帳算到我頭上來，這可是欲加之罪，何患無辭喔！」

我拚命忍住想要破口大罵的衝動，在桌子底下握緊雙手。一定要忍耐。萬一與他對嗆，讓他有藉口掉頭就走的話就輸了。

無論我和大地將來發生什麼事，都請妳不要過問。

那一天，千惠美傳來的郵件。因為通知鈴聲響起的頻率委實太頻繁，我一度以為他們還在交往。

也許是剝掉情侶這層關係，直接墮落到只剩下肉體的關係。「就算你不和我交往也沒關係。」無法投入到下一次的戀愛裡，只要大地提出要求，她就會獻上自己的身體。正因為如此，我才想要與她保持距離，不想再和她扯上關係。

但是，事情恐怕不是這樣的。

「千惠是什麼時候……為什麼會知道你結婚的事？」

大地將視線瞥向窗外。秋天的花卉在中庭裡爭奇鬥豔地盛開著。我繼續逼問始終不肯正眼看我的他。

「在你說要和她結婚的幾乎同一個時期，你卻娶了別人。你剛才說將這件事隱瞞到底是一種體貼，但千惠還是知道了。再也沒有比這個更過分的背叛吧？」

「那表示我的體貼也只能到這裡。反正都已經分手了，也沒義務再繼續體貼下去了。」

我終於明白，自己想像的肉體關係是多麼天真的想法。千惠美是完全被大地無視，被摒除在他的世界之外，連發展成肉體關係的機會都沒有。

因此，她那天其實是拚了命的。

為了不讓朋友知道這件事，為了不讓自己顯得太悲慘，為了不讓自己的過去變成一片空白。「我們還好好地在交往。」

我想像千惠美握緊手機，拚命打字的模樣，不禁咬緊下脣。啊……原來如此。如果是這樣的話，那些數量非比尋常的信件就得到解釋了。

「她找人調查我的老家，這才知道的。」

大地終於看著我，以裝模作樣，試圖要吸引同情的眼神嘟囔著說：「差一點就變成跟蹤狂囉！而且她什麼都沒跟我說喔！我是很久以後才知道她已經知道了。」

「讓千惠為你傷心欲絕，這下子你滿意了吧？」

「怎麼？妳該不會是要把良心譴責那套搬出來吧？」

可悲的是，一切都在大地的算計之中。得知自己遭到背叛的千惠美所採取的行動，並不是譴責始作俑者的大地，而是寫信給我，要我不要告訴任何人。

大地捻熄香菸，靠在椅背上。臉上那抹得意的笑容看起來彷彿永遠不會消失。

「我也覺得不受歡迎的女孩子真辛苦。」大地以完全事不關己的語氣說道。「人生缺乏意外與驚喜，只能緊緊抓住少得可憐的意外與驚喜不放，我的話一定受不了，太慘了。」

「你以為你是誰？」

我站起來，桌子上的水杯被我撞到灑出來，四周的客人全都停止對話看著我們。臉頰熱辣辣的。大地還是異常冷靜，抬起頭來望著我，冷冷一笑。「所以呢？妳和我是同類吧！妳明明也瞧不起那傢伙。」

後腦杓竄過一陣如遭電擊般的衝擊。表情從我的臉上倏地消失。我還沒恢復過來，先聽見大地得意洋洋的聲音。

「妳不也沒告訴她我是個什麼樣的人嗎？不也沒認真地給她忠告，勸她和我分手嗎？我在面對妳的時候，一直覺得這樣好嗎？一直很擔心妳是不是生氣了？一直想說妳會不會來質問我？這方面還比較刺痛我的良心。」

「少騙人了。」

「是真的喔！我想說既然妳什麼都沒說，大概沒關係吧！她肯定不是妳重視的朋友。不然一般人肯定會勃然大怒吧！會叫我不要對他的朋友出手。只要妳一句話，我隨時都準備好拿出誠意來和她分手喔！因為妳也是我的朋友嘛！」

這句話彷彿是他的撒手鐧，只見大地樂不可支地看著我。

「問題是，妳什麼也沒說。那就不要現在才擺出一副好姐妹的嘴臉來找我麻煩嘛！」

我發不出聲音來，身體動彈不動。

「我剛才也說過了，關於望月千惠美的那件事，我只覺得不勝其擾。不過，反正我們已經很久沒見了，一切都與我無關。我也是這麼跟警方說的。我不曉得她逃往何處，也不想再與她扯上任何關係。對我來說，那是發生在另一個世界裡的事。」

我用力彎曲膝蓋，好不容易又坐了下來。從大地口中蹦出來的「望月千惠美」這個名字令我耿耿於懷，這才發現，柿島大地從剛才就一直用「她」來代稱千惠美，從來沒喊過她的名字。

我一邊深呼吸，調整好音量。

「千惠和她母親為什麼會變成那樣，你有頭緒嗎？」

「怎麼可能會有？我哪知道？」

弒母。

年輕的母親虐待孩子致死，或者是無關年齡，兒子殺害母親、女兒殺害父親的新聞時有所聞。千惠美的新聞看樣子也被當成其中之一處理掉了。只有疑似兇手的女兒還沒抓到這點略有不同。

我聽到這件事的時候，總覺得難以釋懷，為什麼？

就連應該對這個男人恨之入骨的時候，千惠美也沒有採取任何行動。到底是什麼驚天動地的大事，會讓就連那個時候都沒有採取任何行動的她對母親利刃相向呢？

「請你再回答我一個問題。」

千惠美得知大地的婚訊，拚命寫信給我是前年六月的事。後來她去上了刺繡教室，一如往常地工作，理應度過了一段平靜的時光。

前男友的問題，只能在跟與他無關的人一起生活的環境中，交給時間解決。受傷的心、被誰棄如敝屣的記憶，多半是被完全不知道這些事的人們出其不意地治好。千惠美的傷復原到什麼程度呢？一思及此，就覺得那段時間煎熬得令人心痛。

千惠美是在今年四月出了那件事，不知去向的。中間大約兩年的時間發生過什麼？

「你結婚以後還有見過千惠嗎？」

「沒有。」

我搖搖頭，不預備接受大地的答案。

「你怎麼知道千惠是找人調查你老家才知道你結婚的事？是誰告訴你的？」

「我也是聽說的，有人跟我說她好像知道了。」

「那個人是誰？你們應該沒有共同的朋友吧？」

「當然有啊！是妳不認識的人。」

「她應該有跟你連絡吧？她應該說過想見你吧？而你也沒有拒絕對吧？」

千惠美握有大地的弱點。和以前不一樣，現在的大地已經有必須保護或不想失去的東西了。

「我想知道的是那個時間點，到底是什麼時候？」

「都說我們很久沒見了。」

「我要告訴悠里囉！」

大地緊閉雙脣，然後以高高在上的態度說：

「去說啊！我有自信可以把她哄得服服貼貼的。」

「拜託你告訴我。只要告訴我時間就好了。我不會告訴任何人的。我會把今天聽到的話全都埋藏在心裡。也不會再和你們有任何瓜葛。」

「瑞穗，妳真的很難纏耶。」

「拜託你。」

我低下頭，遲遲不肯抬起來。

身體熱得彷彿有火在燒。大地會說的，一定會說的。或許他沒有告訴警方，或許他沒有告訴過任何人，但是，他絕對會向我坦白。因為他不是個深思熟慮的人。以有條有理的理由絕對說不動他，但是如果什麼都沒有的話，他又何必故作姿態地挑釁我。

大地剛才說過一句話：「人生缺乏意外與驚喜。」千惠美捲入那麼大的事件，對大地來說又何嘗不是呢？這應該會成為他無聊又淺薄的情場傳說之一。之所以端著架子不肯告訴別人，肯定就是在等一個最適合昭告天下的機會與場合。

我對這點深信不疑。因為就像他說的，我和他是同類。

「……月。」

大地喃喃低語的聲音促使我把頭抬起來。只見他正一臉老大不情願的表情，用吸管吸著冰塊已經溶解，顏色變淡的咖啡。

對上眼，他又說了一遍。

「三月。我記得大概是最後一個禮拜天吧？這樣妳可以放過我了嗎？」

沉甸甸的空氣就像鉛塊一樣沉重，哽住我的喉嚨。即使睜著眼睛，眼皮後面還是可以感受到白色的閃光。啊……嘆息聲從我咬緊牙關的齒縫間流洩出來。

三月。

剛好是我結婚的那個月。案發的前一個月。

真不想面對這個事實，但我還是問了：「上床了？」明明想從丹田發聲的，卻有如哭泣般斷斷續續。

大地一副吊兒郎當的樣子，把吸管拿出來啃。然後露出截至目前最令人傻眼的表情。只見他臉上寫著「我有什麼辦法」的大字，苦笑著說：

「因為她說她已經很久沒做過了，我想她這麼可憐……」

空氣中響起「啪！」的一聲脆響，我站起來，掌心一陣灼熱。大地的臉撇向一邊。

我明明想要更用力，最好是打到他整顆頭飛出去，無奈自己的手臂不夠有力。光靠我那一巴掌，對他根本無法造成任何傷害。果然大地馬上把臉轉回正面。

在視線交會之前，我先從皮包裡拿出千圓鈔，放在桌上。目光掃過沉默地躺在錢包旁邊的隨身筆。不假思索地拿出來給他看。大地這才第一次變了臉色。

「那是？」

「其他的都無所謂，但是『我有自信可以把她哄得服服貼貼』的發言還是不太妙吧？」

我把錄音筆放回皮包裡，立刻轉身走人。

「瑞穗！」

我對他想阻止我的聲音充耳不聞，捧著劇烈跳動的心臟，一路衝向大門口。跳上計程車的時候，大地剛好追來，我對司機大叫：「快開車！」就在他的手指幾乎要碰到車窗的瞬間，車子從他指間揚長而去。

我抱著頭，耳邊迴盪著千惠美的聲音。我想起來了。「瑞穗，妳好漂亮。」在三月的婚禮上，我們沒機會交談。她只不過是眾多賓客的其中一人。沒想到那會是最後一次，是我最後一次看到她的身影。

「我好羨慕妳。」

千惠美微笑著說。

當時，我什麼也沒問。不管是她瘋狂地傳送大量電子郵件給我的真正用意、還是她不想讓人知道的那個祕密到底是什麼、抑或是大地已經結婚的事，我其實都知道，但是卻將其封鎖在內心深處，以若無其事的態度面對千惠美。不是因為體貼，而是因為尷尬。

就在那個月的最後一個禮拜天，千惠美打電話給大地。

我放開抱著頭的手，掌心裡都是汗。全身寒毛倒豎，呼吸困難。「我好羨慕妳。」再次想起千惠美說這句話的語氣。這句聽起來就像是制式祝賀詞的話，如今只剩下字面上的意思。我好羨慕妳。我好羨慕妳。我好羨慕妳。我只不過是原因與動機的象徵，我只占了一小部分。但我還是沒法不去注意到這個事實。

是我從背後推她了一把。

回到住處，我打開事先準備好的書和之前看到的網站，開始工作。

一面處理同時進行的雜誌報導工作，緩過一口氣，打電話給育愛醫院的瀨尾醫生。他還是一如往常，以不假辭色的口吻，嫌麻煩地回應我在那之後每隔兩天就打一次的電話。

『我應該告訴過妳，要是有什麼新的進展，我會主動打電話給妳。』

「不好意思。也就是說還沒有什麼新的進展囉？」

『沒有。除了忙翻天以外，什麼也沒有。』

看樣子，他的確非常忙碌，相當兵荒馬亂的樣子。打電話給瀨尾的時候，他不是正在看診，就是在幫產婦接生，通常都得等上好一陣子。忙起來的時候甚至得聽上三十分鐘的轉接鈴聲，有時候對方還會忘記接起來。也無法期待他回電，無計可施之下，只好由我每隔一段時間就主動打過去關心一下。

這天由我打過去的電話，瀨尾也是有一答沒一答地回應。當我邊看今天回來剛整理好的資料邊問他一些問題，雖然還算是有問必答，但是除此之外就只有「我知道了」這句話，從他跟平常沒兩樣的聲調，依舊完全無從得知他自己的想法。說完「那就拜託你了」，我就把電話給掛了。

然後就那樣躺在沙發上，把雙手蓋在臉上。身體如有千斤重，整個起不來。此時此刻，至少給我一點這麼做的自由吧！明知這是一廂情願的感傷，但我真的很想這樣多待一會兒。與大地見面的事，遠比我想像的還要費神。

待我回過神來，不曉得什麼時候已經被移到床上了。身上還穿著出門時穿的衣服。客廳的燈光微微地照進陰暗的寢室裡。耳邊傳來電視的聲音和有人在吃東西，貌似吸麵條的聲音。

「……啟太。」

我起身下床，發現啟太還穿著西裝就直接吃起泡麵來了。雖然已經扯下領帶，但那身裝扮和他吃的食物還是連不太起來。「對不起。」我細聲細氣地道歉。自己似乎在不知不覺中睡著了，腳下和眼前都還搖搖晃晃的。

啟太夾起麵條的筷子停在半空中，望向我這邊。

「吵醒妳啦？」
「沒有。謝謝你把我抱回房間。沒幫你準備晚飯，真對不起。」
「不要緊。」
「我很重吧？」
「很重，非常重。」
妳現在調查到哪裡了？他並未問我詳細的來龍去脈，但是我放在桌上的書和列出可能性的表格已經收拾乾淨了，所以他肯定看過了。
問題是，他什麼表示也沒有，反而是我忍不住問他：
「你從未主動問過我千惠的事呢！」
「我並不是毫無興趣喔！是希望妳能主動告訴我。」
「……我下禮拜想再回山梨一趟。」
啟太「嗯。」地點頭同意。
「你不問我理由嗎？」
「那妳告訴我吧！」
「該做的我都已經做了，但就是坐不住。」
「是喔。」
啟太把頭從麵碗裡抬起來，第一次主動問我：「除此之外呢？妳還有什麼其他想問的問題嗎？我都可以回答喔！」
「泡麵好吃嗎？」

「非常好吃。」

啟太的臉上帶著笑容。

「我媽一直不准我吃泡麵。我甚至憤恨地想過，等我長大以後，就要每天吃給她看。」

「這樣啊。」

我也笑了。在這樣的氣氛下，啟太臉上還是掛著柔和的笑容對我說：

「這次回山梨的時候，去看看她吧！」他轉向我，繼續說道：「去看看妳媽。」

我一時無言以對。啟太似乎也不期待我的答案，又把臉轉向泡麵，端起麵碗喝湯。從剛才就一直開著的電視機，深夜的運動節目開始播放今天的重點新聞。我假裝看得入神，忘了回答他的問題，啟太也沒再多說什麼。

十月三十日

甲府市內——家庭式餐廳

北原果步（第二次）

回到山梨，訂了和上次相同的商務飯店。

和上次見面的時候主動說要幫忙的果步約在上次那家家庭式餐廳見面。距離晚上約好的時間還有好一會兒。

我從放在房間角落的旅行箱裡拿出透明文件夾，裡頭夾著一張刺繡的卡片。那是千惠美放在紅包袋裡的賀卡。上次啟太告訴我之後，我就拿出來看了。

仔細一看，明顯是手工製作的卡片。明信片大小的圖畫用紙上貼著輕柔飄逸的蕾絲，正中央鑲嵌著小巧的洋甘菊押花，把臉湊上去還聞得到清香。白線沿著蕾絲的邊緣如浪花般繾綣，四個角落還有精緻的玫瑰刺繡。

令人驚訝的是，連祝福的文字都是用手縫的。因為太自然了，我完全沒發現。

「恭喜妳。千惠美敬祝」

我只看了一眼就收起來的這張卡片，千惠美到底花了多少時間製作呢？

把透明夾放回皮包裡，跟上次一樣租了一輛車，前往千惠美的恩師——添田上班的縣立社會教育中心拜訪。雖然沒有任何可以拿出來獻寶的進展，但還是想讓她看千惠美的刺繡。她看了一定會很高興。

添田不在辦公室裡，代替她出來招呼我的，是比添田年輕許多的女性職員。我報上名字，只見她一臉抱歉地告訴我：

「真不好意思，添田太太回老家去了，要到後天才會回來喔！」

「老家？」

「好像是房子的管理問題，這陣子偶爾會回去。神宮司小姐是嗎？等她回來，我會告訴她妳來找過她。」

「麻煩妳了。」

可能是去參加喪事吧？添田的年紀那麼大了，娘家的父母不太可能還健在，可能是親戚那邊發生什麼事也說不定。

離開教育中心，往外跨出一步，冷風從腳尖吹過，溫度明顯比上次來的時候還要低，沒兩下就連鼻腔的深處都冷透了。我抬起頭來，天色已經暗下。當十月結束，冬天就要來了。

果步今天依舊神采飛揚，穿著長度跟五年前幾乎沒什麼差別的迷你裙。原本就是一張很可愛的娃娃臉，再加上化妝的方式還是跟以前一樣，所以和她在一起的時候，幾乎感覺不到時光的流逝。

「妳也太年輕了吧！」

「可能是因為我沒結婚吧！不像大家有那麼多要操心的事。」

果步笑著說，我也跟著笑了，但是唇畔始終緊緊黏著一股擦不去的怪異感，害我只能硬擠出虛假的笑容。

雖然我不想承認，但是自從上上個禮拜見過柿島大地以後，我的心的確一直處於耗損的狀態。他的話宛如肉眼看不見的毒素，侵蝕著我，此刻依舊持續侵蝕著我身體的某個地方。我沒告訴果步見過大地的事。

「有人說千惠美之所以還在逃，可能是有什麼理由，妳知道是什麼理由嗎？」

「理由？」

果步很少使用這麼直接的語彙。殺人、在逃。對於疑似千惠美犯下的那件事，我們在討論的時候總是會一再地避開關鍵字。果步點點頭繼續說：

「曾經和千惠美一起參加聯誼的女生說了些不負責任的話。那些女生也認識大地。她們說千惠美會不會是想要報復甩掉自己的大地，因為還沒有報復成功，所以才逃走的。」

可能是誤以為我揚起視線的行為帶有譴責的意味，果步繼續滔滔不絕地說：

「我可沒有相信那種鬼話喔！只不過，還是有這樣的謠言。雖然千惠美為他說好話，但我依舊覺得應該是大地單方面甩掉她。所以我們都很擔心。」

「報復嗎?」

我露出苦笑，用叉子刺穿了風味過重的凱撒沙拉裡的萵苣。可憐千惠美那麼拚死拚活地想要粉飾太平，外人卻比本人更明白她虛張聲勢底下包藏的不堪。

或許是希望同年齡的朋友所引起的事件能發酵得更久一點好製造話題吧！我想起政美以正視著生活的眼神說「我已經沒辦法」的表情，真是強烈的對比。

「妳的意思是說，她打算殺了母親以後再殺死大地?」

「想也知道不可能嘛！我只是想說，如果妳完全沒聽過這個謠言的話，起碼讓妳心理有個底。」

「我從未想過這個可能性。」

身為當事人的大地又是作何想法呢?聽到這個謠言，這次會露出驚慌失措的表情嗎?我總認為那個男人就算是這樣也能不為所動。

「就是說啊！」果步點頭稱是。似乎為了該不該告訴我煩惱了很久，浮現出卸下肩上重擔般鬆了口氣的表情，夾了一些沙拉到自己的盤子裡接著說：

「大地看起很有女人緣的樣子，現在肯定已經交了新的女朋友。」

「這我就不清楚了。」

「如果要報復的話，應該不是對大地本人，而是他的新女友吧！」

果步不以為意的一句話奪走了我臉上的表情。吃著沙拉的果步尚未發現我的異狀。

「不就是因為還喜歡大地，才會想要報復嗎?既然如此……」

我無言以對地望著果步。果步拿著叉子的手指上塗著可愛的祖母綠指甲油。「瑞穗?」果步抬頭問我。我這才回過神來，慌張擠出一抹微笑。

「抱歉，我在發呆。」

「這次有什麼計畫？要去誰那裡問話？」

「明天要去見千惠以前上班的建設公司同事，及川亞理紗小姐。是政美介紹給我的，她們以前就認識了。聽說小我們三歲，妳見過嗎？」

「哦！亞理紗嗎？我認識、我認識。她是個很可愛、很聰明的女生喔！聽說是從國外回來的。」

「是喔？」

「她說因為父親工作的關係，國中以前都住在美國，說著一口流利的英語。我一開始很緊張，不曉得該跟這種人聊些什麼才好，但是實際聊起來，就只是個普通的女孩。聽說是建築師，真是太厲害了。」

「這樣啊。」

雖說是同事，但也不見得是和千惠美站在同一個立場上。千惠美的工作類似行政助理，僱用方式也是一年一聘的約聘員工。而擁有證照的及川亞理紗恐怕是正式員工，是個年紀比自己小，但地位實際上比自己高的同事。

「政美叫我跟妳問好喔！說等到一切塵埃落定之後再見個面。」

「她還願意見我嗎？」

「就是說啊！妳們不要再絕交了嘛！」

我正要露出苦笑，告訴她這不是我能決定的事。就在這個時候，果步的手機以高分貝響起。我雖然不曉得曲名，但的確是就連我也耳熟能詳的流行歌。果步還不肯退出辣妹的行列。我不禁莞爾，正打算取笑她的時候，表情凍結在臉上。因為果步的臉色似乎變得有些難看。

「喂。」

果步以視線向我致歉，接起電話。一面留意我的反應，站起來往廁所的方向移動。雖然她走開了，但聲音還是斷斷續續地傳入耳中。在「好」、「嗯」、「現在不行」的簡短回答中，感受不到半點喜悅的氣息。感覺果步的體力和精神正緩緩地被行動電話那頭的人吸走。

我一言不發地假裝玩自己的手機。

現在既沒有打電話給誰的計畫，也沒有要傳郵件的對象。為了不讓果步發現我的百無聊賴，只好毫無意義地亂按鍵盤。

果步回座，一臉抱歉地對我雙手合十道歉：「對不起啊！」我見過她男朋友一次。雖然是婚外情，但他還是他。我們遲早會結婚的。果步大概是想向我獻寶吧！所以當我見到他的時候，不忘對果步說：「好帥啊！」還說：「看起來很溫柔的樣子。」

「那個……」

「哪個？」

「分手吧！」

果步正把湯匙插進吃到一半的燉飯裡，手卻僵在半空中，大大的眼睛裡狼狽地看著我。

「分手吧！那個男人絕對沒有要跟妳結婚的意思喔！」

「是這樣……的嗎？」

「不管是我、政美、還是千惠，其實我們一直這麼想，只是從來不敢說出口。」

說著說著，自己現在所處的立場變得越來越曖昧。我是誰？現在和我說話的人又是誰？我到底想說什麼？原本看得很清楚的輪廓逐漸暈染開來，終至模糊成一片。

「妳被騙了。」

「被騙的意思是說，對方根本不喜歡我嗎？」

果步頹然無力地將手中的湯匙放在桌上，繼續追問：

「妳說的被騙，是說那個人根本不喜歡我嗎？他討厭我嗎？」

「不是的。不是喜不喜歡的問題。只是也有人會把『兩邊都吃得開』當成是主要的目的，除此之外都不是重點。果步愛上的就是這種人。他的手段比妳想像的還要高明，妳已經沒有勝算了。」

我曾經幫他去領離婚申請書，逼他在我面前寫好帶回去喔……

也曾經逼他在他老婆面前打電話給我……

想和我分手的話，先把錢拿來再說。要賠償我所損失的時間、身體和我的心。

果步得意洋洋地對我誇示她那些微不足道的抵抗，想向我證明她也有辦法讓男人左右為難。問題是，她那些抵抗改變過什麼？對方沒把離婚申請書交出去，就連她請求賠償的信，也被他輕描淡寫的一句「就法律上而言，有權利告妳的人可是我老婆喔！」給擋回來，還附帶一句「妳這是恐嚇罪喔！」

每次他們都會大吵一架，果步都會來向我們抱怨，然後兩個人又會和好如初。

「可是啊……」

果步不知所措的音頻比平常低了好幾度，就像在安慰突然放聲大哭的孩子。可是啊……這也沒辦法，誰叫他……。

「看吧！」

我不動聲色地說。凝眸深處浮現出大地的笑容。

「瑞穗？」

果步窺探著我的臉色。

「妳們都一樣，說了也聽不進去，所以我才不說的。」

果步始終一聲不吭，大惑不解地直盯著我看。喉嚨發出壓抑了太久的笑聲。見死不救。有話不說。放任不管。就算我知道自己總有一天會後悔，但是她們從一開始就聽不見我的忠告。

大地的臉還不肯從我的凝眸深處消失。朋友、好姐妹的嘴臉、忠告、壞人。我已經想不起來自己是在哪個時間點聽到哪句話的，唯有具體的悲傷與憤怒鮮明得就像現在才第一次聽到。

明明一點都不好笑，卻控制不住上揚的嘴角。臉上明明在笑，眼淚卻流出來，就連我自己也嚇一跳。

瑞穗，瑞穗。果步搖晃我的背。在光線充足的家庭式餐廳裡，明明沒有喝酒，我卻無法抬起頭來。淚水從唇瓣間流入咬得死緊的齒縫裡。我摀著臉，腦中一片空白，不曉得該怎麼辦才好。果步的手碰到我的指尖。我再也壓抑不住，依偎著她的溫暖，哭到渾身顫抖。

十月三十一日

甲府市郊外——酒吧

及川亞理紗**（相良設計公司員工、千惠美以前的同事）**

在和及川亞理紗約好要見面的酒吧停車場裡，這才發現手機裡有來電記錄。雖然是第一次看到的電話號碼，但只有最後一個號碼和育愛醫院的代表號不同，可能是瀨尾醫生打來的。時間是六點，應該已經過了門診的時間。這種時間會有什麼事呢？我回撥，但是沒人接。

我請他們如果有什麼動靜要通知我，因此心裡充滿期待，每隔十分鐘就回撥一次，結果還是一樣。和亞理紗約好的時間又快到了，迫不得已只好先下車赴約。

她選了一家甲府市郊外的店，開在如果不注意可能就會直接走過去的不起眼角落，掛著低調的招牌。從窗戶隱隱約約流洩出來的昏暗燈光透露著這家店的氣氛，大概是內行人才會知道的「好地方」吧！門檻比我和政美她們常去的店要高多了。停車場裡只有幾輛車，而且其中絕大部分都是我們這個年紀會喜歡，重視設計的進口車，其中之一或許正是亞理紗的車。

距離約好的時間還有十分鐘，但我一踏進店裡，不算大的店內就有一名女性站起來，上下打量我一番，問我：「神宮司小姐嗎？」我點點頭，向她致意：「妳好。」她招呼我在她對面坐下，自己坐在下座，把上座讓給我。

真是個有品味的女孩子。

輕便的白色T恤和牛仔褲搭配有領子的黑色外套，腳下踩著跟很高的靴子。全身上下的首飾只有象徵性戴上的項鍊和細緻的手環，顏色也是低調但高雅的金色。

「我是及川亞理紗。謝謝妳打電話給我。讓妳配合我的時間和地點真不好意思。」

「別這麼說，是我突然提出這麼冒昧的要求。」

很可愛——我並沒有把果步對她的這個評語當真。因為我深知女生口中的「可愛」二字只不過是欺瞞與方便行事的代名詞。然而，及川亞理紗真是個美女。無懈可擊的睫毛根根分明地往上翹起，挺直的鼻梁勾勒出完美的曲線，宛如上帝的精心傑作。

輪廓深邃的五官，讓人聯想到播報新聞的主播們，看起來就是個聰明伶俐、討人喜歡的美人，就算上電視也完全沒問題。亞理紗的臉上浮現出微笑說：

「並不是什麼冒昧的要求喔！妳想吃什麼？這裡不只酒好喝，菜單上的各種食物也都很好吃。」

「這家店真不錯。但我還要開車，所以不能喝酒，真遺憾。」

或許是因為約的時間還早，除了我們以外，只有另外兩組客人坐在遠離吧臺的地方。她狀甚高興地點頭。

「我還滿常來的。這裡的氣氛很安靜，也不太會有認識的人來，可以放心地坐很久。只可惜最近出現在這裡的地方性雜誌上了。」

先向來點餐的店員點了飲料。可能真的來太多次了，只見亞理紗親暱地說：「今天我們兩個都自己開車，所以就不點酒了，不好意思。」然後問了我的喜好，又點了幾道菜。

趁店員退下的時候，我又把店裡看了一遍。空間裡流淌著低音的爵士音樂，是我沒聽過的曲子。

「謝謝妳打電話給我，還有，初次見面，請多指教。我是及川亞理紗。其實我在工作上也經常受到神宮司小姐父親公司的照顧。」

我出乎意料地眨眨眼睛。亞理紗嫣然一笑。

「神宮司組有時候會把一部分的工作外包給我們做。當然，為了爭取顧客的訂單，雙方通常都是處於競爭的狀態，不過神宮司組對我們而言，既是值得信賴的夥伴，也是不好對付的競爭對手，很多員工都很照顧我們。」

能說出這種優雅中不失俏皮的玩笑話，她的聰慧真不是蓋的。遇到這種看的想的都比自己還遠的對手，又挨了一記迎頭痛擊，原本想要一較長短的戰意頓時消失殆盡。我不置可否地微笑。

「家父承蒙妳照顧了。我們家的事是政美告訴妳的?」

「是的,我也聽望月小姐提過。」

這個名字脫口而出,她的表情也跟著變得嚴肅起來。

「在那之後我也一直掛念著望月小姐,想找人聊聊。但是在公司裡,她的事就像是一個禁忌,大家就連她的名字也不太提起了。」

「千惠算是被解雇了嗎?」

「我不知道。董事長和上司完全沒有正式的說明,只是在事情過後一個禮拜左右,要我把望月小姐的桌子整理整理,將文件移交給新來的人,私人物品就打包送回她家。」

亞理紗把手撐在桌子上。

「大家看新聞都知道那件事了,所以上司他們也不想浪費時間在尷尬的說明上吧!我們做員工的頂多是在同事之間提起這件事,也沒人積極地追究她的處分。我想恐怕是提前進行了解約的手續。」

「她的合約是單獨和公司簽的嗎?」

「是的。沒有透過人力派遣公司,而是由敝公司與望月小姐以一年一約的方式簽訂的合約。我聽望月小姐說,這份工作是她叔叔介紹給她的。」

「叔叔?」

「好像是董事長的老朋友,所以也沒有經過考試和面試就直接錄取了。」

當我回到山梨,和千惠美重逢的時候,她已經短大畢業,在相良設計上班了。我不曉得她求職的過程,但如果是走後門的話,倒也不算太意外。千惠美並不是那種會自己積極找工作的人。

「不好意思,我聽說及川小姐擁有建築師執照,和千惠不一樣,是正式員工吧?」

「是的。」

亞理紗深呼吸。

「我進公司的時候，望月小姐已經是進公司六年的前輩了。雖然分行政工作和技術工作、正式員工和約聘員工的差別，但是在第一年，望月小姐教了我很多東西。因為女性員工有很多不得不做的工作，例如倒茶和掃地之類的。」

她的臉上浮現出苦笑。我記得第一次打電話給她的時候，她就是在茶水間裡。

「畢竟敝公司的觀念還很老舊。我和望月小姐經常因為這件事互吐苦水。不過這也是沒辦法的事。萬一是由男性員工端茶出來，客戶也會坐立不安吧？另一方面，雖然有些非女生不可的工作，我也覺得自己的負擔比同時進公司的男同事還要輕。」

「相良設計的男女比例大概是？」

「幾乎都是男人的天下。女性現在只剩兩位上了年紀的正式員工、以及我和後來接替望月小姐的約聘員工這兩個新進員工，總共四個人。」

飲料送上來了。我們以新鮮果汁榨的粉紅色葡萄柚汁碰杯。喝下一口之後，亞理紗嘆氣。

「這和學校老師一再教育我們男女平等的道德觀差了十萬八千里。雖然所有公司都大同小異，但我們的公司特別過分，女性員工一旦結婚就會被逼著辭職。即使是正式員工，女性也全都只能負責行政工作，只有我一個人是技術工作。」

「及川小姐結婚之後也會辭職嗎？」

「那種愚蠢的規定現在好像已經廢除了。自從我被錄取的時候，這個陋習就好像已經改掉了。我沒必要因為結婚辭職，只要我想請，也可以請產假和育嬰假。」

亞理紗誇張地聳了聳肩膀，這種宛如外國連續劇的女主角般充滿喜感的動作非常適合她。

「這本來就不是白紙黑字的公司章程，我也是實際進公司以後，聽別人講才知道的。當時真是嚇了我一跳，還和上司據理力爭，既然如此，在僱用我的時候，不對，更準確的說法是在徵人的時候就應該說清楚，否則太不公平了。」

她說到這裡，一瞬也不瞬地直盯著我看。

「告訴我據理力爭比較好的人就是望月小姐。她說天底下沒有這麼好的事，如果結婚、生子之後還想繼續工作的話，最好趁早問清楚。」

「是她告訴妳的？」

我感到很意外。亞理紗乾脆地猛點頭。

「沒錯。我剛進社會的時候還不明白工作究竟是怎麼一回事。只是想說萬一在這家公司混不下去的話，頂多另謀高就就好了。就算望月小姐那樣拚命地給我忠告，我也只是覺得很感恩，但並不完全理解她的意思。」

亞理紗輕啜一小口葡萄柚汁說道。

「如果是現在的我就明白了，也比當時的我更深刻地體會到，女性要在職場上工作，是多麼嚴峻、多麼困難的一件事。當初先問清楚真是太好了。」

在那家公司裡，立場不同的年輕女性只有她們兩個。就這層意義來說，她們比辦公室裡的任何人都更像是對方的同事。

餐點上桌。點綴著淡菜的大蒜濃湯的香味刺激著鼻腔。

「那個……」

過了一會兒，亞理紗接著說。

「神宮司小姐，妳是記者對吧？我現在雖然跟妳說了這些，但可以請妳不要提到敝公司的一切嗎？因為這和望月小姐本人或那件事沒有任何關係。」

措辭雖然保守，但是語氣裡充滿了自信。她很清楚自己的責任、很清楚主動要求對方親口答應的重要性。「好的。」我點頭，然後露出一絲苦笑。

「我平常只是負責幫女性雜誌寫些微不足道的小報導，所以這還是我第一次聽到有人把記者這兩個字套在我身上。」

「望月小姐有時候會把妳的雜誌帶來公司給我看。政美也經常提起妳的事。」

我想起政美對我說的那句話——或許妳本人不覺得，但妳其實是千惠美引以為傲的朋友。

「及川小姐和政美從以前就認識嗎？」

「大概是朋友的朋友那種淵源吧！我還在念大學的時候，在聯誼的場合偶然和她認識，從此以後就有來往，不過最近幾乎都沒空見面，直到上次她打電話給我為止。我是在進公司兩年左右，才知道政美和望月小姐是朋友的。有次不經意聊到，結果大吃一驚。」

「政美的人脈實在很廣。」

「雖說是鄉下小地方，但我實在無法想像望月小姐和政美一起參加聯誼的畫面，所以覺得很意外。」

「或許因為妳只看過她在辦公室裡的樣子吧！及川小姐念的是縣內的大學嗎？」

山梨的國立大學雖然也有工科，但是沒有建築系。亞理紗的眸子裡霎時閃過一抹躊躇的神色。我還來不及推敲出那是什麼原因，她便迅速地揭曉答案。

「不是，是K大學的建築系。我是在放假回家的時候無意中認識政美的。」

「真的嗎？好厲害。」

K大是國內的私立大學中首屈一指的學校。也是大地的老婆——讀者模特兒寺脇悠里的母校。可能是經常聽到這種恭唯吧！亞理紗一臉不自在地說：「哪裡。」或許不像她這麼嚴重，但我也不是不能理解對這種夾帶敬畏之意的溢美之辭不知該怎麼回應的尷尬。娘家的名字是如此，啟太的公司名稱也是如此。而且不同於亞理紗，這些都不是我努力得來的。

「神宮司小姐一直待在山梨嗎？」

「高中畢業以後，還是去了東京念大學。而且是地點和K大很近的G大學。」

「咦？」

亞理紗受驚似地轉動眼珠子。沒想到反應這麼好，我回望她的雙眼，於是她「真的嗎？」發出高八度的嗓音。

「騙人的吧？我和G大的人參加過同樣的社團喔！神宮司小姐和望月小姐同年，所以大我三屆對吧？好懷念噢！居然有共同的朋友。妳是念哪個高中的？」

「S學院。」

「騙人的吧！我也是。早知如此，應該要先認親的。嚇死人了，妳不覺得這實在太巧了嗎？」

我有點被態度跟剛才判若兩人的亞理紗嚇到了。不知是不是五官太過端正的關係，她的每一個聲音表情都像是在演戲，搞不清楚她哪一句是真的、哪一句是假的。不過，氣氛和剛才完全不一樣了。

我念的高中是升學的學校，也是我和千惠美漸行漸遠的第一個岔路。將考上國立大學或私立名校視為理所當然的校風中，我考上的大學固然不是能拉高名次的名校，所幸也沒有差到會讓學校蒙羞。若以她念K大的標準來說，雖然不像她那麼優秀，但如果是男朋友的母校，也還在可以接受的範圍內。

「真不可思議，要是能早一點見到妳就好了，沒想到會是在這樣的情況下。」
「真的。我明明每次都和政美一起去聯誼的說。」
「對呀！」
我發現剛才那種冷淡疏遠的禮貌正迅速地從她的聲音和表情裡消失，以放下戒心，彷彿在跟熟人講話的甜美聲調說道：
「嚇我一大跳。我聽說妳和望月小姐是一起長大的朋友，還以為妳們高中和大學都是念同一所學校。」
「我和千惠只有同校到國中畢業，後來是等到我大學畢業、回到山梨的時候才又重新開始連絡的。」
我一面回答，腋下開始冒出冷汗。
千惠美只有短大畢業。
「還以為妳們高中和大學都是念同一所學校。」
這種語調並不正確，但是，我可以理解。
對亞理紗而言，「大學」二字指的是否只是單純的升學呢？還是會在無意中，把對方的學歷到哪個程度列成比較表來看？
腦子裡彷彿長了一個硬塊，冰冷地疼痛著。耳邊響起我再也不願意想起的聲音——妳和我是同類吧！
她也是。
苦澀的感覺在口腔裡散開，宛如條件反射般。

她也是。不會錯的。

「妳對那件事有什麼看法？」

我把偏離主軸的話題拉回來問她。前一秒鐘還笑得天真無邪的亞理紗，立刻恢復成認真的表情回答。切換速度堪稱一絕。

「我一開始並不相信望月小姐會做出那種事，可是……」

先來一段開場白，她以接下來才是重點的姿態說道：

「想到望月小姐和她母親那種連體嬰的關係之後，就覺得也不是毫無可能。」

神宮司小姐……她喊我的名字，然後擠出虛弱的笑容，意味深長地向我坦白：

「望月小姐她們一家人的關係是不是太過於緊密了？」

我抬起頭。亞理紗繼續往下說：

「不知是望月小姐離不開父母，還是她母親放不下孩子？——對前輩說這種話可能不太得體，但是她們雙方就像打了死結的鎖鏈，而且彼此都沒有察覺這樣很不正常。」

千惠美是個好孩子，坦率，但還沒長大的孩子。

經亞理紗這麼一說，我想起政美之前說過的話。她微側著頭，露出困惑的表情，注視著我的雙眼，壓低了聲音，以打小報告的語氣說道：

「其實我們在發生那件事的一個月以前吵架了，從此就幾乎不跟對方說話。這件事我也告訴過警方。」

我還是第一次聽到這件事。

「吵架的原因真的很無聊，是從我批評她母親開始的。」

天底下的女兒都會受到和自己母親同等的傷害。

這是誰說過的話呢？但是有受傷的女兒，也有對受傷也不覺得有什麼的女兒感到不耐煩的母親。

「請告訴我細節。」

亞理紗溫順地點頭同意我的要求。

「我進公司的第一天就見過望月小姐的母親了。」

「原來妳們見過啊？」

「見過好幾次了。不只是母親，也曾經見過她父親。像是尾牙或春酒等需要喝酒聚會的場合，曾經不只一次看到他們早上送望月小姐來上班的身影。有時候加班到太晚的日子，他們晚上也會來接望月小姐下班。」

亞理紗的臉上浮現出一抹笑容。

「我嚇了一跳。因為就算是她父親來接她下班，也是兩輛車一前一後地開回去。既然如此又為何要來接呢？我完全無法理解。甚至覺得對已經成年的女兒，這麼做是不是管太多了。」

「及川小姐和家人一起住嗎？」

「是的。不過我爸媽不會這樣管我。我是獨生女，但晚回家的時候只要打通電話報告一下就行了。最近幾乎每天都要加班，晚歸已經成了家常便飯，所以就連打電話報備都省了。」

及川亞理紗說的很正確。

就算與父母同住，還是很獨立，自己想做的事應該也都照自己的意思完成。因為自己是這樣的，所以不能想像跟自己不同的人生。看在她眼裡，肯定會覺得千惠美的家庭很不自然吧！

「我看到的那一天，望月小姐的母親就站在公司的大門口，幫望月小姐把襯衫上的蝴蝶結繫好。」

我試著在腦海中想像伯母沐浴在晨光下，幫女兒把胸前的蝴蝶結重新綁好的模樣。即使同事和上司在身邊來來去去，千惠美肯定也不以為意吧！甚至沒想到要去想像別人會怎麼看待自己的這種行為，只是心無城府地向大家點頭道早吧！

「我還以為她和我一樣是新進員工，因為第一天上班，所以父母才會跟來，沒想到不是。當我聽聞她已經是進公司第六年的前輩時，真的嚇了好大一跳。」

亞理紗的臉上浮現出無法苟同的神色，我沉默不語。

換作是我或亞理紗，肯定會急忙甩開母親的手，肯定會轉身背對母親，不讓人發現自己是個還長不大、愛撒嬌的女兒。

這時，我們的母親肯定能理解這也是沒辦法的事吧！問題是，如果是千惠美的母親，她會怎麼看推開自己的女兒呢？

「妳還有在其他情況下見過她母親嗎？」

如果是每天見面的同事，或許會有什麼發現也說不定。即使生活及興趣不同，在只有她們兩個年輕女性員工的職場上，勢必會在同一個辦公室裡經常交談。

「有一次聚會完以後，我送望月小姐回家，當時是晚上的十點左右。」

亞理紗以討好的目光凝視著我。

「神宮司小姐，既然妳是望月小姐從小長大的朋友，肯定認識她的母親，也去過她們家吧！」

「小時候去過好幾次，長大以後幾乎沒再去過。」

聚會的時候負責接送千惠美，站在車子旁邊對我說：「好久不見了，妳變得更漂亮了。」的伯母，從我認識她的時候已經過了將近十年，看起來蒼老不少。而千惠美則是笑得一臉沒心機的樣子。

「媽，妳走開啦！」

現在回想起來，那大概是我最後一次見到千惠美的母親。

「這樣啊。」亞理紗點點頭，苦笑地接著說道：

「我送望月小姐回到家，她問我要不要進去坐坐。因為已經很晚了，我正要推辭的時候，大門口的燈亮了，她的母親探出頭來。望月小姐說：『我去問一下我媽。』就下車了，然後耳邊斷斷續續傳來她們說話的聲音。」

「嗯。」

「請她回去。感覺很可疑，請她回去——就我聽到的是這樣。」

「很可疑？」

亞理紗「沒錯。」地頷首。

「這並不是我現在才想出來的辭彙。我聽到的真的是這樣。我到底哪裡可疑了？到底是在懷疑我什麼呢？我覺得很奇怪，但還是就那樣回去了。神宮司小姐有過這樣的經驗嗎？」

「完全沒有，一次也沒有。大概是因為我們從小就認識彼此的家人吧！」

門檻太高了。並不是特別懷疑她什麼，只是不想讓外人在那個家裡待太久。我很早就留意到他們家有這個不合邏輯、情緒上的問題。

亞理紗似乎也了然於心。因為她說：「如果是熟悉底細的童年玩伴就沒關係吧！」

「剛才只是一個例子，但望月小姐凡事都是那個調調。無論是來公司拉保險的人、還是銀行的零存整付儲蓄，她都要回去和父母商量。而且她母親從來不曾放行過，總是『很可疑』、『很可疑』地保持高度的戒心。對於把這些問題帶回家的女兒擔心得不得了，還告訴她如果無法拒絕的話，爸媽隨時都可以來公司幫她處理。」

「這些全都是千惠自己告訴妳的嗎？」

「是的。我是在中午休息時間聽她說的。不僅如此，當她知道我透過客戶玩一些證券投資基金和股票時，還很擔心地主動問我沒問題吧。」

想像得出來。

不曉得從事那些可疑的投資會不會出問題，關心後進的千惠美。以及對此感到多管閒事的亞理紗。在她眼中，千惠美想必很保守吧！依照她的價值觀來看，那樣的千惠美肯定遜到了極點。更何況千惠美連自己很遜這件事都毫無自覺。

「辦公室裡的其他人都很善良地接受了她的性格和家庭，大家都很喜歡望月小姐，說她是個一根腸子通到底，非常坦率的女孩。」

亞理紗的嘴角浮現出一抹嘲諷的冷笑，又補了一句：

「尤其男性主管對她的評價非常好，說她是在農家無憂無慮長大，孝順父母的好孩子。」

「可是，妳並不完全認同這種看法。」

我直指核心。

「我沒有在公司上班的經驗，不過還是可以想像得出來。年紀相仿的前後輩和其他同事略有不同，是一種朋友般的感覺對吧？」

亞理紗嘟起脣瓣，勾勒出半開玩笑的笑痕。

「首先，從『在農家無憂無慮長大』的前提就可以看出我們主管太高估她了。」她接著說。「望月小姐手上一個傷疤也沒有。別說是孝順女兒了，反倒是她父母非常寵愛她，根本不讓她幫忙農事吧！我是這麼想的，難道不是嗎？」

「這我就不知道了。」

沒想到她會把問題丟給我，我故意面露難色地搖頭。

「再怎麼從小一起長大，我們也不曾討論過這個問題，所以……」

感覺自己像是嚥下一股冷冽的空氣。亞理紗真是觀察入微，而且她說的話全都奠基在這個角度上。

她把視線從我反應欠佳的臉上移開，繼續說道：

「不管是身為一個前輩，還是身為年紀相仿的一個女人，我都認為望月小姐是個好人。」

「嗯。」

「神宮司小姐說的一點都沒錯，我們的關係太像朋友了。不管是對公司的抱怨、還是彼此的私人問題，我們可以說是無話不談。而我也真的希望望月小姐能再振作一點。」

「妳是指工作上的事嗎？」

「我主要的不滿就在這裡。希望倒茶這件事能再簡化一點、希望男同事能自己去拿印好的文件，但因為自己是約聘員工，所以不能說什麼……聽多了她諸如此類的抱怨，我有時候會當成是自己的意見向上面反映，直接接手過來做的工作也不只一兩件。」

妳可以體會我的痛苦吧？亞理紗抬起頭來看著我的臉上寫著這樣一行問句。

我突然想起和政美她們聚在一起聊彼此的工作時，絕大部分都是對公司的不平、不滿，幾乎不曾出現過什麼有建設性的話題。聚會只是用來確認彼此的工作運都不怎麼樣，宛如儀式般的場合。

向對方吐苦水恐怕是千惠美這個人的社交方式吧！女性把共同的煩惱掛在嘴邊，將「公司」當成敵人，藉此激起同仇敵慨的心理要比男性來得顯著許多。只不過，會把這件事當真，足見及川亞理紗真的是個非常認真的人。她們的價值觀雖然不太一樣，但都是誠實且正確的。

「看到我留下來加班的次數變多了，她還會對我表示同情，還會為此生氣，說我明明是女生，工作量怎麼跟男生差不多，公司真是太過分了。我表面上會附和她的意見，但內心不免覺得有些受不了，這不是天經地義的事嗎？和我同時進公司的男同事們，早就已經像我這麼忙碌了，我反倒希望大家不要因為我是女人就瞧不起我，對我這麼寬容。」

「及川小姐的話——肯定會這麼想吧！」

我小心翼翼地開口，擔心這麼說會不會讓她感到不快，沒想到她微微一笑說：

「我很喜歡現在這家公司。因為身邊都是值得信賴的上司和同事，不管是對女性不友善的古板風氣，還是繁重的業務，都可以忍耐下來，化為努力的動力。工作也很有成就感，雖然很辛苦，但是很開心。望月小姐的目光太短淺了。因為對業務毫無興趣，就連發生大問題，上頭把大家全都叫進會議室的時候，也不知道大家在吵些什麼。比起公司的問題，她更在乎客戶送的伴手禮不夠分給全部的員工這種小事。不僅如此，她甚至還跑來問我，上頭現在是否在討論要不要和她續約的問題。她的世界光是自己看得到的範圍就足以讓她忙得焦頭爛額了。」

「千惠美從以前就有點神經質、又愛瞎操心。及川小姐可能有點看不下去，但妳不覺得如果是看不見未來的約聘員工，會有像她這種思考模式也是無可奈何的事嗎？」

「神經質又愛瞎操心，的確是對自己沒信心的人給人的印象，但她很明顯是自我感覺過於良好。她其實是那種對自己的價值非常有信心的人吧？不管怎樣，我們其實沒把她太當一回事。所以在中午吃飯或休息的時候，每次都要聽她那些不著邊際又沒完沒了的不滿實在很痛苦。」

「妳是說千惠對公司缺乏向心力嗎？」

亞理紗瞥了我一眼，瞬間露出陷入沉思的樣子，然後「沒錯。」地點頭稱是。

「如果妳要說誰叫她是約聘員工呢？這也是沒辦法的事，那我也沒什麼好說的。只不過，畢竟多年來都與同一家公司續約，多愛身邊的人一點是會怎樣？在重視人與人之間的關係，為了公司想做些什麼的狀態下工作不是比較愉快嗎？」

「千惠的工作有那麼辛苦嗎？負擔會很大、需要經常加班、或者是人際關係很費神嗎？」

「她好像很怕需要負責任的工作。負擔倒不大，也不太需要加班，但是畢竟年資久了，有時候上頭也會要她主持一些簡單的會議，她總是非常緊張。」

亞理紗大概連她為什麼緊張的原因都不明白吧！果不其然，她狀甚不解地大搖其頭。

「其實只要照著簡單的摘要進行就好了，但是她卻把預定要說的每一句話都寫下來，反覆練習。然後哭喪著臉向我抱怨，說她明明只是約聘員工，為什麼要逼她在其他人面前說話。結果當天臨時出現跟她準備好的文章稍有不同的內容，害她當場愣住，動彈不得。下班後還在更衣室裡哭著講電話。」

不用問也知道她打電話給誰。亞理紗也因此沒有說破，而是換了個話題。

「若是人際關係造成她的困擾，我想應該是我害的。至少在發生那件事的一個月以前，我既不再幫她說話，也不再站在她那邊。」

「妳剛才說吵架的原因是因為她母親，這跟她過去的工作態度有關嗎？」

「明年三月有一位行政職的女性員工預定要退休。雖然是正式員工，但職務內容其實比較像是祕書，主要是負責管理文件和安排董事的行程，隸屬於不需要專業證照的單位。所以公司從去年就決定，配合她離開公司的時間，今年要招募剛從大學畢業的年輕人，就算短時間還無法獨當一面也無妨。」

「然後呢？」

「望月小姐在午休的時候說了，說大家為什麼都沒有想到要把她升上去成為正式員工呢？」

亞理紗微微頷首，似乎早已預料到我的反應。

「還說比起應徵新人，已經了解公司運作的她明明比較好用。雖然沒有說得這麼露骨，但是她那多所保留的說話方式，擺明就是這個意思。這句話她去年只說過那麼一次，我也沒給予任何回應。」

或許是無法用語言說清楚、講明白吧！再加上從剛才開始，亞理紗對千惠美的不滿幾乎都是因為亞理紗的地位比千惠美高，所以才能那樣說。因為她是正式員工、因為她長得漂亮、因為她比千惠美更懂得如何在社會上左右逢源……。

「今年一月剛過完年的時候，她告訴我，說她這陣子跟高中的同學見過面，聊到當時的恩師。說她們在決定未來的方向時，級任老師什麼意見也沒給，完全沒有告訴她們考慮到將來該怎麼做才好，也沒有教她們如果想成為正式員工，選擇哪一所大學會比較有利。她之所以念短大，純粹只是因為離家近，要是自己上了大學，人生或許就會整個不一樣了，還說老師們太不負責任。」

「那是因為……」

「她還問我，我學校的老師是怎麼說的？有沒有好好地教我們？」

我……亞理紗自言自語似地說道。輕輕地咬住下唇，然後才告訴我：「我當時很生氣。」

「我之所以會對望月小姐這麼沒耐心，是因為我覺得自己似乎知道她為什麼會變成這樣。她對自己的人生太欠缺規劃了。」

「我和妳的母校是升學主義者，所以老師們都很熱心吧！和千惠的高中老師確實不太一樣。」

「沒錯。但那是因為我們用功讀書，選擇報考那樣的高中。」

亞理紗不容置疑地說道。眼裡燃燒著熾烈的光芒，似乎是在問我——妳跟我不是同一國的嗎？

「一旦把自己對人生的責任、對別人的不滿掛在嘴邊就完了。那種生存之道不是很輕鬆嗎？只要拿好別人交給自己的東西，也不用自己做選擇，只要等著被選擇就好了。明明她對公司有那麼多不滿，卻還是擔心公司會不會和自己續約，從她口中從來不曾出現過換工作這個選項就是最好的證據。因為她從來不曾自己做過任何決定，所以對變化才會那麼恐懼。如此一來，我不禁覺得自己完全誤會她剛開始給我建議的用意了。」

「妳是指結婚以後還要不要繼續工作那件事嗎？」

「我還以為那是因為她一直待在同一個地方，找到最重要的價值，才會給我那樣的建議。但原來她從未想過要離開別人給她的位置，也沒有勇氣開始一件新的事。問題是，我想要安身立命的地方不是只有這裡。」

「——缺乏意外與驚喜，波瀾不興的人生太無趣了？」

亞理紗不用一五一十地交代，我也知道千惠美惹她生氣的理由。手上握有證照，學歷又高，只要她願意，換工作也絕對不成問題，但她的憤怒還是太傲慢了。女人在職場上真的很不容易。嘴巴上是這麼說，卻又相信唯獨自己不會有這方面的問題，所以看不順眼千惠美那過小的格局。

亞理紗沒回答我的問題，反而又開啟另一個話題。

「我不喜歡凡事都用階級差異這四個字來帶過，但是我和望月小姐之間的確有一道鴻溝。我的意思並不是學歷或是否遇到好老師，而是意識上的差別。只要考上大學就能成為正式員工的想法本來就太傲慢了不是嗎？要是她過去的工作態度夠像樣的話，這次的機會說不定就會掉到望月小姐頭上。」

「妳不認為把這個說成傲慢，其實就是妳的傲慢了嗎？妳從一開始就是正式員工，受的教育也和她不一樣。所以不管妳再怎麼努力，也無法站在千惠本人的角度上來看事情。」

「沒錯，是很傲慢。」

我還以為她是個知書達禮的女孩子。雖說是從國外回來的，但是剛才出現在談話裡的「公平」或「規劃」等外來語全都是字正腔圓的純正日式發音。只不過，現在的她已經毫不掩飾瞪著我的眼神。

「我對她說，如果要把一切都怪罪到別人頭上的話，錯的並不是高中老師，而是妳的父母，是他們限制住妳的發展。」

好久以前就已經空了的玻璃杯排排站在面對面而坐的我們之間，還有根本沒動過筷子的餐點。以及突然多到難以消化的沉默。

就連我也不知道，當自己凝視著一言不發的亞理紗，雙眼裡呈現出什麼樣的表情。隨著重新呼吸的胸腔，我這才慢了一拍地發現，自己有一口氣堵在胸口。似乎是輸給無言的壓力，亞理紗低著頭說道：

「我告訴她，是和妳一樣，完全不曉得外面的世界是怎麼一回事的父母沒告訴妳外面的世界，也不讓妳看外面的世界。」

「千惠怎麼說？」

「似乎受到不小的打擊，但那天也就那樣曖昧不明地過去了。女生本來就是善於大事化小、小事化無的人種，再加上望月小姐是那種會默默地把話吞回去的類型，既不會對別人大聲，也不會把事情鬧大。——狀況是在今年的四月初出現變化的。」

「四月？」

「是的。」

亞理紗未曾注意到我把背挺直，只是臉蛋微微扭曲，彷彿記憶重現地對我說：

「有一天早上，我才剛到公司，她已經在更衣室等我了。在那天之前，雖然有些彆扭，但明明沒什麼大問題，她卻突然告訴我：『我再也受不了了，妳瞧不起我對吧？』」

「千惠嗎？」

「是的。——說來慚愧，但我當時真的好害怕。因為她的表情就像是下了重大決心。」

妳瞧不起我。

雖然想壓抑自己的情緒，但是一句話都不說的話實在嚥不下這口氣。

算了，再也不想在工作上罩妳了。

到底哪個是亞理紗記憶裡的角色呢？無從判斷真偽的程度。不過據她所說，千惠美一改過去的穩重態度，單方面把亞理紗痛罵了一頓。

「我向她道歉，我真的不是那個意思，但她不接受。既然她都說我瞧不起她還讓她發現，是我這個人做人有問題，那我也無話可說了。」

這場爭執成了她們最後的對話。千惠美說到做到，從此避著亞理紗，工作上幾乎不再互相幫忙。亞理紗不解地搖頭，不明白事情為何會變成這樣。

「感覺上就像是來不及考慮後果，情緒就整個爆炸了。我完全沒有注意到，自己竟然把望月小姐逼到這個地步。結果一直到發生那件事以前，我們只好繃緊精神在小得可憐的辦公室裡捱過和對方共處一室的時間。我甚至有些恨她，明明搞到這麼尷尬，彼此都不會好過，但她還是不吐不快嗎？」

「上司和其他同事知道這件事嗎……」

「在那件事發生以前，我不曾告訴過任何人。畢竟我也有錯，而且也不想讓望月小姐在辦公室裡的立場變得為難。」

是無意識的想法嗎？即使雙方都有錯，但是在這種情況下，還是「望月小姐」錯得多一點。亞理紗很清楚這一點。清楚就算被罵、就算被責怪、就算受到傷害，站在自己這邊的人還是占了壓倒性的多數。

「我想這也是為了反駁我對她沒有判斷力，無法自己主動做些什麼的指控。因為我會表達自己的意見、也會主動採取行動。只不過，這很不公平。我是晚輩，我的立場是無論如何都要顧全望月小姐的面子。如果她真的想要改變，應該要在別的地方把想說的話說出來，而不是針對我。」

「妳的意思是說，妳們直到最後看事情的角度還是很相近嗎？」

「我只是想說，只敢在自己看得見的範圍之內攻擊別人，的確很像望月小姐的作風。」

「日期是？」

我的聲線有些顫抖。亞理紗抬起頭來看我。

「妳還記得妳和她吵架的正確日期嗎？」

「我不記得確切的日期了……只記得是在新年度剛開始的時候。」

這麼說來，應該是比亞理紗所說是在事件發生的一個月以前還要短的時間。恐怕只有三個禮拜，甚至更短……搞不好跟我收到她最後一封來信的時候重疊。

「妳為什麼會想見我？」

亞理紗微微聳肩。

「妳應該不太想回憶起這些事吧？」

「倒不是因為我覺得自己有什麼責任。」

亞理紗似乎看透了我的想法，搶先一步否認。

「如妳所說，對於下不了決定的人有什麼心情，我的確不了解，也不想了解。但我希望妳知道望月小姐也有這一面。這就是我的用意。」

亞理紗已經放棄表面工夫的語氣聽起來尖銳無比。

「聽說望月小姐和冰川飲料的業務員交往過，是真的嗎？」

「為什麼這麼問？」

「我以為是騙人的。」

亞理紗的眼眸裡閃動著笑意。

「既優秀，又溫柔，簡直是理想的情人。這種人為什麼會選擇她呢？我實在無法理解。聽說她是被甩的一方，但我想知道的是，那個人真的愛過她嗎？」

喉嚨好渴。我只能找到這樣的形容詞。握緊拳頭。明明跟想說的話完全不同，臉上卻還能擠出冷靜的笑容，真不可思議。

「當然是真的。那個人是我介紹給她的，而且是男方先對千惠一見鍾情的。」

我在臉上擠出不明白她為什麼會對這件事有所懷疑的驚訝又困惑的表情。這還是我第一次知道自己的演技這麼好。

「千惠是為了回應他的追求才開始和他交往的。一開始也擔心對方長得帥、收入又高這點可能會很受女孩子的歡迎，但是對方真心誠意地追求她，她才答應的。真是羨慕死我了。他是我大學的社團同學，人真的長得很帥，又很溫柔。害我好羨慕千惠。」

每句話都好像是自動自發地從嘴裡跳出來，我幾乎是一口氣倒水般地說完。

「只有一點和事實有所出入，千惠說她是被甩的一方，那是她太謙虛了。她們分手是因為男方要回東京。對方希望千惠也一起去，希望兩人能在東京結婚，拚命求她不要分手，是千惠不要他的。」

千惠。

我的另一個聲音在內心深處呼喚著她。

千惠，妳現在人在哪裡？

「男人至今對千惠還難以忘情，戀戀不捨地來找我商量。對了，妳知道千惠很會刺繡嗎？」

「……不知道。」

「她的刺繡很漂亮喔！」

我發出宛如從嘴巴裡吐出鉛塊般的聲音，語尾有些嘶啞。

「若不是好好地享受屬於自己的時間，是繡不出那麼美麗的作品的。我和妳都繡不出來。」

亞理紗依舊沉默不語。

「我只想讓妳知道這件事。」我接下去說。

「那個……」亞理紗探出身子。看到她那副欲言又止的樣子，我答應她：

「別擔心，我不會把妳寫出來的。謝謝妳告訴我這麼多。」

「……不客氣。」

從亞理紗縮起瘦削肩膀的身影，我看見好幾個影子。

我的、政美的、果步的、大地的……搞不清楚了。可能還有更多人的影子也說不定。

別把千惠當成借鏡——我真的這麼說了嗎？還是只有在我自己心中吐露的祕密呢？我不知道。

然而，亞理紗正抬起頭來看著我。

「不要在千惠身上反射出自己的影子。」

無論是被愛的女兒，還是沒有決斷力的女兒。

大家都在千惠美身上看見自己的影子，所以才對她放心不下。而這個症狀，我比誰都嚴重。

正常。正常。正常。

只要掉出這個框框就叫作異常。妳的家庭不正常。

問題是，所謂的正常有正確答案嗎？那終究只是反映出自己的願望不是嗎？我好想告訴被判定為不正常的千惠美，所謂的正常，所謂的女兒，並沒有正確答案。

「今天謝謝妳了。」我對亞理紗說。默默地拿起帳單，走到門口。她既沒有挽留我，我也沒有再回頭看她。

回飯店的途中，我故意開車從娘家前經過。

時刻已是深夜，屋子裡還亮著燈。誰還醒著嗎？是父親？還是母親呢？——恐怕是母親吧！父親明天還要上班。

不管啟太之前對我說過的話，我這次也沒有回家的打算。

冷不防，窗口的燈光消失了。我看著關燈之後變得一片死寂的家，驅車離去。曾經住在這個家的記憶，已經遙遠得儼然像是上輩子說過的謊話。

十一月一日

甲州市內——超級市場

古橋由起子（第二次）

因為昨天的未接來電，我在超級市場的停車場裡又試圖打電話給瀨尾，然而不知是否根本沒開機，馬上就轉接到語音信箱。

再次為沒能接到他的電話感到後悔不迭。從和及川亞理紗分開以後到今天，我已經撥了好幾次電話，但是沒有一次接通的。對方的來電也只有那一次，從此再不曾主動和我連絡，就算打去醫院也始終找不到瀨尾。

我嘆了一口氣，放下緊貼著耳朵的手機，收回皮包裡。甫下車就看見由起子的背影。

「由起子。」

我邊關車門邊喊她，她轉身面向我「啊！」地抬起頭來，喊我的舊姓：「神宮司小姐。」我朝她走近，向她低頭致意。

「抱歉，在妳工作的時候來找妳。我原本只是碰碰運氣，想說如果能見個面就好了。」

「別這麼說，再過一會兒就是休息時間了，可以請妳稍等一下嗎？」

由起子雙手提著半透明的大塑膠袋，有些羞赧地笑道。

「裡面有個遊樂中心，遊樂中心旁邊就是休息區，請在那邊等我。」

「謝謝。真是不好意思，我其實只是來向妳說聲謝謝的。」

上次來拜訪她的時候，曾經請她告訴我其他社團夥伴的連絡電話，結果昨天就收到由起子寄來的電子郵件，上頭還附了幾個已經取得對方首肯的電話號碼。

「那個啊……」由起子頷首，放下塑膠袋，用戴著橡膠薄手套的手搔了搔鼻子。「有幫上忙嗎？」

「嗯。不過一路聽下來，這群成員中還是以妳和千惠的感情最好。所以可能無法得到比妳給我更多的線索。」

及川亞理紗口中所說的高中朋友恐怕就是她吧！和千惠一樣憎恨老師，認為老師並沒有充分地指導她們升學或就業的朋友。為了確認這件事，我想在回東京以前，再見一次由起子。

「我把千惠給我的刺繡也帶來了，想給妳看一下。」

「真的嗎？哇！我好久沒看到她的作品了，沒想到她還持續在繡。」

「嗯。」

「真了不起。我自從高中畢業以後幾乎就沒再碰過針線了。」

我還沒問，由起子就先告訴我，千惠美從還在手工藝部的時候就開始對刺繡很感興趣了。

「我馬上就好，麻煩妳先過去吧！」

「好的。」

我走進店裡，一眼就找到由起子說的休息區。畢竟是鎮上最大的超級市場，面積非常寬敞。在擺滿了抓娃娃機和拍貼機的遊樂中心裡，有對母子正努力地想要把娃娃夾起來。

休息區裡有部電視，耳邊傳來傍晚時段的新聞播報聲。

心不在焉地把臉轉過去，然後發出「啊！」的驚呼聲，視線整個釘在電視上。曾經有過一面之緣的高岡育愛醫院瀨尾醫生的臉出現在偌大的畫面裡。那天，在醫院裡也見過的設樂院長就坐在他旁邊，一臉堅毅的表情，唯獨眼睛裡充滿血絲。

當我看見這一幕的瞬間，馬上從皮包裡拿出手機。耳邊繼續傳來新聞主播的聲音。

「……自從五年前導入以來，『天使的眠床』——俗稱嬰兒保護艙五年來在市政府和縣政府的協助下營運至今，過去收容了四十多名新生兒，這次正式決定關閉。該醫院……」

手機裡還是沒有來電顯示。我不禁低咒一聲。明明約好了，萬一有什麼動靜，不管是什麼動靜，都要通知我的。或許早在昨天傍晚打電話給我之前，這件事就已經成定局了。

電視螢光幕的畫面切換成瀨尾拿著麥克風的臉部特寫，在鎂光燈的照射下，看得出來他汗流浹背。

我改撥育愛醫院的電話號碼。昨天還可以打進去，但今天卻只剩下講話中的嘟嘟聲。這個聲音和他在電視裡的聲音重疊。

『我們對這次嬰兒保護艙的廢止深感遺感，將來會以設備經過改善之後重新開放為前提，目前正在討論當中。』

院長微微頷首。即使透過畫面，也可以看出她正咬緊牙根，臉上的表情十分苦澀，似乎正在壓抑著什麼。她說：『無法得到社會大眾的諒解，真的非常遺憾。』

畫面切換到下一則新聞。

我離開超市，走進停車場，一路上不斷地撥打瀨尾的手機。醫院裡現在肯定亂成一片。但還是不通，直接被轉到語音信箱裡。

打開筆記本，翻到寫著他們電話號碼的那一頁。上頭也有院長的電話號碼，雖然答應過她除非發生什麼十萬火急的事，否則不會打給她，但這次我毫不遲疑地撥打院長的手機。

我其實已經做好不是講話中、就是沒人接的心理準備。那則新聞應該不是現場轉播，記者會是在什麼時候舉行的呢？畢竟今天的報紙和早上的新聞都還沒有這則新聞。

正當我氣得咬牙的時候，電話那頭出乎意料地傳來一聲『喂。』電話鈴聲都還沒響起，對方就接起來了。

「我是神宮司。前幾天承蒙照顧。那個……關於『天使的眠床』一事，曾經去拜訪過您的神宮司瑞穗。」

我說得又急又快，語氣完全失去平日的從容。

「這和我們說好的不一樣。」

『……真對不起。』

語氣相當謹慎，是院長本人的聲音。

今天在記者會以後，她肯定也以同樣的聲音一再地重覆這句憔悴不堪、失去活力的話。

然而，我沒心情安慰她。這裡是我最後的救命稻草，是我最後的堡壘。如今我手中所有的籌碼全都像流沙一樣，從指尖輕飄飄地滑落。我拚命地想要把它們撿起來，拼湊成原來的模樣。

「說好不會在今年結束的……」

『是昨天的會議突然決定要在十一月結束的。』

「這也太快了吧！」

話一說出口，我才驚覺這不是我要表達的意思。沒想到自己的真心話就這麼脫口而出，真是太老實了我。至少……

「至少等到十二月底……」

我以抓住最後一根救命稻草的心情，氣急敗壞地說。

『抱歉。』

她的聲音從話筒的那頭悠悠傳來。他們本來就沒有義務要配合我這種小女生的要求。這點我心裡雪亮得很，也明白這件事不能怪任何人。但我還是失去了。所有的機會和可能性都被奪走了。

『真的很抱歉，幫不上妳的忙。』

電話被掛斷了。我呆站在原地，遲遲無法放下手中的行動電話。

十一月就要關閉了。從手機自動切換成待機畫面的液晶顯示可以看出，今天已經十一月了。

十一月一日。

回到休息區，由起子已經坐在那邊等我了。看到我，臉上露出鬆了一口氣的表情。

電視裡的節目已經換成給小朋友看的卡通。剛才還在遊樂中心夾娃娃的那對母子，此刻正坐在椅子上看電視。

已經脫下制服圍裙的由起子站起來走向我。

「太好了，我沒看到妳，還以為妳已經回去了。找不到地方嗎？」

「抱歉。」

我不確定自己的努力，是否能不讓她聽出我語氣裡的失魂落魄。

「神宮司小姐？」由起子問我：「怎麼了嗎？」

「沒什麼……」

我不假思索地搖頭，努力擠出笑臉。

「真的沒什麼。不要緊，是我把東西忘在車上了，不好意思。」

「千惠美的事情有進展嗎？」

被她那一絲烏雲也沒有的眼神直視著，突然感覺到一股無法言喻的責任感。就連想要看著她的雙眼頷首都變成是一件很困難的事，下意識地把臉轉開，然後點了點頭。

「抱歉，在那之後我雖然很努力調查，但依舊一無所獲。」

「聽說妳去找過添田老師了？」

「嗯。」

我邊點頭，邊深呼吸，試圖讓心情冷靜下來。自從去過中心以後，今天早上也接到添田打來的電話。聽到她用滿是期待的語氣問我有沒有什麼發現的時候，覺得非常過意不去。因為我只能答應他，會把上次因為她不在而沒能讓她看到的刺繡帶去給她看。

「妳想喝什麼？」

我站在自動販賣機前，邊深呼吸邊問由起子。內心的動搖已經稍微平復下來。由起子搖頭，站在我旁邊。

「我來買，上次承蒙妳請客。」

「可是……」

「不用客氣啦！才百來圓的飲料錢別放在心上，斤斤計較可是變成歐巴桑的前兆喔！」

由起子笑著說。明明年紀與我相仿，但或許是有小孩的關係，看起來卻比我成熟許多，彷彿跟我不是同一個世界的大人。

我的心情還沉在谷底。兩人買好飲料，面對面地坐在附近的空位。

「就是這個。」

我從皮包裡拿出刺繡，感覺輕薄短小。

「這就是千惠的刺繡。在我婚禮那天裝在紅包袋裡送給我的刺繡。」

「恭喜妳。千惠美敬祝」

一針一線細細織就的軌跡。綻放在白布上的玫瑰和小花。

由起子驚嘆一聲，接過刺繡。在超市明亮的燈光下，玫瑰透著閃亮亮的光芒。

我倒抽一口氣。

穿過玫瑰的線和其他白色的線不一樣，是美得令人屏息的銀色。我一直以為全部的線都是白色的，沒想到作工遠比我想像的還要細緻。

「好美。」

由起子撫摸著刺繡。我也輕輕地把手放在她沒說我還沒發現的部分。——這是我絕對模仿不來的手藝。

我低下頭，眼淚幾乎要奪眶而出。

也不曉得是因為自己變得感情用事，還是因為傷心，又或者是想念千惠美。可能以上皆是，也可能以上皆非。不知從何而來的情緒就像大理石紋路一般歪七扭八，將所有的感情都吸往同一個方向。

我好後悔。

「……我也想給添田老師看。上次我特地帶去她上班的地方，可惜她不在。」

「老師還在上班嗎？她年紀應該已經很大了吧？」

「嗯。她在一個叫作社會教育中心，位於甲府站背面的生涯學習設施裡上班。她和千惠就是在那裡的刺繡教室重逢的。我等一下也要去那裡找她。」

「欸？這樣啊。」

由起子露出懷念的微笑。

「果然很有老師的風格呢！她從擔任我們的級任老師開始，就是一副女強人的樣子，所以現在應該也還在努力工作吧！」

「嗯。如果妳方便的話，下次要不要一起去看她？上次她好像回老家去了，所以沒見到面。」

這麼說來，我忘了問添田是否還記得由起子的事。但不管還記不記得，添田這個人就算忘了，只要見到面還是會想起來的吧！肯定也會很高興再見到以前帶過的學生吧！或許我已經無法再讓她見到千惠美了。

就在這個時候。

「妳說老家？是指富山嗎？」

由起子把臉從刺繡抬起來說道。

我以難以置信的心情望著她。

耳邊傳來空氣穿過喉嚨的聲音。我在心裡覆誦著。

富山。

「添田老師是……」

心跳的速度越來越快。我開口問她的時候，聲音都分岔了。

「……富山縣出生的嗎？」

「對呀！」

由起子爽快回答。

「當時覺得好遠啊！所以印象深刻。小學的時候，在教我們國內的都道府縣時，她的確是指著黑板上的日本地圖向我們解說。考試的時候，也因為富山縣是老師的故鄉才寫得出正確解答。所以我還記得。」

◎

甲府市內——添田家

添田紀美子（第二次）

看到在家門口等她回家的我，添田紀美子表現出大吃一驚的樣子。同時，臉上也浮現出似乎在期待什麼的喜悅。只不過，當路燈照亮我的臉，她肯定也察覺到我臉上的表情並不是那麼開朗，所以慢條斯理地轉動著眼珠子。

「神宮司小姐。」

「好久不見。抱歉突然來打擾。因為我想在中心裡可能沒辦法好好說話。」

「對呀！我今天早上也打過電話給妳，前天讓妳撲了個空真不好意思。——妳該不會是知道什麼了吧？」

「……嗯。」

我陷入不知道該說是猶豫、還是迷惘的沉默。心裡很緊張，因為我打算進行真正要分出勝負，再也沒有退路的最後一搏。

「真的嗎？」

添田眨了眨眼睛。

「請進來喝杯茶吧！」

「謝謝。」

打開千惠美犯案之後來過的家門，踏進玄關裡。門一關上，走在前面的添田便迫不及待地回過頭來。

「千惠美的事有什麼進展嗎？她在哪裡……」

「老師。」

我出聲打斷她說的話。添田的臉上浮現出傷神的疲憊與濃得化不開的操心。我要的答案已經寫在她臉上了。

「老師知道千惠懷孕的事吧！」

添田瞪大了雙眼，要說的話彷彿哽在喉嚨裡，只有嘴唇慢慢地掀動著要呼吸。

「請您誠實地回答我。因為……我早就知道了。」

添田如同被雷劈到，當場動彈不得。就連滿是皺紋的眼角也一動都不動地，只是乾澀而蒼白地存在著。

「老師。」

我以泫然欲泣的心情呼喚她，伸手去觸碰她的手。

「沒事的，請告訴我吧！」

「啊……」從添田口中流洩出來的聲音宛若嘆息。槁木般的孱弱身體在玄關前的走廊上逐漸失去力氣，一屁股坐在地板上，掩住嘴巴。

然後看著我，以她那溫暖的手用力地握緊了我的手。

她的眼神像是看到一個好不容易抵達終點的人，繃得死緊的緊張從她孱弱的雙肩逐漸鬆開。「拜託您。」我向她低頭懇求。

「……她要找的嬰兒保護艙已經關閉了。請您告訴我，她現在究竟在哪裡？」

「神宮司小姐。」

她的肩膀顫抖得幾乎發出骨頭相撞的聲響。我回握她瘦骨嶙峋的手指，這次她終於摀著臉，哭到不能自已。

我靜靜地聽著她的哭聲，抱緊了她的肩膀。我自己也很害怕。「一堆大男人傾全力精銳盡出的工作。」我們都抱著未曾告訴警方的祕密。

以前跟添田提到這件事的時候，我其實很想問她，當時不得不吞下去的話，今天總算可以暢所欲言了。

問她千惠是不是為了把孩子生下來才逃走的？

當醫生告訴我，我的孩子保不住了，我決定好下次要來拿掉孩子的日期後，離開醫院的那天。

在回程路過的公園，我抬頭仰望天空，無意識地想起千惠美。我的童年玩伴不知道為了什麼理由殺死那麼溫柔的伯母，逃之夭夭。我雖然感到很震驚，但是在我心裡這件事就像是「已成定局的事」，沒有絲毫真實感，而且我拿這個結局一點辦法也沒有，也不曾想過要找她。

然而，唯獨那一天，我心裡突然被什麼東西勾住了。

當我想像再過不久就要從自己體內消失的生命時，宛如綁粽子似地想起來。

——我和千惠的約定怎麼辦？

心念一動。

這個念頭從沉澱在自己潛意識裡的回憶中，冷不防浮現出來。同時與另一段徘徊在迷霧中的記憶產生連結，宛如共鳴般地在腦海中轟隆隆作響。

我當場打開行動電話，把電子郵件叫出來檢查。這種不對勁的感覺究竟從何而來？千惠美四月初發來的最後一封信還儲存在我的手機裡。

「瑞穗，妳還記得那個約定嗎？只要撐到明年三月就好了。」

明年三月。

我一直以為當時的「約定」是要我別把大地結婚的事告訴任何人。問題是，那種約定為何需要期限呢？明年三月。為期大約一年的期限。

就在那一刻。

當我想起一年這個具體的期限，背脊升起一陣戰慄，彷彿有盆冷水兜頭淋下。

假設這個「約定」指的另一個「約定」呢？假設這個「約定」是遠比我想的「約定」更早發生，彷彿是用來鼓勵我，根本稱不上是「約定」的「約定」呢？

——我們生一對同年紀的小孩吧！

我們可以讓孩子一起玩，也可以一起參加學校的活動。到時候再一起去海邊、一起去遊樂園吧！

偷喝可樂之後，為了逃避前來逮人的母親，我和千惠美蹲在溫室裡，在潮溼而溫熱的空氣裡屏住呼吸，簌簌發抖。

千惠美用她那汗溼的手握住我的手。那天，我六神無主地猛點頭。我們約定好了。

當我想起這件事的同時，汗水從每一個毛孔裡冒出來。從正面吹來的風幾乎令我全身上下的雞毛疙瘩全都立正站好。腦子裡一片空白，一句話也說不出來。杯子裡的水被震出一圈又一圈的漣漪。我想起知道自己懷孕的時候，閃過腦海中的那個念頭。

得向千惠美報告才行。我當時是這麼想的。

無意中想起這件事，然後又慌忙想起這已經是不可能的事了。因為那個孩子已經去到一個離我們好遠好遠的地方。

我坐在公園的長椅上，無法站起來，更無法往前走。

千惠。

我呼喚她的名字。

千惠，是這樣的吧？

最後一塊拼圖拼上了，這下子終於看清楚原本宛如拼圖四散般的圖畫全貌。

同年紀的小孩。如果要成為同級生，就必須是在四月到三月之間生下的孩子。

千惠美預備在明年的三月以前把小孩生下來。

她四月寫信給我的時候，大概已經出現懷孕的徵兆了吧！如果是這樣的話，只要一切順利的話，從懷孕到生產，胎兒在母親的肚子裡的時間剛好四十週。

不知該哭還是該笑，我對這方面的知識熟得不得了，因為自從得知自己懷孕以後，歡天喜地地在書上和網路上查到的知識還記憶猶新。

不管當時已經幾個月了，千惠美肯定會在年底之前把孩子生下來。

只要使用市面上的驗孕棒，在月經應該要來的一個禮拜後就可以檢查出來。假設她會在最短的時間內把孩子生下來的話，預產期應該是十二月。

當我察覺到這件事的時候，第一個反應是——

我希望她把孩子生下來。

我把手放在自己的肚子上。我的孩子再過幾天就要拿掉了。但我現在連他是不是還在我的肚子裡都不確定。我明明可以藉這個機會重新審視自己和母親之間的關係也說不定，我卻失去了這個機會。

——雖說大哥已經給母親生了個名叫夏喜的孫子，但是當母親在電話那頭聽到我懷孕的消息時，雖然不像婆婆那麼誇張，但還是很高興，以硬邦邦的語氣說：「這不是很好嗎？」明明想說聲「恭喜」的，卻又不肯老實說，感覺得出來她真的很不知所措，還說：「如果有什麼需要，媽會馬上去幫忙的。」

想起自己母親的聲音，順便也想起千惠美和她的母親。她的母親是如何看待女兒肚子裡的小生命呢？她們母女在那個家裡究竟發生過什麼事呢？悲劇明明不應該發生的呀！

願望如果能實現的話，真希望千惠美可以順利成為母親。我把這個心願託付給上天，希望她無論如何都不要重蹈我的覆轍。不管孩子的父親是誰，從千惠美信裡的文字那麼幸福洋溢看來，不難想見她是真的期待、很想要這個孩子，就連我也能感受到她的心情。

我看報、問周圍的人，檢查有沒有新的線索。到處都沒有。無論是警方、媒體、還是朋友們，都沒有人提到過千惠美可能懷孕的事情。即使深入調查，也不覺得有誰注意到這個事實。只不過，我百分之百確定，這個祕密只有我知道。

那封信的內容有些故弄玄虛，完全沒有觸碰到核心，卻又希望對方自己發現。這種寫法真的很像千惠美的風格。

「她是沒有清楚地向我明說，不過我猜應該八九不離十。」

添田只是默默地聽我說。把我帶到客廳裡，從熱水瓶裡往茶壺裡倒水。動作雖然緩慢，但是手已經不抖了。

「她原本就是個滿腦子只想結婚的人，似乎也很想趕快生小孩。我時常聽她說起這件事。」

千惠美的聲音在耳邊響起。

——我覺得奉子成婚也沒什麼大不了的，不如說我好想趕快當媽媽。

妳不覺得要是我們有了孩子，肯定是個很可愛的孩子嗎？

千惠美笑得一臉幸福洋溢地被這麼說的大地摟在懷裡。萬一她還沒放棄過去的夢想呢？面對始終放不下的情人，千惠美既沒想過要責備對方，也沒想過要傷害搶走她幸福的女人。她所期待的是完全不同的東西。在放下對方的同時，她只想把那個完全不同的東西留在自己心裡。

「那天，她來找我的時候，跟我說她母親反對她把孩子生下來。」

添田喃喃自語似地說道。我咬緊下脣。

「老師是那天才知道她懷孕的事嗎？」

「是的。因為在那之前完全沒有這方面的徵兆，所以我嚇了一跳。她告訴我她尚未跟任何人說過，我是第一個知道的人。」

四月底，案發當天。

當時距離她知道自己懷孕，應該已經過了一個月左右。

她和大地發生關係是在三月的最後一個禮拜天，也就是二十五號。她寄那封「約定」的信給我則是在四月初的時候。她大概是一進入可以驗孕的期間就馬上確定自己懷孕了。

這個孩子對千惠美來說，可以說是一切的轉機。戀愛、結婚、工作……所有卡關的問題應該都可以迎刃而解。

「當時妳知道她殺害母親的事嗎……」

「我可以發誓，她什麼也沒說。我想我之前應該說過了，萬一那孩子告訴我這件事，我一定會當場說服她，要她和我一起去自首的。可是我真的不知道。」

添田的聲音有些哽咽。

「她只告訴我懷孕的事。她說她真的很想把孩子生下來，可是又不知道該怎麼跟她爸媽說才好。」

「那老師給她什麼建議呢？」

「我說如果她真的想把孩子生下來，就應該好好地跟爸媽說。因為家人一定可以成為她的力量。更何況，事關小孩，也應該要和那孩子的父親一起負起責任來才對。順序或許顛倒了，但還是應該要經過必須的步驟，正式地拜訪雙方家長才對。」

添田看著我。臉上充滿了無處可排遣的濃烈悲傷。光是看著，就連我的心也跟著痛了起來。

「千惠美不肯告訴我對方是誰，只說對方不能和她結婚。神宮司小姐，妳知道她的……孩子的父親是誰嗎？」

「知道。」

「這樣啊。」

我只承認這點，並未向她說明細節。添田微微頷首，一副了然於心的樣子。

「我試著說服她。」

她閉上雙眼，彷彿自己對這一切的不幸也有責任。

「我向她說教，問她生下一個父不詳的孩子，那孩子真的會幸福嗎？沒想到千惠美非常頑固，哭著向我強調那是她唯一真心愛過的人，她這輩子非他不可。我從未見過那孩子那麼認真的表情。」

添田按著眼頭，一度止住的淚水，又從她紅通通的眼眶裡滴落。

「在我們那個年代，即使是年輕人，也沒有人會用到『愛』這個字，那是只存在於電影及連續劇裡的臺詞。我感覺得到那孩子是真的有想要保護的東西了，不禁一陣心痛。我看得出來，她是真的很愛對方。」

添田不甚靈活地重覆著不甚熟悉的語言，看起來十分瘦小軟弱。然後又按著眼頭。

「現在回想起來，那孩子已經跨過無法回頭的那一條線了，所以這也難怪。畢竟她把母親……」

「動機是因為她母親發現她懷孕的事嗎？」

「我不清楚千惠美和她母親之間到底發生過什麼事，不過，我想應該不外乎如此吧！千惠美來我家的時候非常害怕，一直把手放在肚子上保護著肚子，堅持一定要把孩子生下來。或許是因為受到什麼人的反對，才會就連在我面前也那麼拚死拚活。這麼一來，一切就全部兜起來了。」

「千惠打算怎麼做呢？」

話還沒說完，念頭已經先轉過來了。

未來該何去何從，千惠美恐怕想得比我們更簡單也說不定。把孩子生下來，同時也意味著她必須把工作辭掉。她的公司還活在上一個時代裡，一直到前幾年都還有女性員工一旦結婚就必須辭職的風氣，更何況她是約聘員工，公司不可能不把她辭退。

正因為千惠美打算離開相良設計，所以才會下定決心把過去對後輩日積月累的不滿一口氣發洩出來。

沒有一份固定工作的單親媽媽是非常辛苦的，即使單純如千惠美，應該也想像得到，也有所覺悟了吧！既然如此，誰能陪她一起把孩子帶大呢？誰能讓她依賴、給她經濟的援助呢？考慮到存在等同於自己本身的人物，絕對不會拒絕自己，絕對會包容、接受自己的人，她一定告訴母親了。

我從胸腔逸出一聲嘆息。我最想知道的動機，為什麼她會殺害自己的母親？

「案發當天，聽說千惠的父親參加社區的旅行不在家。以下是我的想像，千惠是不是想趁這個機會先向母親坦承一切？向母親表達自己想把孩子生下來的決心，然後再和母親一起告訴父親。」

千惠美深信母親會和自己站在同一邊，可能就連做夢也沒想到會遭到反對。

說到這裡，添田有氣無力地點頭。

「我也是這麼想的。畢竟在那之後到底發生什麼事，現在只能憑空想像了。」

添田拿起茶壺，若有所思地倒茶給我。或許是放太久了，已經變成深綠色的茶水，逕自在擱在我面前的茶杯裡反射出日光燈的光線。

「她對我說，她打算瞞著父母，偷偷地把孩子生下來，一個人養大。經濟上的不寬裕雖然令她很不安，但是事到如今，也不忍心再傷害已經活在肚子裡的小生命。她都說肚子裡的小生命了，我也不好再說什麼。我自己也有兒有孫，想起那幾個孩子的臉，就覺得好難過。——嬰兒保護艙的話題就是那時候提出來的。」

除非成為報紙或電視節目的頭條話題，否則她們是不會知道，也不會感興趣的。看樣子那則引起軒然大波的新聞，也確實傳到她們的耳朵裡了。

添田低著頭，被她抱在懷裡的茶杯裡，茶水正微微地搖晃著。可見這半年來，就連家人也不能說的祕密，對她造成多大的負擔。

「她說她打算先把孩子寄放在那裡，直到經濟能夠獨立為止。她說寄放只是一時，等到生活穩定下來，她就會馬上出面把孩子接回來。我當然持反對意見。說孩子肯定在母親身邊長大比較好；說到了真正要分開的時候，妳一定會捨不得的，因為小孩子就是那麼可愛。」

「問題是，千惠已經騎虎難下了。」

「是啊！」

想也知道，那不是她的本意，她肯定希望能自己親手把孩子帶大，就像她母親把她帶大那樣。只不過，千惠美當時已經踏上一條不能回頭、不被原諒的路了。

「為了隱瞞那孩子是她的……是殺人犯的孩子。」

「我後來才想到多半是這麼一回事。也正因為如此，那孩子現在還在逃亡。為了把肚子裡的孩子生下來，為了平安無事地把孩子送進嬰兒保護艙。」

——說我們家很窮。

小時候，曾經因為父母和家庭的事受到嘲笑的千惠美。

縈繞在她內心深處的自卑感，直到長大成人之後還繼續糾纏她。我們每個人都說那孩子的家庭不「正常」。我見過那樣的她，添田也在千惠美小時候解救過被欺負的她。

嬰兒保護艙是具有匿名性，父母可以隱姓埋名的搖籃。

「老師的娘家在富山縣對吧？擁有嬰兒保護艙的育愛醫院也是。」

「……是的，同樣都在高岡市內。」

添田點頭。

——我是從很遠的地方嫁過來的，所以和娘家的親戚幾乎已經沒有往來。

我剛才才回飯店檢查過一次錄音檔，就添田的年紀來看，父母都已經去世的可能性相當高。

「她希望我能收留她，把我位於富山的娘家，已經沒人住的空房子借給她。」

「您以前曾經跟千惠提到過那間房子的事嗎？」

「是的。在手工藝教室碰面的時候說過。我說我娘家遠在富山，雖然登記在我名下，但現在已經沒人住了，路途又遠，管理起來很麻煩。」

「千惠還記得這件事。」

「……她說她要離家出走一年。」

添田垂下眼睫，頭低低地小聲說道。

「把孩子生下來，交給嬰兒保護艙之後，就會馬上回山梨。在那裡找工作，好讓自己在經濟上能夠獨立，然後花時間慢慢地說服父母，讓他們接受孩子的事。所以希望這一年能借住在我的娘家，並且拜託我不要把這件事告訴任何人。」

「她沒去婦產科檢查嗎？有沒有看診記錄呢？」

市面上的驗孕棒頂多只能判斷是否懷孕，之後還是得在醫院生產，所以必須接受產檢。而看醫生當然就需要用到健保卡和身分證。眼下的她是如何處理這個問題呢？

添田搖頭。

「她說她沒去，說接下來才要去。當時我完全沒想到事情已經變成這樣了，但我想她其實是希望母親能陪她一起去做產檢吧！」

如果是千惠美的話，的確很可能會這麼想。添田的語氣斷斷續續地細如蚊蚋。

「來找我的警察、千惠美的家人和朋友好像都還不知道她懷孕的事，只有我得到她的信賴、接收到她的求救。」

只有我。

語氣裡迴盪著悔恨交疊的聲響，添田苦不堪言地繼續解釋。

「我當時真的很擔心千惠美的精神狀態。她的臉色看起來糟透了，一副鑽牛角尖的樣子，口氣也缺乏冷靜。我覺得在那個節骨眼上，不管口才再好的人都很難說服她。肚子裡的孩子也讓她處於情緒非常緊繃的狀態。要是讓她從我這裡離開，不曉得她會跑去哪裡，可能也不會回家，我真的放心不下。」

「是的。」

「我認為必須要給她一點時間，好讓她冷靜下來，所以就把富山娘家的鑰匙交給她，也把地址告訴她了。」

「我真的好擔心。」添田的嘴唇泛青，臉頰毫無生氣，彷彿犯下什麼不可饒恕的罪，以泫然欲泣的語氣接著說：

「我以為這樣比讓她去到一個完全沒有人知道的遠方要好得多。打算過兩天就去看她，也打算等過一個禮拜以後，那孩子比較平靜的時候，就把她平安無事的消息和她去了什麼地方告訴她的父母。這麼做或許對那孩子是一種背叛，但是對父母而言，再怎麼樣都是自己心愛的女兒。」

添田用比剛才提到「愛」這個字眼的時候更強烈的口吻說道。我沒有要責怪她的意思。

「您才這麼想著，就知道那件事了……」

「我是在第二天的電視新聞上看到的。她的行動電話都打不通，我正擔心呢！沒想到……我的心臟差點停止跳動。」

接下來的事不用問，我也心裡有數。如同添田所說，她和兒子、媳婦商量以後，當天就到附近的派出所主動說明，把千惠美來找過她的事告訴警方。

只有一件事，她沒有告訴警方，那就是千惠美懷孕的事和她的下落。因為她已經很明確地知道，一旦把這件事告訴警方，將是比原本做好的心理準備更沉重百倍的背叛。

千惠美當然已經預料到事情會馬上敗露，添田也會馬上知道那件事。不過，她還是賭了一把。算準以前維護過自己，她最喜歡的恩師對自己的感情，以信賴為名，將添田這次也不會出賣自己的沉重枷鎖套在恩師的脖子上。以愛為名，用嬰兒的性命與自己的身體綁住添田的行動。

我不知道她為什麼會來找我？

添田重覆這句話。強裝平靜的語氣背後，隱藏著自知罪孽深重的怯懦與顫抖。

「千惠現在在那裡嗎？」

我的問題讓添田垂頭喪氣的肩膀抖動了一下。「請讓我見她。」我提出要求。

「我要去找她。請讓我和千惠談談。」

添田抬起頭來，以含淚的雙眼看著我。我繼續往下說。
「請把老師現在承受的責任感分一半給我，由我去找千惠……」
「神宮司小姐。」
添田從口中發出高八度的悲鳴聲，臉色越來越差，將瘦骨嶙峋的手伸向我。
「她不在那裡。」
這次換我被添田的答案震得瞠目結舌。添田接著說：
「她沒去富山。得知那件事以後，我馬上去了富山，之後也去看過好幾次。可是我家完全沒有被使用過的痕跡，也沒有任何人來過的感覺。那孩子根本沒去我家。她現在人在哪裡，我完全不知道。我好擔心，真的好擔心，擔心得不得了。」
謎底終於解開了。比起受到打擊，我反而有種恍然大悟的感覺。添田為什麼想要見我？為什麼會把我當成救命稻草，死抓著不放？
我一下子發不出聲音來。
「……她沒去？」
「可能去過一兩次也說不定，不過家裡沒有生活的痕跡。我不曉得她後來去了哪裡？甚至就連她到底有沒有去過富山？我也不確定。」
「怎麼會？」
「我今天白天在電視上看到嬰兒保護艙即將關閉的消息了。」
添田的語氣變得晦暗，宛如最後的宣判一般。
「那孩子想要投奔的場所本身已經消失了。她現在到底在哪裡？做什麼？又是以什麼樣的心情看那則新聞呢？話說回來，為了生小孩，她有沒有去做產檢？肚子裡的胎兒是否健健康康地長大？生產的地方有著落嗎？……就連她是不是還活著，我也不確定了。」

都是我的錯。添田說道。

「她來找我的時候，我說什麼都應該留住她的。」

「一切都還不清楚。」

我用力搖頭。

「千惠還在逃，還好端端地活著。嬰兒保護艙關閉一事或許令她大受打擊，不過我想她一定可以逃到把孩子平安生下來的，現在可能正在想別的方法也說不定。」

「冬天快來了。」

添田說道。哭得又紅又腫的雙眼求助似地看著我。

「已經十一月，富山差不多快要下雪了。進入下個月就算是正式的冬天了，天氣還會更冷。」

我無言以對，咬緊下脣，不曉得該怎麼回答才好。

下個月就是千惠美的預產期。千惠美本人肯定比我、比添田、比任何人都更早覺悟到自己或許得抱著孩子徘徊在十二月天寒地凍中的事實。

自從得知她和大地實際發生關係的日期，我自行計算的四十週就是下個月的中旬，在電話裡和瀨尾醫生確定的預產期，則是十二月十六日。

正因為如此，添田才會那麼惦記自己教過的學生的下落，才會在氣溫遽降的時候忍不住打電話給我，才會希望能在冬天來臨前找到她。

「妳覺得千惠美現在怎麼樣了？明明已經沒有別的救助管道了。」

我也以苦澀的聲調回答添田。

「可能還在找別的設施吧？……她肯定在想其他辦法。」

我自己也知道這個可能性微乎其微，也不認為逃亡中的千惠美有辦法順利找到同樣的設施。因為我曾經告訴過她，曾經有小嬰兒在設備不夠完善的設施入口凍死的事。我還用自以為是的語氣告訴她育愛醫院的嬰兒保護艙是日本唯一安全的保護設施，而千惠美肯定也把我的說明當真。正因為得到的資訊和知識太少，才更重視每一個資訊和知識。她就是這樣的女孩子。

她是那麼相信我說的話。

「千惠來找老師的時候傷勢如何？這次請您告訴我實情。」

「我說的都是真的。她真的很逞強，所以我真的沒有發現她受傷的事。要是注意到，說不定就能察覺到不對勁了。當警方向我表示座墊上有血的時候，我的臉色整個都發青了。是警方告訴我，我才知道她的腳可能受傷了。」

「這樣啊……」

還是不清楚她的傷勢有多重，但千惠美想必是拖著不聽使喚的身體，懷著身孕離家的。

「神宮司小姐，」添田抬起頭來面向我，以細微的聲音囁嚅般地說道。「問題就出在這裡。」

「光靠我們的力量終究是找不到那孩子的。我真的很想再多給她一點時間。也許是徒勞無功的等待，但至少想撐到那孩子的預產期。我相信千惠美生下孩子以後一定會好好贖罪。」

「我也是這麼想的。」

「可是，事到如今……」

添田的話哽在喉嚨裡，那樣子像是承受了全世界的壓力，就連看的人也覺得不忍心。彷彿要為自己加油打氣似地抬起頭來，注視著我的雙眼。

「把那孩子懷孕的事、現在可能在富山的事告訴警方，請他們幫忙搜索吧！有這麼多的線索，這次肯定可以找到她的。」

我慢條斯理地把頭抬起來，看著添田。「因為就是下個月了呀！」她猛搖頭。

「我前天又請假回富山看一下狀況，那孩子還是沒去。我到處都找不到她。或許已經太遲了，但至少不要讓一切發展到難以收拾的地步。」

「——我去報警。」

我咬緊下脣，直勾勾地盯著她的眼。添田不知所措地沉默之後，只抬起眼皮，看著我的臉。

「上次來找您的時候，老師給過我名片。除此之外，也有其他警察來找過我。我們見過面，我也有留下他的連絡方式。我會把千惠的事一五一十地說清楚。對方可能也會來找老師求證，不過可以先由我去說嗎？」

「可是……」

她的眼眸裡始終浮現著求救的擔憂，她的心在動搖。迷惘透過空氣，傳遞到皮膚上。不過，比迷惘更顯而易見的，是添田紀美子已經累壞了，累到引人同情的地步。她以氣若游絲的聲音說道：

「……我一定會被罵的。被很多人罵，也被千惠美罵。」

耳邊傳來嗚咽的哭聲。害我一時之間想不出該對把瘦削的手放在自己雙肩上的她說些什麼才好。

我只能咬緊下脣，凝視著添田。除此之外，不曉得該把視線和心情投向哪裡。

離開添田家，時間已經將近深夜十一點。

回到飯店，就在我剛洗完澡的時候，接到育愛醫院的瀨尾醫生打來的電話。這個時間，他是從哪裡打來的呢？是深夜的醫院嗎？話筒的另一頭靜悄悄地。瀨尾的聲音聽起來比以前還要沒精神。

『我想向妳道歉。』

一直以來，我只會從他嘴裡聽到高高在上的發言，如今這個人卻向我道歉。我臉上浮現出苦笑回答：

「我今天傍晚和設樂院長通過電話，院長已經告訴我，是在緊急會議上突然決定要關閉的。」

『我對妳感到很抱歉。當我說我想出一分力的時候，當時的心情並無虛假。』

「嗯。」

他的心情應該是真的吧！我不打算懷疑這一點。

十月十一日。我去拜訪育愛醫院的那天，瀨尾醫生說早上的門診前已經沒有時間了，是我硬拜託他，請他讓我和設樂院長見面。我真的很感謝他願意聽我這種既沒有實際的成績與經驗，寫的報導也都是另一個領域的人說話。

「我有個女性朋友可能會把孩子送來這裡，還不曉得正確的預產期，但我想應該會是這兩個月內的事。」

從千惠美失蹤到十月的那一天，期間都沒有人把孩子送來嬰兒保護艙。

考慮到四月剛出事的時候，身邊都沒有人發現她懷孕的事，所以她很可能是接下來才要生。

設樂院長戴著銀框眼鏡，將白髮在腦後盤成一個結，看起來比電視上更威嚴十足、給人更嚴厲的印象。那是一種和擁有明確的理想及主張的對手對峙時特有的，瞬間就能把我的想法全部看穿的緊張感，銳利的目光一瞬也不瞬地凝視著我藏在內心深處的祕密。
院長的視線落在我交給她的千惠美照片上。瀨尾和院長都說以前沒見過她。可見千惠美還沒找上門。
「我只有這張照片，所以不能給你們。」
我請她把照片還給我，自己也知道這個藉口有夠拙劣。
我沒告訴他們照片中的女性就是望月千惠美，也沒告訴他們影中人是殺人案的嫌犯。雖說案發至今已經過了半年，她的臉幾乎已經不再出現於新聞媒體的報導中，但是萬一把照片交給他們，可能會因為一些風吹草動而想起來也說不定。
我把照片收起來，繼續低頭懇求。瀨尾一臉錯愕，院長則是以毫不顯露感情的眼神，靜靜地傾聽我的要求。
「我剛從相關人士那裡得到消息，現在還在調查她正確的預產期。因為有很多苦衷，使她無法親自撫養自己的孩子，所以才會一時想不開，懷著孩子搞失蹤，目前下落不明。」
「妳確定她真的會來嗎？」
這幾乎可以說是院長今天第一次開金口，語氣宛若打磨得冰冷鋒利的金屬。我盡全力按捺著下意識想要把眼神避開的衝動，不住點頭。
「我想可能性很大。因為我們經常討論，也很贊成育愛醫院的方針。得知她失蹤和懷孕的消息，我第一個想到的就是這裡。」
這是從我個人的直覺開始，純粹是靈機一動的想法。但是，我認為有賭一把的價值。同時也覺得自己有這個義務。倘若只有我注意到這一點，那麼除了我，還有誰能幫她。

希望她沒事，希望她把孩子生下來。

「我不曉得她打算怎麼把孩子生下來，搞不好根本不會去醫院待產，而是以急診的方式衝進來求救。」

聽說全國各地有越來越多沒有定期接受產檢，也沒有固定看哪個醫生，而是在靠近預產期的時候被救護車緊急送進醫院的孕婦。院長和瀨尾全都默不作聲，表情幾乎紋風不動，讓人覺得又膽怯又像得救了。

對他們來說，急診的孕婦是天大的麻煩吧！過了好一會兒，院長問我：

「妳這麼做有什麼目的？」

「我……」

我慢慢地跪倒在地板上。雖然沒有向對方磕頭哀求的意思，只是心想，如果要拜託人家這種超脫常識的事，至少應該做到這種地步。我跪在冰冷的地板上，誠心誠意地懇求。

請讓我和她見上一面。

只要有前來利用嬰兒保護艙的人、或者是急診的孕婦，請務必告訴我，讓我確認那是不是千惠美。我很明白指定預產期的期間是犯規的行為，但我還是全身僵硬，保持同樣的姿勢，跪倒在地上，低頭請求他們讓我去盯著嬰兒保護艙。

瀨尾要我把頭抬起來，我發出就連自己也始料未及的聲音。

「我們是好朋友。」

我能充分感受到自己失去血色的臉上寒毛倒豎的感覺，不禁脫口而出。

「她是我從小一起長大的好朋友。」

「……所以呢？」

始終喜怒不動於色，冷靜地注視著我的院長以喃喃低語的音量說道。我聞言抬起頭來，發現她藏在眼鏡後面的雙眸連眨個眼的鬆動都不肯給我。她繼續追問：

「所以呢？妳見到她以後打算怎麼辦？妳為什麼要找她？」

『要是能找到她就好了。』

瀨尾醫生在電話的那頭說道。雖然還是一如往常的冷淡口吻，但是我能感覺他這次是真心的。我回了句：「謝謝。」就連自己也聽得出來我的語氣有多空洞蒼白。畢竟我只有這唯一的機會，如今這個機會已經被奪走了。

『院長說……』

「是的。」

『要是妳找到妳朋友，如果她不曾好好地接受產檢，如果她要生，請務必來我們這裡。『天使的眠床』雖然要關了，但是我們還是可以在能力所及的範圍內，幫忙尋找新生兒的養父母。』

「謝謝，真的非常感謝你們。」

我吸進一口氣。

雖然很感激，但這是不可能的。因為千惠美想要藏起來的是她自己，是孩子的母親所犯下的罪。

『妳給我們看的照片，』

「是的。」

『照片中的女性笑得很勉強呢！』

我一下子無言以對。

把大地剪掉的千惠美照片還夾在我的筆記本裡。我努力想要記起她的表情。瀨尾或許是將我默不作聲的反應解讀成讓我不開心了，於是又補了一句：

『因為她那種牽強的笑容令人印象深刻。人的表情其實是一種習慣，與本人的精神狀態無關，或許她從很久以前就只會那樣笑了。』

「這我倒是不覺得，我想那張照片上的笑容應該很普通，我之後會再確認。」

『不好意思，說了多餘的話。』

感覺眼皮底下閃過最後一次去醫院找他那天，他神經質地摩挲著從白袍袖口隱約可見的燒傷痕跡的樣子。或許我們不會再見了。『保重。』瀨尾說道。

我掛斷電話，在飯店的房間裡怔忡了好一會兒。

我拿出筆記本，從裡頭抽出千惠美的照片。千惠美面向鏡頭微笑著，怯生生的笑容在我眼裡，只會聯想到她溫和的性格。恐怕千惠美和我都想不到，會有個素昧平生的人對她的表情品頭論足。當時她的男朋友明明就在身邊，明明應該是幸福絕頂的時刻，難道笑容看起來還是在硬撐嗎？

我和照片中的千惠美無言相對了好一會兒，然後又把照片放回筆記本裡。

父母為了孩子著想，明明很想相認，卻只能遠遠看著——這種乍聽之下宛若美談的關係根本不存在吧！千惠美的孩子是她的一部分，是她安身立命的地方。一旦把這個目前還不存在的孩子託付給保護艙，日後別說是相認，可能一輩子都再也見不到了。生產其實只是為了滿足自己，孩子會不會幸福還是未知數，但千惠美卻四處逃竄，只為了生下這個孩子，為了證明自己生過這個孩子。

問題是，又有誰能指責她呢？

尤其是在我曾經懷過孩子，差點就要知道成為母親是什麼滋味的此時此刻。我們都是在還沒長大的情況下，在懵懵懂懂的心態下成為母親，生下、養育屬於自己的小孩。所以誰也沒有資格責怪千惠美。

我緊緊地握住已經掛掉的行動電話好一會兒，然後收進皮包裡，再把千惠美的照片和筆記本也收起來。

育愛醫院是我最後的希望，萬一就連這裡也落空的話，我就再也沒有任何辦法可以找到她了。反過來說，我也下定決心要在這個範圍內完成所有我能力可及的事。如今，這一切都結束了。以生產為期限的逃亡。就連千惠美，肯定也已經發現這一切都結束了。我們在與時間的戰鬥中敗下陣來。

我鑽進被窩裡，一時半刻睡不著。

在輾轉反側的淺眠中，我置身在千惠美家裡。

夢境裡，知道自己是在做夢的自覺難得地清醒。她家的裝潢還是我小學時代去她家玩的樣子。地板上溼答答的，滿地都是可樂般的黑色液體，桌上擺著可樂的瓶瓶罐罐。

千惠美的母親四仰八岔地仰躺在地上，臉上彷彿籠罩著一層薄紗，看不真切。

她沒事吧？我有些六神無主。因為這只是可樂，不是血。

伯母沒有死，千惠美也不需要再逃。那只是一場荒謬的夢境。我們相視而笑。這麼一來，一切就都結束了吧？

耳邊傳來雜沓的腳步聲，有人在房間裡跑來跑去。

千惠美在翻箱倒櫃。後面的衣櫥、暖被桌旁邊的五斗櫃、裝衣服的行李箱。背對著我，拚命地不曉得在找什麼。

這也不對，我心想。

現場並沒有亂翻的痕跡，千惠美是不費吹灰之力把錢帶走的。所以這也不對。

「小孩子怎麼可以隨便亂碰大人的東西？」

聲音是從倒在地上的伯母口中發出來的。光這一句話，就把我們打回小朋友的原形。曾幾何時，千惠美站在我旁邊。我們手牽著手，啊……我就知道是這樣。

剛才的聲音並不是在做夢。而是我的記憶。我確實記得。

伯母以極為嚴厲的口吻斥責擅自打開五斗櫃找玩具的我們。

我怎麼會忘記呢？

當千惠美還是高中生，剛開始打工的時候，雖然開了打工薪資的銀行帳號，父母卻不給她辦金融卡。那孩子可以隨意支配自己的錢，擁有自己的金融卡，是在她出社會以後。

高中那個時候，基於被人撿去用會很危險的理由，千惠美才剛辦好金融卡，就被伯母剪掉了。

「我連提款密碼都設成生日。」

真是個大笨蛋——千惠美聳聳肩。

「很蠢對吧？要是我媽沒有把提款卡剪掉的話，搞不好真的會出大亂子。」

提款卡在他們家就是這樣的存在。錢很重要，是大人的東西。小孩子不可以碰大人的錢。而千惠美在那個家裡，不管長到多大，恐怕永遠都是個小孩。

我睜開雙眼。

飯店的房間籠罩在一片黑暗裡，我在這樣的房間裡想起所有的事。那對母女是不可能擁有同樣的提款密碼的。

十一月二日

甲府市內——站前十字路口

我拖著沉重的心情離開飯店，前往派出所的途中，被紅燈攔住去路。

人們在冬日難得的暖陽下，慢條斯理地穿過車站前的十字路口。目送著綠色的行人專用號誌燈閃爍著，一群年輕人蜻蜓點水般地小跑步過馬路以後，我驅車前進。就在我放鬆踩在煞車上的腳，正準備踩下油門的那一剎那。

瑞穗。

好像聽到有人在喊我的名字，我將車子慢慢地往前開，把四周圍看過一遍。應該是我聽錯了。因為車載音響正播放著音樂，幾乎遮斷了所有外界的聲音。

是我的錯覺。我把臉轉向前方，微微閃開從車窗外直接刺進來的明媚陽光。就在這個時刻，總覺得後座的車窗對面似乎有什麼東西閃進視線範圍內，我疑惑地側著頭。剎那間的景色從已經開始移動的車窗外漸行漸遠，我用眼角餘光追逐著那道殘像，不明白為什麼會有這種感覺。

母親正狂奔而來。

穿著淺紫色的襯衫，撐著一把上頭有花紋的陽傘。手裡的陽傘似乎很礙事，但似乎過於匆忙，來不及收起來的樣子，前傾著身子朝我奔來。沒錯，那是我的母親。

或許是被我的龜速搞到失去耐性，後面的車猛按喇叭。即使那麼尖銳的聲音刺穿耳膜，那個人的身影還是烙印在我的視線一隅。

這個油門要踩下去嗎？我心裡隱隱約約地知道，稍後肯定會想起還有這樣的選擇，但還是打方向燈，把車子停在路肩。後方來車似乎想表現他的不滿，粗魯地從我租來的車身旁邊暴衝駛過，揚長而去。

我像是做壞事被抓到的小孩，抱著不敢相信自己眼睛的心情下車。

「瑞穗。」

這次的聲音如假包換是在叫我。都已經一把年紀了，愛漂亮的母親還是顫巍巍地踩著三寸高跟鞋，蹬著石板路向我跑來，一副隨時都要跌倒的危險模樣。

「媽。」

我也喊她。為什麼會在這裡碰到她呢？還來不及感受到見面的喜悅，或覺得怎麼會這麼倒楣被她發現，母親已經追上我。

我們面對面地站著，這時我突然想起自己比母親高。母親沒什麼太大意義地把陽傘伸向我。陽光反射著母親脖子上忘了把防晒乳推開的白色部分，閃閃發光。

母親汗流浹背。

「我就覺得是妳。」

母親跑得上氣不接下氣。這個人原來也會奔跑啊！我似乎又重新體認到這件理所當然的事。不管是小時候的親子競賽還是什麼，我從未有過和母親一起跑步的記憶。不是跟父親，就是跟父親的妹妹們。母親只是置身事外地站在旁邊。她所關心的也只有會不會晒黑和腳的線條這種事。

「妳怎麼知道是我？」

我既沒有告訴她我來山梨的事，租的車也和我以前開的車長得完全不一樣。

母親終於調整好呼吸，搖頭說道。

「我當然知道啊！」

我倆面面相覷。

風從車陣間吹向我們母女身後。母親一臉這有什麼好問的表情，拚命地想把陽傘伸到長得比自己還高的女兒頭上。

事情發生在我迎接成人式的前一天，當時是一月分，我還是大學二年級生。

我向母親借了髮飾來搭配那天的衣服，為了確認是什麼樣的款式，我在母親不在的時候進了她的房間。

母親那只裝飾著乳白色貝殼的珠寶盒就放在衣櫥上方。我不小心看到收藏在珠寶盒裡的泛黃信件。信封上的收件人是母親的名字，寄件人則是類似僧侶那種與眾不同的名字。把信打開的那一瞬間，我就知道那是鼎鼎大名的算命師之流。因為在父親的業界裡，很多董事長和董事長夫人都有他們固定往來的算命師。但我們家的母親應該跟算命的世界無緣才對呀！我一邊感到驚訝，一邊以不以為意的心情拿起信紙。

內容看來像是報紙上的讀者投書單元。

上頭是自己的出生年月日和名字、手相的照片，再把要諮詢的問題寫下來，對方就會把算命的結果寄來的樣子。光是這樣的書信往返，就得支付高額的謝禮。

回信的上半部是母親的問題，下半部則是算命師的回答，相當制式化。

那個午後，母親寫在上半部的問題，讓我的世界天搖地動，說得誇張一點，是只差一步就要天崩地裂了。

「我是本地小有名氣的公司的董事夫人，每天都要承受隨時要做給別人看的沉重壓力，還要應付員工和四面八方的客戶。」

「我有個女兒。我對女兒……」

「雖說是嚴格管教的結果，但不能否認有時也會變得情緒化。」

「雖說是為了女兒著想，雖說我不是要虐待她，但若說是虐待，我也不能反駁。」

「萬一女兒還記得當時的事……」

這封拐彎抹角，滿紙為自己辯護的信，提綱挈領之後的大意就是——

「我虐待過我女兒，在她還小的時候。我想她大概已經不記得了，所以什麼都沒跟我說。問題是，不曉得會不會殘留在那孩子的記憶裡，這點令我有些害怕。」

算命師的回答是這樣的——

「不用擔心，在令嬡心中，應該會將其轉化為嚴格管教的一環，如今恐怕已經變成感謝的記憶。」

捧著紙信的手顫抖著，就連我自己也覺得很佩服，竟然沒有直接把信紙揉成一團。眼前的世界搖晃到幾乎站都站不住的地步。頭明明還在原來的位置，腳底下卻感到宛如地層下陷般的震動，一口氣喘不過來。胸腔裡的空氣已經吐光了，卻吸不進一絲空氣。

我依序想起披頭蓋臉淋在頭髮上的可樂、藏起來的銀行存摺、死掉的獨角仙幼蟲……全都鮮明地在深入骨髓的記憶裡重現，從身體裡滿溢出來。這樣的衝擊太過於巨大強烈，讓脈搏跳動得更加劇烈。

母親其實是知道的。

她明明知道，卻還對我……

我抱著頭，身體癱倒在地，不只是手臂，就連臉頰都冒出了雞皮疙瘩。

她終於使用了那個從來不曾出現在我家的字眼。把虐待這個字眼、這個概念帶進這個家裡，而且還不敢向女兒求證，逕自跳過近在眼前，就在旁邊的女兒，去向一個素昧平生的陌生人祈求答案。

媽。

我喘不過氣來地尖叫，似是呻吟、似是哭泣地吶喊。

媽，這實在，太過分了。

我已經不記得自己那天是如何面對回來的母親了。

在第二天拍攝的成人式相片中，我是笑著的，也拍到站在我旁邊的千惠美。我們說了些什麼呢？

我把信放回母親的珠寶盒裡，在裡頭火進一張宛如定時炸彈的紙條。

「我看過了。」

母親看過那張紙條了嗎？就像我那天受到的震撼一樣，她的世界天搖地動的那一天已經來過了嗎？我們是一對不會手牽著手一起逛街買東西，也不會一起準備晚餐的母女。

我不明白，為什麼母親會提心吊膽地任我擺布呢？為什麼會把我叫回山梨，寧願付我女兒費，也要把我留在身邊呢？

我永遠也不明白，為什麼我又會願意任母親擺布呢？

「今天怎麼來了？來工作嗎？要回來的話，怎麼不先打通電話回來呢？」

母親的表情和平常一樣，並沒什麼不同。搞不好我這輩子都不會知道她是否看過那封信了。我還沒從衝擊中回過神來，只能機械式地點點頭。

「為了工作。真的只是回來一下下，所以才沒有打電話給妳。我今天就要回東京了。」

「這樣啊？這下子該怎麼辦呢？」

母親似乎真的很困惑，把手按在嘴巴上，抬起頭來看著我。

一下下也無妨，回去以前要不要先回家一趟？有人送給我一些餅乾糖果和食材，要不要帶點回東京？母親口若懸河的語調宛如鋼琴由高音滑到低音的曲調。從她的語氣和彷彿臨時才想到的眼神，看不出任何迷惘的神色。

我再一次被站在眼前的母親打敗了。

為何她能在車水馬龍的十字路口，從不認識的車上找到不應該出現在這裡的女兒？雖然覺得莫名其妙，但也覺得母親就是這種生物。對於會把全世界大部分的女生都看是成別人的女兒，完全不覺得她們之間有什麼不同的我而言，就像是被放逐到一個全然陌生的世界裡，渾身顫抖，動彈不得。

「不用麻煩了，媽。」

我從她的陽傘底下脫身說道。母親凝視著我，似乎還有話想說。陽傘形成的陰影和明晃晃的陽光遮去她半張臉。

母親的站在離我一步之遙的地方，以不捨的眼神看著我。

這時我已經下定決心。

「我接下來還有事要忙，可能會有很長一段時間不能回去。」

「所以呢？妳見到她以後打算怎麼辦？妳為什麼要找她？」

面對始終喜怒不動於色，冷靜地注視著我的院長，我是這麼回答的。

「我想要阻止她。」

我找千惠美最大的理由，是為了不要讓千惠美放棄那個孩子。

我想問她，這樣做好嗎？放棄孩子和成為「母親」這件事，她真的能甘心嗎？我想在她把孩子送進保護艙之前再問她最後一次，最好能阻止她。我不希望她把孩子送進保護艙裡，希望她能把孩子好好地生下來，親手擁抱自己的小孩，不要放棄自己的小孩。

她為什麼要寄信給我呢？是為了讓我想起那個塵封已久的「約定」嗎？而我也確實接收到她的訊息了。

無論將迎接什麼樣的結局，我都想守護她們母子到最後一刻。

還有一件事尚未確認。還有一件事是我可以做的。

「媽，妳知道千惠她爸的電話嗎？」

母親撐傘的手訝異地晃動了一下。

自從發生那件事以後，千惠美的名字幾乎就再也不曾出現在我們之間。只有打電話通知我這件事的時候，母親是這麼對我說的：

『瑞穗，不好了！望月太太她……。千惠美也不知去向了。』

母親告訴我的是伯母的死訊和千惠美下落不明的事。

不同於冷冰冰的報導動不動就把弒母這個字眼掛在嘴邊，母親口中的千惠美既不是殺人犯，也不曾逃亡，就只是不知去向而已。

理由只有一個。

因為她是我的朋友。

就算是名不見經傳的廠商，就算是硬邦邦的餅乾，就算不是千惠美家那種美味可口的點心，每次千惠美來玩的時候，母親還是會準備很多給她吃。而千惠美也會回應母親的盛情，向母親道謝：「謝謝妳，伯母。」

我結婚的時候，母親到處向賓客敬酒，對我大學時代的朋友都只是蜻蜓點水地打個招呼就走，唯獨在千惠美的地方駐足良久，談笑晏晏。母親心目中的女兒永遠是那個我也很熟悉，過去琴房裡的「瑞穗」，而不是如今已經離她遠去的我。她眼裡看到的是已然長大成人的我，但心裡卻希望我能永遠停留在那個時候。而我也長成跟母親理想中的女兒完全不一樣的大人。

「我要回去查一下才會知道，晚點再打電話告訴妳。」

母親答應我，完全沒問我為什麼要知道這個電話。我很清楚母親是認為追問太多很丟臉，想要扮演好一個不聞不問的成熟母親角色。這大概是我第一次感謝她這麼努力地想要端好這個架子。

「謝謝。」

母親拒絕我送她回家的提議，說她還要去買東西，「而且妳不是很忙嗎？」至於是不是真的，我就不得而知了。

我鑽進停在路肩老半天的車子裡，直到我驅車離去，母親都還站在原地。一句話也沒說，更不是基於義務才驅使她這麼做，就只是站在那裡，目送我離去。

我揚起視線，牢牢地與母親四目相交，微笑點頭。

就像我第一次生理期來的那天。

我難為情地告訴母親，母親也是用跟現在一模一樣的眼神看著我。明明比誰都震驚，卻還是故作鎮定地說：「我知道。」這有什麼好大驚小怪的，一切都在我的掌握之中。就連一句祝賀的話，都因為不好意思而不肯說出口。母親連珠砲似地說：「是喔，也是啦，也是啦。」從衣櫥裡拿出裝有衛生褲和衛生棉的袋子。袋子上描繪著花貓的圖案，跟母親的品味一點都不合。我喜歡的圖案雖然不是這種，但那隻貓咪的確很可愛、很有氣質，若是別人，的確可能誤以為我喜歡那樣的貓。我再一次理解到，這就是我們家的風格，不會像千惠美她們家會煮紅豆飯來慶祝。

因為是一家人，所以不論發生任何事都要原諒對方，放棄掙扎，把苦往肚子裡吞，忍耐，團結一致。即使形式各異，但幾乎所有家庭都有這種病態般的心理。

我想無論怎麼努力，女兒都得不到原諒，也無法答出母親期望的正確解答。不過，我也同樣沒給過母親正確答案，我也沒原諒過母親。但不管再怎麼樣，她一輩子都是我的母親。既逃不了，也不想逃。無論是美好的回憶，還是不愉快的情緒，這輩子都要抱著這些情緒活下去。

我發動引擎，驅車離去，但總覺得母親始終站在原地，我對她揮手，希望她能早點從我的視線範圍內消失。就連和我感情不好這件事都沒什麼自覺的母親，只是一臉困擾，連微笑的弧度都擠不出來地佇立原地，過了一個世紀那麼久，終於消失在我的視線範圍之內。

我視若無睹地開車經過派出所，繼續往前進。

還有一個半月。

我抬起頭，隔著擋風玻璃注視秋天的太陽。陽光將會照亮即將出生的孩子，而千惠美把一切都賭在那個孩子的存在上。我決定一到車站，就向添田老師道歉。

第二章

如果妳執意要生的話，就先殺了我再走。否則我是不會讓妳走的。

我看見母親手握菜刀，表情是我從未見過的嚴肅，我知道她是認真的。「讓我走！」我以悲痛欲絕的聲音尖叫著，哭得像個任性胡鬧的小孩。

十一月

感覺好像有人在叫我，我停下腳步，回頭張望。

不過，一個人也沒有。

只有已經收割完畢，還殘留著黃色根部的廣大田埂無垠無涯地延伸成道路。走在前面的小翠呼喚停下腳步的我。小翠似乎已經走得好遠，把橘色的塑膠桶放在路上，朝我用力揮手。

「喂！怎麼啦？要是東西很重的話，也可以不要提喔！要是走得很累的話，那就抱歉捏。」

抱歉捏——是小翠道歉的習慣，也是她以前最喜歡的漫畫裡出現過的臺詞，還故意模仿主角弟弟口齒不清的說話方式。我在她家看過那套漫畫。

「不要緊。反倒是煤油很重吧？妳那個看起來比我重多了。」

「每年都這樣，早就習慣了。」

小翠蹦蹦跳跳地朝我走近。

「買東西我一個人去就行了，妳留在家裡等我就好了。」

「是我自己想出來走走的。」

這一陣子，無論晝夜，我一直窩在小翠的房間裡看書，總覺得有點過意不去。

沿著田埂間的小路往前走，距離這裡三百公尺左右的地方，有家便利商店。我以前住的小鎮雖然也是鄉下，但還沒有這麼鄉下，便利商店刺眼的燈光很新鮮。

「可以繞過去一下嗎？」

我指著便利商店，小翠說：「真拿妳沒辦法。」還裝模作樣地挺起胸膛。

「如果妳肯買冰淇淋給我吃的話就可以也。如果錢是從大姐的錢包裡拿出來的話就可以也。」

「可以啊！走吧！」

我對自己沒辦法跑步，只能慢慢走的狀態感到很過意不去，慢慢地走到小翠放塑膠桶的地方。

當我站在便利商店的雜誌區翻閱雜誌的時候，已經選好冰淇淋的小翠從後面探出頭來。

「哼？女性上班族的煩惱有那麼有趣嗎？話說回來，雜誌這種東西不是只有腦袋空空的女生才會看的東西嗎？不是炫耀男朋友怎樣又怎樣，就是『受歡迎』或『談戀愛』這種無聊透頂的話題。」

「我們超討厭『新新人類』的ＯＬ！」

小翠一臉「真是無聊」的表情瞥了一眼雜誌上的標題。然後發出「啊！」的一聲。

「怎麼了？」

「名字一樣？欸？這麼剛好？大名鼎鼎的神宮司和……妳看，瑞穗銀行。」

雜誌邊緣有一行小字，寫著「撰稿・神宮司瑞穗」的名字。沒想到會被發現，但也不覺得有好什麼大驚小怪，只是「嗯。」地點頭。

「我剛才看到也嚇一跳，真是有夠巧的巧。不過妳已經好久沒喊我瑞穗銀行了呢！」

「一開始我只想到銀行的名稱，想說妳一定是騙我的。所以妳到底要不要買呢？不買就走囉！」

「不買。」

把雜誌放回架上，只買了冰淇淋就走出便利商店。煤油塑膠桶還放在門口。鄉下地方的好處就是不用擔心遭小偷，這種氣氛我早就習慣了，感覺很開心。

「小翠，妳嘴裡說不喜歡，對內容倒是挺了解的嘛！」

「什麼？」

「雜誌的內容。像是『受歡迎』或『談戀愛』這種流行的資訊。」

被我這麼一說，她瞬間把背挺直，噘起小嘴，喃喃自語地說：「對敵人也要加以研究也。」

「誰是妳的敵人啊？」

小翠聞言，揚起下巴，大大地點了點頭，邊走邊對我說：

「瑞穗姐，回去輪到妳煮味噌湯喔！」

小翠用拖的把塑膠桶提起來，回過頭來說。

「我也想學大姐煮加了芝麻醬的味噌湯，可是分量就是抓不準。話說回來，我從沒想過味噌湯可以加芝麻，妳是怎麼想到的也？」

「從烹飪書上看到的。」

其實是母親教我的，但我還來不及細想，就說出另一個答案來了。說完之後有些難過，連忙加以訂正。

「騙妳的，其實是我媽教我的。」

「搞什麼也？幹嘛扯這麼無聊的謊？」

小翠咯咯咯地笑了，看著我提在手裡的超市塑膠袋說：「不用勉強提這麼重的東西喔！」

「沒問題。」我回答。煤油的味道讓頭腦昏昏沉沉的，心情十分愉悅。

春

半年前的四月。

我被問到名字，下意識地回答：「神宮司瑞穗。」

下了電車，一屁股坐在不曉得公車什麼時候才會來的公車站，身邊沒有其他人。很想搭計程車，可是血還在流個不停。來之前在藥房買的繃帶也在途中換了三次之後已經用完了。之所以在這個車站下車，就是為了要去買新的繃帶，可是車站周圍既沒有藥房，也不見超級市場的蹤影。這還是我第一次一個人來到陌生的小鎮，完全接下來不知道該怎麼做才好。——現在回想起來，或許我當時根本什麼都不想做了。

我精疲力盡，滿腦子只希望自己能早點不支倒地，就像在連續劇裡看到的那樣，突然失去意識，醒來的時候已經在醫院裡了……我祈禱自己的旅程能以那樣的方式畫下句點。

看了一眼貼在柱子上的時刻表。當我看到目的地的名稱都是我完全沒聽過的地名時，不禁放聲大哭。一直忍耐到現在的淚腺，居然因為這麼微不足道的小事，頓時變成破裂的水管。

我想待在那裡。我才不想來這個陌生的地方。這裡不是我的故鄉。

就在這個時候，有個聲音叫住我。

「小姐，這是在拍什麼片嗎？還是妳就單純只是個可疑分子？」

有個女孩子正站在生鏽的腳踏車旁，把手放在淑女車顯得過大的龍頭上。年紀看起來比我還小，可能還是學生吧！外套裡印有卡通圖案的襯衫、脖子上繞著一圈又一圈顏色鮮豔的圍巾，看起來也都很孩子氣。

再看到她的臉。

幾乎沒修過的眉形很有男子氣概，個子雖嬌小，但是體型和臉頰都圓滾滾的，一看就是不怎麼打扮自己的類型。

我把眼淚收回去。

倘若換成一臉凝重的大人開口問我這個問題，我的反應肯定會截然不同吧！可是這孩子還真的四下張望，彷彿真的在找攝影機。

「拍片？」

「因為妳穿得這麼漂亮，可是血又流成那樣，這麼超現實的畫面，怎麼想都怪怪的也。還是這是什麼整人節目？實驗？像是如果有人需要幫助，現代人會伸出援手嗎？之類的。在都市實驗過的結果不太妙，那麼換成鄉下人會怎麼樣呢？類似這樣。」

我身上穿著自己唯一僅有的牛仔褲。順著女孩的視線往自己的大腿看過去，滲出來的血已經染成一片池子大的血跡，流出來的血則一路滴落到腳踝，把鞋子都給弄髒了。

唉……真傷腦筋，我心想。但又不想思考這件事，於是把視線轉回女孩臉上。

「漂亮？妳說我嗎？」

「嗯。」

沒想到會有人把這個形容詞套在我身上。在年紀相仿的女生裡，我很不起眼，一點也不特別。幾乎沒有男人向我搭訕過。更何況，我平常穿的都是裙子，今天還是牛仔褲。

「那是LV吧？」

「嗯。」

聯誼的時候，男士們也會很仔細地端詳女孩子的衣服和皮包。要是不背著一看就知道是名牌的皮包，彷彿就會被大家拋在腦後，感覺無地自容。因為大家都有，所以我也跟著買的時候是真的很開心。

那女孩還在絮絮叨叨。

「那個很貴吧？我本來還以為頂多四、五萬吧！結果聽說要幾十萬的時候，差點沒嚇死我也。那已經超過皮包價格的領域了，為什麼大家還人手一個呢？為什麼大家都那麼有錢呢？」

「我也沒錢喔！」

就連她口中的四、五萬，我也無法照自己的意思花用。這個皮包是用信用卡的分期付款買的，至今每個月都還要還兩萬塊。

「……這不是在拍片喔！」

我回答。一想到濡溼大腿的血已經明顯到會引來路人的關注，眼前不禁一片黑暗。而且痛得不得了，腦子也昏昏沉沉的。那女孩「哼。」地點點頭。

「妳倒是挺乾脆地承認自己是個可疑分子呢！」

「因為我受傷了嘛！」

添田老師給我的地址就夾在我的筆記本裡。

「我想去高岡市野村，請問該搭哪一輛公車才好？」

女孩只瞥了柱子上的時刻表一眼，就非常冷淡地搖頭。

「不知道。」

「妳不是這一帶的人嗎？」

「我不是這一帶土生土長的人，我是為了念大學才來這裡的，對這一帶真的只認得非常小的範圍。」

「這樣啊。」

「那是真的血嗎？」

她問我。鮮紅到帶點烏黑的血連我自己看了都快要暈倒，她卻一瞬也不瞬地緊盯著我的腿。看見自己的傷口，我連要回答她的問題都變得越來越吃力，只能微微地皺眉頷首。於是她說：「我帶妳去看醫生吧！」我忙不迭地搖頭。

「我沒帶健保卡。」

「有錢嗎？」

「錢我有。」

「那就沒問題了。我的健保卡借妳。」

我大吃一驚，看著她的臉，只見她挺起胸膛來繼續說道：

「我念的大學有醫學院和牙醫系，由學生實習看診也。重點在於學生這點。學長還在開學典禮上說，希望我們整個在學過程都能身體健康，一顆蛀牙也沒有地畢業。」

我沉默地望著她。

「我叫山田翠。教育系三年級。妳就來我們學校的醫學系醫院把傷治好嘛！」

「我有我的苦衷。」

腳雖然很痛，但是該說的話還是要先說清楚。我明明是豁出一切地據實以告，小翠卻只是咯咯笑，扶我站起來。

「很好，很好，有苦衷更好。我最喜歡犯罪之類的東西了。很少有人會收集全套的《世界謀殺案全集》吧！大家通常收集到前五集就嚇得再也看不下去了，我跟那些軟弱的傢伙不一樣。」

當時我不曉得她在說什麼，後來我在小翠的房間裡看到了，原來是有關國外獵奇殺人事件的書。

「妳叫什麼名字？」

「神宮司，瑞穗。」

我連想都沒想，就這麼反射性地回答了。小翠「哦……」地笑了。

「真有魄力的名字。神宮司？再加上瑞穗銀行的瑞穗？這是妳現在臨時瞎掰出來的吧？」

「這是我真正的名字喔！」

「少騙人了。不過也無所謂。」

她牽著腳踏車，走在我前面帶路。「跟我來。」

睡到半夜，經常會被嗆咳的聲音吵醒。

我剛開始在小翠住的地方生活的最初一個月對這點頗為在意，但是到了夏天就已經習以為常了。

嘔咗嘔咗……嬌小的身體從一旁的被窩裡坐起來，邊揉眼睛邊蒙住臉，衝進廁所或洗臉臺的地方。嘔吐般的聲音聽起來好痛苦，過了好一會兒，她才又躺回被窩裡。

剛開始的時候，我閉上眼睛，假裝已經睡著，總覺得不能問她，也不能讓她知道我發現了。

要不是以這樣的方式正在潛逃，我大概會好奇得不得了，馬上跟上前去問她要不要緊吧！以前瑞穗曾經跟我說過，這種不會想些有的沒的就直接採取行動的地方是我的優點。雖然政美都罵我神經太大條，完全不懂得顧慮對方的心情。這既不是優點，也不是缺點。

我只是覺得這麼做很正常，不希望任何人對這件事有任何想法。

忘了是第幾次的深夜，我提心吊膽地問回到被窩裡的小翠：「沒事吧？」白天那麼喋喋不休的小翠，每晚到了夜裡的這段時間，除了嗆咳以外，幾乎一句話也不說。終於，我也從被窩裡坐起來，又問了她一次。

「沒事吧？」

只見小翠的被窩微微地振動著。

從裡頭傳來一聲細如蚊蚋的「嗯。」回答得模稜兩可。我看著她，用手撫摸她的頭髮，她滿頭大汗。

「發生什麼事了？」

「我被討厭了。」

聲音雖然很鎮定，但小翠在哭。

除了第一天陪我去附屬醫院治傷以來，小翠幾乎不曾去學校上課。雖然還是會出門打工，但是從來沒聽她提起學校的事。我還發現她常常不接時不時會響起的家用電話，也不回她父母留在答錄機裡的留言。

不過，小翠什麼也沒說。或許她之所以沒過問我的事，只問了一句「妳是不是沒地方去？」就好似順理成章地讓我住進她家也是基於同樣的理由，所以我也什麼都問不出口。

小翠像隻烏龜似地，只把頭從被窩裡伸出來，臉上浮現出勉為其難的表情對我說：「真傷腦筋啊！大姐。」

儘管知道可能是假名，但小翠不是叫我「瑞穗姐」，就是喊我「大姐」。

「我也不知道為什麼會這樣，肚子好痛，睡不著。」

「學校，不開心嗎？」

我輕撫著小翠隔著睡衣，從被窩裡凸出來的肚子。小翠微微一笑，「嗯……」地點頭。

「不開心。一點都不適合我喔！是我爸媽要我念，我才念的，可是我連自己接下來會變成什麼樣子都不知道。我沒辦法和別人好好相處。」

「我倒是挺羨慕妳的喔！可以上大學。」

「真的嗎？」

「真的。」

小翠明明很擅長笑著扯一堆沒營養的話題，卻很不愛干涉別人，也不會提起自己的事。她說的話都是會和人保持距離的玩笑話。我個人是很喜歡，但應該也有人不喜歡吧！

「當我在不由分說地埋頭苦讀學才藝的時候，不知不覺就自己一個人在這裡了。啊！雖然我是教育系的學生，但也不打算當老師喔！」

她嘿嘿嘿地笑著說道，然後又重申一遍：

「即便瑞穗姐很羨慕我，但是我並不會覺得特別開心或幸福，因為還是有股不由分說的感覺。」

「妳是指父母在不由分說的情況下把妳送進大學的窄門嗎？應該對此懷著感恩之心喔！」

「是這樣的嗎？」

小翠不再汗流浹背，也不再抖得有如秋風中的落葉。我們重新鑽回彼此的被窩裡，打算就寢。這時，小翠悄悄地把手伸過來。

「我如果又開始發作，可以請妳摸摸我的肚子嗎？」

「可以啊！」

「謝謝。」

倒不是感謝她藏匿我的心情促使我這麼做的。

只是那一天，在等公車的時候，我的思考能力和力氣全都跟血一起流失了。添田老師家的地址和鑰匙還沉甸甸地躺在皮包底部。

小翠什麼也沒過問，只是在包紮完傷口以後，自然而然地問我：「要不要來我家？」

「啊！我不是女同志喔！只是很普通的學生。」

小翠一個人住的房間，四坪左右的空間裡塞滿了書。好幾個書架倚牆而立，地上到處都是塞不進去的書。房間裡只有書，既沒有電視，也沒有訂報紙，對於還不太想知道外面的世界發生什麼事的我，住起來非常舒適。雖然也有好幾本看來應是學校的教科書那種厚重的磚頭書，但是絕大部分的書都是漫畫和小說。

小翠還特別給我看了其中一本，說是她最喜歡的書。

等我看完之後，「瑞穗姐是我的鱷魚喔！」小翠對我說。

「就像這本書裡出現的鱷魚。就算在外面累得像條狗似的，就算受了一肚子氣，只要想到家裡還有一隻鱷魚在等我，回家這件事也會變得輕鬆一點。」

當我告訴小翠，我這輩子幾乎沒看過漫畫的時候，小翠誇張地仰天長嘆。

「但妳看起來也不像是會看小說的人也，所以現在到底是怎樣？大姐，妳該不會是對看電影也沒興趣，會看到睡著的人吧？那種認為內容是什麼都不重要，只把看電影當成是約會的藉口，無可救藥的人吧？」

「嗯，我可能真的也不愛看電影。」

「不愛看電影？！」

小翠發出驚天動地的叫聲。

「居然有人不愛看電影？電影和漫畫不是只要坐在那邊，就可以得到收獲的東西嗎？」

「我不喜歡字太多的東西，所以不怎麼看書。電影的時間不是很長嗎？那樣我真的不喜歡。」

當我回答到這裡的時候，突然想起他以前愣了一下的表情。這段記憶來得太唐突也太刺激了，我的胃不禁一陣絞痛。

浮現在那對眼眸裡的光芒。

雖然光澤不太一樣，但是在為我說話的瑞穗眼中，也浮現過同樣的光芒。在思考能力已經被磨損得七七八八的現在，我才能不感到受傷地承認這件事。他們大概都認為我是個笨蛋。

「真難以理解也。」

小翠說道。

「我連去打工的時候都在看書。一下子要進入萩尾望都老師或山岸涼子老師[19]的世界，或許門檻真的是高了點，所以先從生活類輕鬆溫暖的漫畫入門吧！少年漫畫如何？」

「男孩子看的有點……我從來沒看過。」

「我的天吶！大姐，妳真是個無聊的人。」

我既沒生氣，也不覺得她這麼說很沒禮貌，反而「不好意思」地連聲道歉，同時也因此想起另一段塵封已久的往事。

附近的神宮司家。

瑞穗有個非常帥氣的哥哥。當我們還是一年級生的時候，他已經六年級了。而且還是兒童會長，每次全校集合的時候，總是站在前面負責問好。我仰望他，覺得他好成熟啊！

即使在他畢業以後，去瑞穗家玩的時候偶爾還是能遇見他。原本成熟乖寶寶的兒童會長，上了國中以後像個不良少年似地把瀏海留長，正看著我所不知道的漫畫雜誌。

忘了是哪一次，我在等瑞穗把玩具擺出來的時候，和她哥兩個人在客廳裡。我緊張得半死，想說點什麼，卻找不到任何一個可以說出口的話題。我想對他說的只有一句話，那就是「我喜歡你」。但是我也很清楚，一旦說完這句話，我們還是沒有任何共同的興趣。

雖然沒有人說我是個無聊的人，但如果是除此之外的說法，我從小到大倒是聽過不少，早就已經習慣了。

最後聽到的是哪種說法來著？

我去找他，他對我說了什麼來著？

19：兩者皆為日本知名的漫畫家。

妳真是個典型的「女孩子」耶。

真令人肅然起敬啊！

我記得自己是直到全部結束，已經一無所有以後，才明白他當時的言下之意。

我曾經有過一枚戒指。

這是我有生以來第一次收到鑽石，雖然不若身邊的朋友們收到的那麼昂貴，但是很適合我，是我會喜歡的款式。一思及此，我就覺得好開心，也非常寶貝地一直貼身戴著。

雖然萬分不捨，心痛得都要裂開了，我還是痛下決心，決定把戒指還給他。已經不屬於我的大地，看到戒指「哦……」地點了點頭，然後只說了這麼一句話：

「那又不是什麼值錢的東西，妳就留著吧！可能妳不願意再想起跟我的事，不過戒指是無辜的。」

夏

過了一段時間，我對小翠坦承，我原本的目的地是高岡育愛醫院的嬰兒保護艙。小翠並未露出特別驚訝的表情，只是「哼……」地點頭。就連她對這件事到底感不感興趣，我也看不出來。

但她還是約我：「那就去看看吧！」

直到那一天以前，我的生活完全依賴小翠，不曾出過一趟門。與其說是小心提防著不要被發現，倒不如說只是什麼事都不想做。窩在小翠家裡，在等她回來的這段期間，我為了打發時間，幾乎把一輩子該看的書都看完了。

所以那天對我來說是睽違已久的外出。季節都已經從春天變成夏天了。

小翠不曉得從哪裡借來一輛車，小貨車的外面沾滿了泥土，裡面受到陽光的直射，座椅表面已經被晒得乾巴巴的，腳邊的塑膠墊也變得破破爛爛。

「這車是打哪兒來的？」

「借來的。」

小翠只回了這麼一句，似乎是察覺到我的視線，發出憤慨的叫嚷：「怎樣啦！就算我被人討厭、受人欺負，在學校和打工的地方還是有朋友的，別瞧不起人！」

「我不是這個意思。謝謝妳，還為我借了這輛車。」

「總不能讓妳走那麼遠的距離吧！」

小翠秀出據說是去年暑假才考過，還亮晶晶的駕照。因為車上並未安裝汽車導航，這是一趟只能仰賴上網查地圖的兜風之旅。

比起山梨縣的盆地，富山的夏天一點都不潮溼，乾到令人嘖嘖稱奇的地步。因為是北陸，給人一種冬天會很冷的印象，實際上夏天熱到不行。坐在沒有冷氣的車內就像在蒸三溫暖一樣，一路上有好幾次還繞到便利商店和超級市場休息。

因為外面還比車子裡涼快，所以買完冰淇淋，我們直接坐在停車場的止衝擋上吃了起來。冰淇淋在大太陽底下一下子就融化了。

「妳聽了可能退避三舍也說不定。」

小翠突然沒頭沒腦地說了起來。我戴著之前託她買給我，帽緣寬闊的草帽。或許是因為久未整理的頭髮長長了，脖子轉眼間便大汗淋漓。

「我還沒談過戀愛。不曉得喜歡上一個人的感覺。怎麼樣呢？大姐，做愛的感覺很美好嗎？」

我吞下冰淇淋，看著小翠。只見她戰戰兢兢地說道：

「我是很認真地在說這件事，可是不是被批評裝模作樣，就是被說成中二病20，然後話題到此打住。瑞穗姐肯定已經有過做愛的經驗了吧？」

「很美好喔！」

我回答完才想到，光講這幾個字的話，好像自己也變成了經驗豐富，帥氣又成熟的女人。

「這樣啊……聽起來有點色情耶。」

就算告訴她其實也不完全如此，又能怎麼樣呢？

大地天不怕、地不怕的這點非常吸引我，而且也比我這輩子遇過的人都還要溫柔。我做夢也想不到，像他這樣的人願意跟我上床。

融化的冰淇淋突然變得好甜好膩，我站起來：「不想吃了。」把還沒吃完的東西丟進垃圾桶的時候，有點輕微的罪惡感。不過我已經不像以前那麼抗拒浪費食物或把東西剩下了。

在我以前上班的公司，開會的時候曾經出現過壽司。

因為和及川小姐一起幫忙，所以也訂了我的份。就連連鎖店的壽司，我們家也只有在母親節或生日的時候才有機會吃到。所以那真的是我第一次在日常生活中看到一人份將近兩千塊的上好外賣壽司。

我不敢吃血蛤，但總覺得不能剩下來，所以就以用來裝飾的紫蘇葉捲起來，一口吞下。血蛤的口感和味道我都不喜歡，卻偏偏卡在喉嚨，嗆得我眼泛淚光，連忙配茶吞下去。這時從我面前傳來及川小姐噗哧一笑的聲音。

我不明白這有什麼好笑的，但還是為自己辯護：

「我不太敢吃貝類，但是剩下又太浪費了。」

「嗯，我看妳是覺得妳好了不起，沒別的意思。不過，剩下來也沒關係喔！反正是公司出的錢，壽司這種生冷的食物又不能帶回家，所以也不能怪我們。」

她手邊的盤子裡也剩下可能是不愛吃的鮭魚卵，以及不曉得是擔心卡路里的問題，還是真的吃不完，只把上面的生魚片吃掉，下面的醋飯還有好幾坨完好無缺地躺在角落裡。

看到這裡，我突然羞愧得無地自容。

「要不要連我的份也吃掉？」

及川小姐用比我還要細很多的手臂舉起餐盤。

我為什麼會想起這件事呢？

「前輩還真是天真無邪啊！」

又有一次，她是這麼對我說的。當時我在工作上犯了錯，正在嚶嚶哭泣。我以為是為對方著想才做的事，課長非但不領情，還對我發脾氣。

該怎麼做，才能讓課長知道我的努力呢？該怎麼做，才能讓課長不再說出「比妳晚進公司的及川都不會犯這種錯」呢？

20 用來比喻青春期的青少年過於自以為是或自我滿足的言行舉止，暗諷其精神狀態與思考模式仍然停留在中學二年級，故稱「中二病」。

「才沒有這回事呢！我一開始也被那個課長罵過啊！別放在心上。」

「真的嗎？妳是說了什麼才被罵的？」

我鬆了一口氣地問她。然而，及川小姐似乎完全沒想到我會問她這個問題，支吾其詞地「呃……這個嘛……」然後有些不知所措地笑著說：

「……我想應該有很多吧！但是具體的例子我一下子想不起來。不過，前輩還真是天真無邪啊！像我就很有心眼、很會為自己打算，所以也知道自己有很多狡猾的地方。我想課長指的就是這一點吧！前輩做為一個人要比我老實太多了。」

「才沒有這回事呢！及川小姐也很天真無邪不是嗎？才沒有什麼心眼呢！」

她當時的表情。

像是看到鬼似地啞口無言，下一秒鐘不知道為什麼用力地搖頭說：「才不是妳說的這樣。」我知道她生氣了，但是卻不懂她到底在生什麼氣？

及川亞理紗雖然很可愛，但是一旦生氣就會很明顯地表現在態度上。她可能以為我沒聽見，但是當我離開更衣室的時候，聽到她踹了置物櫃一腳，喃喃自語的聲音：

「真受不了，別把我跟妳混為一談。」

我討厭及川小姐。

「妳很愛哭耶，而且還是跟小朋友一樣，哇哇大哭。」

最後一次和及川小姐起爭執的時候，她瞇起眼睛，這麼說我。

當生理期超過一個禮拜還沒來，我幾乎確信已經不會錯的時候，當下決定的第一件事，就是跟她把話講清楚。過去我一直在忍耐，但是接下來的我即將脫胎換骨。所以我打算把我的想法跟她一次講清楚，再也不想聽她講那些令人不愉快的話了。

沒想到……

「妳父母他們一定把妳保護得很好吧！感覺妳好像不曾被任何人拒絕過，不曾經歷過在自己心裡消化受挫的情緒，然後重新振作起來的過程。——就連現在被我講成這樣，妳頂多也只是回去向家人哭訴，說有人說了傷害妳的話，然後這件事就這樣不了了之吧？再不然就是跟我保持距離，決定以後不再和這種討人厭的人來往，但是妳自己永遠都不會改變。妳一直是這樣活過來的吧？」

真是個可憐人——她是這麼說的。

「沒有心眼、從一開始就搞錯方向的人，真的很麻煩。我不是妳真的太好了。」

走回便利商店，伸手拿起一瓶沛綠雅礦泉水。曾經何時，吃完冰淇淋的小翠已來到我旁邊，看見我手裡的東西，「嗚哇！」地發出一聲誇張的驚叫聲。

「妳要買水？這只是普通的水喔！無色無味。妳居然花錢買水？」

「我會連妳的份也一起買的。」

「咦？不用了。」

當我正想拿起第二瓶水的時候，小翠搖頭，「既然如此的話，」指著旁邊的芬達汽水。「我要這個，買這個給我。我要橘子口味的。」

「沒問題。」

「真闊氣呢！大姐，妳是貴婦。ＬＶ和沛綠雅是貴婦的標準配備。」

我才不是什麼貴婦呢！但是這兩個字聽起來還挺悅耳的，就任由她去說了。心裡還暗自希望她能再多喊幾聲。

既然我這輩子注定和這兩個字無緣了，那就多喊幾聲來聽聽吧！

大地雖然很溫柔，但是大地會喜歡的女孩子，肯定是像及川小姐那樣，是我最討厭的那種人吧！因為已經做好心理準備了，反而不怎麼痛苦。

瑞穗為什麼會對我這麼好呢？無論及川小姐對我說了些什麼，反正我還有比妳更「完美」的瑞穗會對我好，所以我還撐得住。

我絕對不要變成及川小姐那種人，也不想變成她那種人，但是我想變成瑞穗。

我打開小貨車的車窗，把手伸出去。

我也不喜歡瑞穗。

我現在一點也不想見到及川小姐、大地、政美，但是我居然會想念那個把我拋下的人，還想變成她，真不可思議。

瑞穗是我的鄰居，我們從小就經常玩在一起。雖然我在托兒所，瑞穗上的是幼稚園，可是經常會在附近的公園或店裡碰到，雙方的母親也經常聊天。

小學一年級的時候。

學校出了倒掛單槓的習題，我在附近的公園練習。

原本是和瑞穗約好，她也答應我上完鋼琴課以後就會過來，不過人還沒到。

瑞穗和我都還不會倒掛單槓，在班上算是進度比較慢的。別所學校，而且是高年級的男生們正在附近晃來晃去，用玩具槍互相射擊。耳邊不時響起塑膠子彈破風而來，打在遊樂器具上的聲音。

我雖然覺得這樣很討厭，但也不理他們，繼續練我的單槓。

男生們的喧鬧地突然安靜了下來，我期待他們趕快回去算了，一面抓住單槓，往後一翻。

我會了！

就在我這麼想的瞬間，背部突然受到巨大的衝擊，害我差點失去平衡，拚命地抓住單槓，讓身體慢慢滑落。

我幾乎要哭出來地回頭一看，只見有三個男生藏頭露尾地躲在溜滑梯的陰影底下，看著我這邊，捧腹大笑。

他們在用玩具槍射我的時候，肯定完全沒想過我會有多痛吧！

我沒勇氣罵回去。對方是我不認識的人，又是別所學校的高年級學生。我只有一個人，對方有三個人。

好過分。

我雖然覺得很不甘心，但是也不敢再待下去。

回家路上和瑞穗擦身而過。我也覺得她很過分。都怪她不早點來，我才會被玩具槍射中。可是我同樣欠缺責備同齡朋友的勇氣，光會哭，面對瑞穗倒是一句抱怨的話也說不出口。

瑞穗臉色大變地說：「我看看。」就把我的衣服掀起來，看我的背。瑞穗說：「變得紅紅的。」更令我跌破眼鏡的還在後頭。

瑞穗不由分說地將我拖到公園，那群調皮搗蛋的男生還在不知死活地玩玩具。

瑞穗一聲不吭地揍了其中一個男生。

我嚇得動彈不得。糟了！糟了！腦海中的警報器不斷響起。剩下的男生手忙腳亂地衝上去要把瑞穗拉開。瑞穗原本用緞帶綁好的長髮轉眼間變得亂七八糟。

「瑞穗！」

我尖叫著。瑞穗雖然也哭了，但還是不肯放開那個男生。我整個人驚慌失措，心想只能去找大人來幫忙。

要不是瑞穗的哥哥剛好路過，真不敢想像事情會變成什麼樣。

攻擊我的男生比瑞穗的哥哥年紀小，光是被他一聲獅吼，就嚇得噤若寒蟬。瑞穗她哥一面安撫還處於亢奮狀態的妹妹，一面問出所有男生的名字和住址。

「等一下我爸媽應該會去府上拜訪。」聽到他這麼說，男生們全都嚇得發抖。

等男生們作鳥獸散以後，哥哥殷殷告誡全身被沙子搞得灰頭土臉的瑞穗說：「像這種時候要去叫大人來呀！」但瑞穗似乎聽不起去，氣鼓鼓地保持沉默。

那天晚上的餐桌上，我爸媽聽我報告完這件事，把瑞穗捧得像是天上的星星一樣。

「真是個好朋友啊！」母親如是說。

父親也樂不可支地說：「不愧是神宮司組的大小姐，前途真是不可限量啊！」

後來聽說和我們家正好相反，弄髒衣服、出手打人的瑞穗那天在家裡被罵得狗血淋頭，害我母親感到萬分不捨。

過了幾天，男生們的父母分別到我們家和瑞穗家道歉。

等到風波終於平靜下來，「因為妳的背紅通通的啊！」瑞穗告訴我：「那種玩具都會寫說不可以對著人射擊喔！我哥的玩具槍上就有寫。可是他們卻……」

多麼富有正義感的女孩子呀！我打從心底覺得瑞穗真的好了不起。有瑞穗和她哥哥在我身邊，我感到非常放心。玩抓鬼遊戲的時候，要是我的速度太慢，他們就會故意被我抓到，替我當鬼。玩捉迷藏的時候，即使我躲得太好，大家都找不到我，瑞穗還是能找到我。

我是瑞穗的朋友。

小學二年級的時候。

一年級的時候還沒有班長，到了二年級為了決定由誰來當，便由老師向大家說明班長要做什麼，是一份什麼樣的工作。當老師問：「有沒有人自願？」大家全都低下頭去，扭扭捏捏地一聲不吭，等待別人毛遂自薦。

正當我心想這感覺起來是件苦差事，肯定不會有人想做，最後肯定是在一番你推我、我推你的情況下用猜拳決定的時候，有隻白皙的手在教室前方筆直地舉起來，令我大吃一驚。我看見瑞穗的背影，背脊打得直挺挺的，舉起手來。

「那就決定是神宮司同學了。」

「好的，我想為大家服務。」

老師的臉上浮現出微笑。而且我注意到了，微笑之中還帶著「果然如此啊」的意味。

我真的真的非常驚訝。

我們總是一起上學、一起玩，我從沒想過瑞穗竟是這樣的孩子。我一直以為她和我一樣，如今她卻背對著黑板，站在我們面前。老師為什麼會認為「果然是」瑞穗呢？

因為她哥是兒童會長嗎？因為他們家很大嗎？從我爸媽說的話和去她家時的感覺，我其實也隱約感覺得出來他們家很有錢。

瑞穗成為全班目光的焦點，把班上同學輪流看了一遍。

我悄悄地對她揮揮手。

我滿心以為站在眾人面前的瑞穗，視線會特別停留在我身上久一點。然而，瑞穗只是微微一笑，視線望向整個班級，無論是我最討厭的男生、還是我們經常兩個人暗地裡批評哪個女孩子很跩的女生，全都受到她的注視。她沒有對我揮手。

「接下來要選副班長。」老師說道。

事到如今，我還是很後悔自己那天在班會上的不勇敢。

當時我應該也站起來。應該和瑞穗在同一個時間點毛遂自薦的。這麼一來，一切都不會有任何改變，或許我現在還能像瑞穗那樣。

是從哪裡拉開距離的？

為什麼當老師和母親們一提到班上優秀的同學，就會指著瑞穗呢？

原因就出在第一次的班會。因為在那之前我們都在一起。

「因為我們是好朋友。」

瑞穗即使當上班長，還是跟以前一樣，不管是自己喜歡的人、還是有人向自己告白了，全都會在第一時間告訴我。

對其他人頂多只會用「朋友」來形容，唯獨對我，會用上「好朋友」三個字。

我想，瑞穗大概不知道，這件事令我多麼高興。希望我們的感情永遠這麼好。我甚至強烈地希望，我們能生一對同年紀的孩子。萬一自己的孩子被誰欺負了，可以一起去對方家裡討個公道。國中分到不同的班級，聊天的機會逐漸減少，轉眼之間，我們各自升上不同的高中。因為害怕造成她的困擾，所以高中那三年甚至完全沒連絡。

當我聽說瑞穗大學畢業又回到故鄉，第一次打電話給她的時候，她知道我有多緊張嗎？

『妳現在有男朋友嗎？我們有個聚會，妳要不要來？』

我的心臟噗通噗通地狂跳，瑞穗會想見配合我這種水準的男孩子嗎？可她還是來了。

隔了幾年再見到瑞穗，真的不誇張，她變得好漂亮，有一股都會女子的洗練氣質，拿在手裡的LV包包，好像也不是像我這樣用信用卡的分期付款買的。

我明白，她和我是不一樣的。

我也討厭啟太。

至於瑞穗，現在則是更討厭了。

不過事到如今，都已經無所謂了。因為這次是我主動遠離她的。已經都與我無關了。

小貨車停在高岡育愛醫院的停車場。

我斜戴著帽子，和小翠一起走到醫院的入口，立刻就發現標示「天使的眠床」位置的牌子。大大的箭頭紅得很明顯。

「哇賽～這幅天使的畫真是沒神經。所謂的嬰兒保護艙，就是這個『天使的眠床』嗎？」

「嗯，好像是。」

「真不吉利，沒神經。」

「對呀！」

我知道小翠想說什麼，這才傷腦筋的「對耶！」發出狀況外的叫聲。「天使指的好像是已經死掉的孩子呢！」

「就是說啊！真是的。」

小翠的語氣聽起來似乎是真的有些動氣，我不禁莞爾，卻也覺得很高興。

「我可以一個人過去嗎？」我用手指著和牌子上的箭頭同一個方向問她。「我想走到保護艙的前面看看。」

「了解也。」

小翠擺出敬禮的姿勢，丟下一句「那我去買飲料。」就跑開了。

我往前走，發現嬰兒保護艙就在夜間緊急入口的附近。在隔著一小段距離的地方，有個類似金屬製的黃色抽屜，上頭也描繪著天使的圖案。

下面還有一行字。

「請留下一點東西給妳的孩子」

看到這行字，我明明什麼都沒有準備，卻猝不及防地感到鼻腔內一陣酸楚。如果不咬緊下唇，淚水必然會模糊視線。「一點東西」。

我把臉往上仰，轉動著脖子。

眼前是高聳的櫻花樹迎風搖曳的景致，看不到安裝監視器的痕跡。以前確實曾經有過母親、或者是父親抱著孩子投奔到這裡。我好羨慕他們。

我呼吸著樹蔭下的沁涼空氣。這裡有股像是夏天偶然出現的極地一隅特有的味道。

回家路上，我們在超級市場買了大量正在特賣的煙火，在小翠家前的停車場上點火施放。

哇哈哈哈哈。

小翠心情大好地笑著，完全不在乎是否會構成鄰居的困擾，豪氣干雲地依序為花了五千塊買回來的大包裝煙火點火。

火藥的味道瀰漫在空氣裡。

中元節將至。

我不曉得小翠的故鄉在哪裡，她也從未提過要回家的事。她知道電話答錄機裡還殘留著她母親打來要她回家的訊息，卻沒有要回電的樣子。

這個月初，電話答錄機裡新收到一通大驚失色的留言。

『妳的健保明細表寄來了，妳是生了什麼大病嗎？不要緊吧？四月的金額……』

我一下子就想到那是我受傷的醫藥費。她的健保大概掛在她父親名下吧！我還在上班的時候投保的健保也是這樣，每隔幾個月就會把這段期間使用到健保的記錄彙整起來，寄給被保險人。

我很抱歉害小翠的母親擔心了。當小翠回到家，我向她道歉的時候，她只是「是喔。」地點頭，連聽都沒聽，就按下刪除鍵把留言洗掉了。

「那些人真令人火大也。」

她只說了這麼一句。

在放煙火的時候，我明知是插手管別人的家務事，但還是試著問她：「妳不回家嗎？」小翠只虛應故事地「嗯。」了一聲，讓仙女棒在空中轉圈圈。

「回去也沒事幹。不過，如果要問我留在這裡的話就有事情做了嗎？好像也不見得。」

「這樣啊。」

「真令人火大。」

明明沒有討論到任何會令人火大的話題，小翠總是把「令人火大」掛在嘴邊。

「令人火大。」

我本來想要好好地跟她說話，可是卻只能宛若嘆息地擠出一句「可是啊……」眼淚掉了下來。

小翠似乎慌了手腳，「哇！」地立正站好。當我好不容易收起幾乎停不下來的淚水，小翠發出泫然欲泣地聲音：「騙人的吧！騙人的吧！」摩挲著我的背，就像她每次深夜發作的時候，我對她做的那樣。

「妳怎麼了？抱歉捏！如果妳不喜歡的話，我再也不說了也。抱歉，瑞穗姐，真的很抱歉。」

「沒事了。」

我也不知道自己這是怎麼了。反而是我不好意思，害小翠感到不知所措了。我的聲音還在哽咽，將已經點火的仙女棒朝向地面。仙女棒的火花漸次微弱，終至消失不見。

「就算再怎麼火大，還是回去一趟比較好喔！」

小翠沒有正面答覆我的話，只是一個勁兒地道歉：「對不起。」

時序剛進入八月。

「下個禮拜是我三十一歲的生日。」

或許是不小心哭過一場的關係，這句話就這麼輕易地脫口而出。雖然我一直把這件事放在心上，但是倒也沒有要說出口的打算。

「真的嗎？什麼時候？」
「八月七日。」
小翠「噫！」地發出類似空氣掠過聲帶的聲音，手舞足蹈地從我身旁彈開。
「三十週年，再加上一年！早點說嘛，這可是紀念日也。」
「抱歉。」
「不過真是沒想到，因為大姐看起來比實際年齡年輕多了。」
「才沒這回事，跟年齡一樣喔！」
我用指尖拭去淚水，笑著說。火藥的味道掠過鼻尖。三十週年，再加上一年。小翠不以為意的一句話，卻讓我胸口一緊。
「我原本以為人生一到三十歲就結束了。」
小翠以充滿困惑的表情注視著我。
「我曾經以為必須在三十歲以前把所有想做的事做完，從此安定下來才行。結婚也好，隨便什麼都好，如果不做出一點成績來，就會被笑，一切就完蛋了。要是在三十歲以前還一事無成的話，實在很丟臉。但是反過來說，所有痛苦的事肯定也會在三十歲告一段落。」
原本已經關緊的淚腺，又開始灼熱刺痛，視線也逐漸模糊。我講的都是小翠聽不懂的話，明明想要閉嘴，嘴巴卻不聽使喚。
「我一直到最近才終於恍然大悟，遲早會再加上一年，而且一切也不會就此結束。」
「大姐。」
小翠輕聲呼喚，靜靜地站在我面前，手足無措地拿著燃燒殆盡的仙女棒問我：

「妳想要什麼生日禮物？」

「什麼也……」

不想要。話已經滾到嘴邊，長長的頭髮忽地映入眼簾。

「那麼，可以請妳幫我剪頭髮嗎？已經變得亂七八糟了，我想要剪短一點。」

「就這樣嗎？」

「嗯。」

生日。

把買來的報紙鋪在地上，毛巾圍在脖子上。小翠說她是第一次幫人剪頭髮，一開始動刀的時候還小心翼翼、提心吊膽的，但是漸漸熟練了以後，拿著剪刀的動作變得極為大膽。

「剪這麼短沒關係嗎？」

「還可以再短一點喔！」

我這輩子從未剪過短髮，這是我第一次鼓起勇氣放棄長髮所帶來的女人味。這才發現，我一直寶貝的長髮，其實是用來保護自己的盔甲。

小翠一面動手，一面不停地要我看鏡子檢查。

剪好之後，我感覺無事一身輕，就像是擺脫過去的自己，看起來判若兩人。當我要去浴室裡照大鏡子的時候，居然有股小鹿亂撞的感覺。房間裡滿地都是我的頭髮，多到令人咋舌的地步。

「這些都可以做一頂假髮了。」

小翠邊收拾邊佩服地說。

「嗯。」我微笑頷首。

「大姐剪短髮也很好看，很適合妳。」

「真的嗎？」

我把手伸到背後，昨天以前還有的頭髮全都不見了，心裡一驚。

小翠還買了蛋糕給我。蛋糕上頭有用杏仁軟糖做成的小白兔。自從小時候在誰的慶生會上吃過以來，我再也沒吃過這種一整模的圓形蛋糕。

「謝謝。」

我向小翠道謝，她似乎有些難以啟齒地說：「難得的紀念日，只和我一起過好嗎？」語氣聽起來很生澀。

「妳不用打個電話給誰嗎？如果需要充電器，我的隨時可以借妳喔！」

「已經沒有任何人了。」

我幽幽地回答。

我雖然還帶著自己的行動電話，但是一直沒繳錢，大概已經不通了吧！我還聽說行動電話具有只要一開機，對方就能探測到自己所在位置的功能。——可能也是瑞穗告訴我的。而且裡頭還有以前收到的電子郵件、拍的照片，所以絕對不能打開來看。

小翠刻意用漠不關心的語氣說：「這樣啊。」一想到居然讓這麼善良的孩子為我擔心，胸口一陣絞痛。

秋

「有人約我出去也。感覺好像要去約會喔。」

進入十月的某一天，小翠打工回來的時候說。

因為從來沒聽她提起過任何跟戀愛有關的話題，所以我也嚇了一大跳。

「好棒喔！如果妳有對象的話，怎麼不早告訴我呢？什麼樣的人？大學同學嗎？」

「是我打工地方的受僱店長。不知怎地，突然約我去看電影……」

口頭禪的「也」不知不覺地從她說話的語尾消失了，就連我也跟著緊張起來。小翠有些不知所措地解釋。我能感受到不好意思和又想要說的心情在她心裡天人交戰的樣子。

「該怎麼說呢？明明完全沒有這方面的徵兆。」

「他是怎樣的人？以明星來說的話像誰？」

「嗯……不好意思，我想應該不是大姐瞧得上眼的男人也，反正是瑞穗姐絕對不會選擇的男人。」

「就算是這樣也告訴我嘛！是怎樣的人？」

「胖胖的，後腦杓也快禿了。」

在她心裡，我是怎樣的外貌協會啊？話是這麼說，不過語氣早就出賣了她，聽得出來小翠雖然感到困惑，但還是十分雀躍的。

「我沒有衣服穿。」

「穿什麼都無所謂吧！那個人不是早就看過小翠平常穿的衣服了嗎？」

她打工的地方是一家連鎖的居酒屋。上班的時候可能要穿制服，但上班前和下班後的她應該都是直接穿著自己的衣服。

「話是這麼說沒錯啦……」

「那就別擔心啦！小翠只要表現出平常的樣子就好了。」

「嗯。」

晚飯決定炸天麩羅來吃。

玉米和毛豆的炸什錦。為了不讓玉米在下油鍋的時候彈跳出來，我仔細地將玉米與麵粉拌勻。小翠在一旁觀察我手上的動作，吞吞吐吐地說：「可是……」

她似乎不希望我回頭，所以我也假裝若無其事地繼續做菜。

她在我背後說道：

「偶爾啊……學校的人會來我打工的地方。」

聽得出來她刻意維持語氣上的平靜。我「嗯。」地答腔。

「他們看到我就笑了，還主動找我說話，可是我……沒用的我……一句話也答不上來。」

小翠的聲音在笑。

「並沒有發生什麼事，就算現在跟大姐說，妳也頂多回我一句『這有什麼好放在心上』的吧！問題是，像這種受不受歡迎的問題，用時下流行的語彙來說，就是所謂的階級差異喔！令人無可奈何的差距，跟我是抱著什麼心情活過來的，一點關係也沒有喔！」

小翠深呼吸，以氣若游絲的聲音喃喃自語：

「真的沒關係嗎？店長連我被那樣取笑的場景也全都看在眼裡喔！正常人會想要和我這種被當成笑話來看的女人一起走在路上嗎？」

「別再哭了。」

我總算能回過頭來看著小翠。她的鼻頭、臉頰、眼睛……整張臉都紅通通的，淚水不停地從眼裡流出來。我把瓦斯爐關掉，再把天麩羅的麵粉放回流理臺上，搖頭說道：

「穿妳平常穿的衣服就好了，但是我教妳化妝吧！雖然我的技術不是很好，但是只要把眉毛修一修，就會變得很有女人味喔！」

「嚇！」

小翠往後退了一大步，雙手在胸前大大地打了個叉。

「不行不行不行！平常都沒在化妝的人，突然化起妝來，肯定會被對方認為是卯足了勁。這可不行。要是對方這麼想的話，我寧願死了算了。」

「那衣服也是同樣的道理啊！平常都穿牛仔褲的人，突然換上裙子的話，不也是同樣的道理嗎？」

「話是這樣說沒錯，但是長裙就沒關係。」

小翠有些不好意思地指著我的腳。這次換我愣住了。

「大姐偶爾穿的那種長裙，就很成熟、很冶豔。」

「才不成熟呢！」

小翠的語氣太過於坦率，害我不曉得該怎麼反應才好。裙子是我從家裡帶出來的，是平常穿的裙子，跟時髦根本沾不上邊。只不過，看在小翠眼裡，或許很「成熟」吧！就像我以前豔羨別人那樣。我知道自己臉紅了。

趕緊若無其事地回頭去炸天麩羅。

「總而言之，至少讓我幫妳把眉毛修一修。之前妳幫我剪頭髮，所以這次換我回禮了。等吃過晚飯、洗完澡就來處理。」

「那今天去澡堂吧！」

「好啊！」

在我們談話的過程中，油溫已經完全降下來了，可是我已經丟了一個炸什錦進去。失敗了，還是生的。我後悔極了。

去完澡堂，我拿起剃刀，讓小翠坐在我面前，情不自禁地想起一些事，害我的手開始發抖。平常做菜拿菜刀的時候明明都沒有什麼感覺，可是當小翠在我面前閉上眼睛的瞬間，我突然好害怕把剃刀靠到她臉上。

臉頰和嘴巴的四周長著細細的汗毛，透明而閃耀。

我鼓起勇氣，吞了一口口水。為了不讓她起疑，先深呼吸，然後才問她：「準備好了嗎？」臉頰下方傳來她的緊張。她的兩道眉毛長得都快連在一起了。我在她的眉間塗上一層薄薄的乳液，將乳液推開。

小翠安安靜靜地點頭，臉上是等待親吻的表情。一想到我或許也曾在某個人面前露出這樣的表情，就覺得以前的自己好令人懷念，甚至有些肅然起敬起來。原來是這麼毫無戒心的表情啊！和我發生過關係的人，是否有誰曾經覺得這樣的我很可愛呢？

我仔細地、慢條斯理地把她的臉刮乾淨、把眉毛修整齊。對男人還不甚了解的小翠，臉頰就像初生嬰兒一樣白裡透紅，充滿彈性，惹人憐愛。

回家路上，決定去買哈密瓜麵包當明天的早餐。

有輛販賣手工現烤哈密瓜麵包的餐車就停在最近剛開幕的超級市場停車場裡。去買東西的時候，總是會被迷人的香味吸引過去，可是因為早上一向會煮飯，所以至今尚未買過。

哈密瓜麵包散發出奶油甜蜜的味道，還號稱加入了真正的哈密瓜果汁。顏色也不是一般的黃色，而是會讓人連想到夕張哈密瓜的橘色。

「哈密瓜麵包很像我們家的親子關係也。」

小翠搖晃著剛買的麵包袋子說。回頭望向停車場，看著寫有「天然果汁！」的旗子搖頭。

「所謂的哈密瓜麵包，再怎麼掙扎也只是普通的甜麵包，不可能真的變成哈密瓜。明明兩者原本就是不同的東西，卻硬要麵包背負著變成哈密瓜的試練與宿命，不僅是一場悲劇，一個搞不好還會變成大笑話。什麼天然果汁，那可是身為哈密瓜的尊嚴喔！」

「尊嚴？」

這名詞聽起來好新奇，我不禁莞爾一笑。

「哈密瓜嗎？」

「沒錯。是我行我素的哈密瓜的尊嚴。哈密瓜麵包再怎麼努力，終究也只是人工的哈密瓜麵包，真是有夠可憐也。」

「嗯。」

心思複雜地將手提LV名牌包的人視為自己的敵人，對對方感到畏懼的心情，我比誰都了解。認為我「很時髦」的小翠，當時為什麼會對我伸出援手呢？當我問她的時候，她只回答：「我也不知道，就憑感覺。」不過，或許只是因為看到我哭泣無助的模樣，所以無法丟下我不管吧！

月亮高掛在天空。我望著黃色的月亮，這次想到的是奶油麵包。想起卡士達醬甜甜的味道，悄悄地在心裡下了決定，明天不要買哈密瓜麵包，改買奶油麵包吧！

小翠週末的約會似乎相當順利。

她因為害羞，不肯告訴我詳細的情況，不過還是以故作鎮定的語氣，說對方是個非常可靠的人，還用有些遲疑的口吻說：「那個人，好像喜歡我也。」

又是十一月

進入十一月以後，走到附近的加油站去買煤油電暖器用的煤油成了每個禮拜的例行公事。到了加油站，只要把空的塑膠桶交給工讀生，在旁邊寫下自己的名字，接下來就只要等油加滿。

「我要借廁所！」

小翠毫不在乎地大聲嚷嚷。雖然她這種地方還很孩子氣，不過自從那次以後，她大概每個禮拜都會拜託我幫她修一次眉毛：「眉毛差不多該修了吧？」和男朋友的約會也很順利地持續著。

在等煤油裝好的時候，我也坐在休息室裡看雜誌或報紙。冷不防抬起頭來，漫不經心地從店裡的大片玻璃往外看，有輛大型的賓士車開了進來，停在那裡。

看到車牌和車身都擦得一塵不染的賓士車，不禁覺得真令人羨慕啊！

我們接下來還得扛著塑膠桶走好長一段路才能回家，但世界上同時也有這麼有錢的人。我不以為意地望過去，剛好和駕駛座上的男人四目相交。那是個戴著眼鏡，胖墩墩的中年男子。

耳邊傳來他走下車，對迎上前去的工讀生說：「順便檢查一下胎壓。」

「神宮司小姐，在等煤油的神宮司小姐。」

這時傳來另一個在外面做事的工讀生喊我名字的聲音，我別開視線。正當我和已經有過好幾面之緣的年輕工讀生打完招呼，站起來的時候，突然覺得有人在看我，於是我四下張望。

是剛才那個開賓士車的中年男子在看我。

他先背過身去，隔了一會兒，才又把臉轉向我。這還是第一次有人連續看了我兩眼。眼神明明對到了，卻還不把視線移開。我覺得很奇怪，歪著脖子回想。我沒見過這張臉。

腦海中閃過不祥的預感。我對工讀生露出的笑容就這麼僵在臉上，嘴角開始痙攣。

拜託小翠快點回來。

我硬生生地將目光從那個男人和賓士車的方向別開，手忙腳亂地付錢。

然而，我知道開賓士車的男人已經撇下工讀生，往我的方向走來了。他的雙眼直勾勾地盯著我看。根本不用轉過頭去，用毛孔就感覺得到。

當他走進休息室，對我開口：「請問……」的時候，我知道這一天終於來了。

我不曉得接下來會發生什麼事。不過，我也從未想過能一輩子這樣躲下去。我的自由是上天的憐憫。雖然我希望的期限是一年，但也覺得什麼時候被抓到都無所謂。

他開口說話。

「不好意思，我不是什麼可疑的人。我在市內的醫院當醫生。如果我搞錯了請妳見諒。請問妳是否認識一位名叫神宮司瑞穗的女性？」

我倒抽了一口涼氣。不過他似乎也不是很確定的樣子。我不明白事情的前因後果，只是保持沉默，按著乾渴的喉嚨搖頭。
從他襯衫的袖口可以看見被火燒傷的痕跡。
我不敢看那個人的臉，讓視線落在他的袖口上，好不容易才把聲音擠出來，吞吞吐吐地回答：
「……我……不認識。」
「啊！我想也是。不好意思，打擾了。」
我發現他用眼角餘光不動聲色地打量了我的腹部一下。
貌似他老婆的人從他開的那輛賓士車的副駕駛座看著這邊。我這次真的轉過身去，盡可能不要讓他覺得不自然地擠出一句：「不會。」
剛好這個時候，小翠回來了。
「抱歉捏，讓妳久等了。店長突然打電話來。」
「小翠，我們走吧！」
我丟下那個向我搭話的男人，握住小翠的手。小翠被我嚇了一跳。可是我如果不握住溫暖的手，就會驚惶失措。
「怎麼了？妳怎麼了嘛？瑞穗姐。」
小翠輪流看著還呆站在原地不動的男人和我說道。語聲未落，我的眼角餘光已然瞥見男人臉上的表情就像觸電一樣。一把冷汗順著背脊靜悄悄地往下流淌。
他對名字有反應，對我自稱的，瑞穗的名字有反應。搞不好他剛才也聽到工讀生喊我神宮司這個姓了。
「大姐，妳到底怎麼了嘛？」

「我們回家，快點。」

我沒勇氣回頭看那個男人。只能心急如焚地接過找回來的零錢，拖著塑膠桶往前走。心裡想要趕快離開這裡，雙腳卻不聽使喚。我急得都快哭出來了。

男人沒有追上來。走了一段距離後，我才敢回頭張望，卻嚇得幾乎動彈不得。只見男人站在賓士車旁，耳朵貼著行動電話，不曉得正在打電話給誰。

要是再對上一次眼睛，我可能會放聲尖叫。我幾乎是拉著小翠，急如星火地往前走。腳痛得像是抽筋了。當我想起自己的傷，冷不防也順便想起男人袖口隱約可見的燒傷痕跡，那個傷痕已完全烙印在我的腦子裡，讓我充滿了不祥的預感。

我原本以為還有一年的時間。

我以為自己得到一年的緩刑期間。我能自由運用的，肯定只有一年的時間。我已經有所覺悟了，也認為必須做好心理準備。

我肯定會給小翠帶來麻煩的。從此以後，不能再跟任何人扯上關係了。

十二月

一旦心情出現裂縫，之前的順遂就好像騙人的一樣，轉眼之間就天翻地覆。

小翠很晚都還沒回來。可能是打工的地方發生了什麼問題，她曾經用手機打家裡的電話，說她會晚一點回家。我在家裡等她，一面用跟小翠借的手帕刺繡。

過了十一點的時候，我走出家門。冬天的夜空滿天星斗，燦亮得令人嘖嘖稱奇。真正的雪季開始了。沒錯，氣象預報是這麼說的。

富山的冬天，比想像中還要寒冷。

室內因為暖爐的關係，空氣變得很差，而我只是出來一會兒，穿著涼鞋的腳就冷得快要結冰了。

我光顧著看星空，沒留意到小翠已經走到我面前。

「大姐！」小翠喊了我一聲。我嚇得驚跳起來，往下看。小翠似乎也沒想到我會在外面等她，也嚇了一跳。

而他就站在牽著腳踏車的小翠旁邊。

他恐怕就是「店長」吧！可能是因為時間太晚，所以才送她回家。我們眼神交會，感覺得出來店長正想對我露出笑容。想必小翠已經告訴過他，家裡還有另一個人。

當他站在昏暗的路燈下，打算對我微微一笑的時候，看著我的雙眼目光閃爍地眨了眨。已經快要成形的笑容，突然被吸回去似地自他臉上消失。我頓時領悟他笑不出來的原因。

他大概認得我的長相。

我代替手已經舉到一半的他，對他微笑致意。這一切都是為了小翠。我絕對不要她受到半點傷害。我開朗地大聲向他打招呼。即使我以前從來不曾這麼做過。

「晚安，我姓神宮司，承蒙小翠照顧了！」

「真是的，大姐，會吵到鄰居啦！」

店長凍結的表情，或許只是我的被害妄想。

我已經剪去長髮，一身輕盈了。

事實上，他也已經找回前一秒消失的表情，臉上再度浮現出笑容說：「啊！妳好。我常聽小翠提起妳。」

他說這句話的表情，到底是硬擠出來的？或者只是不善於表達呢？又或者是以上皆非呢？我無從揣測。

話說回來，搞不好上次在加油站看到的男人，也是我憑空想像出來的幻影。不然怎麼可能在這種地方偶遇的人，會剛好知道瑞穗的名字。

或許一切都只是想要回家、想結束這一切的我，內心深處的想望。

誰能保證這一切不是想把這裡一如往常流逝的時間、想把山梨被我自己停住的時間全部畫上休止符的妄想呢？

我知道，自己是逃不掉的。就算以為自己已經改頭換面、以為沒有人知道，但我終究是逃不掉的。

我頂著似哭似笑的臉，和小翠一起踏進家門。店長低頭道別，循原路回去了。

我祈求小翠不要再發作，一面整理行李。小翠從夏天就幾乎不曾再發作過。此刻正側躺著朝向另一邊，我雖然看不見她的臉，但也沒聽見她做噩夢的呻吟。

我還保留著添田老師家的地址和鑰匙，所以倒也不是完全沒地方可去。事到如今，或許已經不能再投靠那裡也說不定，但還是努力想起自己還有地方可去，好讓心情不至於沉落到谷底。

這次的行李並未比我來的時候帶的行李增加多少，一個小旅行袋就裝完了。我從母親的錢抽出一疊鈔票，裝進信封裡，放在自己一直到今天以前都還睡著的床上。

摸黑換好衣服，正要走出房間的時候，背後傳來「要走了嗎？」的疑問句。

我靜靜地回頭。以為已經睡著的已經坐起來，將嘴脣抿成一條線，露出非常正經的表情。我慢慢地點頭。

「嗯。」

「妳可以繼續留下來喔！我無所謂。」

「多謝妳的照顧了。」

我打斷她說的話，低下頭去。小翠拚命搖頭，以心急如焚的語氣說道：「妳不可以走！」

「妳可以永遠待在這裡喔！不可以離開。」

我打算用微笑敷衍過去，但小翠卻用力喊我：

「千惠美姐！」

我聽見自己的喉嚨彷彿嚥下一整塊空氣的聲音。我這次真的嚇呆了，驚訝得一步都跨不出去。小翠繞到我的面前，擋住我的去路。在昏暗的燈光反射下，她眼裡蓄滿了大顆的淚珠，閃閃發光。

「妳從什麼時候……」

「從一開始。大姐剛來我家的時候，電視和報紙都是妳的新聞。」

小翠哭得個孩子似的。但是那跟我以前在公司裡哭的樣子完全不同。

我閉上雙眼。要是不這麼做的話，肯定沒辦法好好地站在小翠面前。小翠溫暖的手抓住我的手。被淚水濡溼的體溫，拚命地想要把我留下。

「嬰兒保護艙已經沒有了喔！妳逃到這裡來，已經沒有意義了。」

「我知道。」

「既然都沒有意義了，妳就在我家住下嘛！」

我閉著眼睛笑了。這個家裡雖然沒有電視和報紙，但是在便利商店或超級市場裡，雜誌和報紙要多少有多少。我早就知道了。知道保護艙早在一個月以前就已經撤掉了，也知道小翠小心翼翼地不在家裡提起任何關於這方面的話題。

「妳不可以走。」

「這樣的話，我有條件。」

我睜開雙眼，注視著小翠的凝眸深處，打算好好地跟她講清楚。

「請把小翠就讀的大學、深愛著小翠的男朋友、還有小翠接下來的人生全部給我。」

小翠靜默無語，眼睛睜得大大的。原本擋在我前面，不讓我離開的手，宛如小鳥收攏羽翼似地縮了起來。朱脣輕啟，佇立在原地不動。

「把妳最討厭的爸爸媽媽也給我。妳辦得到嗎？」

我明明想要用強而有力的語氣說完這整段話，最後卻泣不成聲。但還是重覆著：「把妳的母親，給我。」

「回去見他們吧！去上課吧！不要浪費這一切。」

曾經有人說過，是我的父母限制住我的發展。

我很討厭那個人。只不過，她說的話一刀刺進心臟，讓我的時間就此停止，再也無法前進。

「千惠美姐。」

「不要變成像我這樣。」

我抱著小翠的肩膀，輕撫她的肚子，就像安撫她每次深夜的發作一樣。然後放開她，重新提起旅行袋。

「謝謝妳，小翠。」
沒有回答。
我微微一笑，走出房間。
走到家門前的馬路上，開始往前走沒幾步，背後便傳來開門的聲音。我回頭一看，小翠穿著睡衣，光著腳丫子，整個人衝到我前面，朝著我大喊：
「我說！」
外面的冷空氣讓她的臉一下子就凍得緋紅。
「要是做愛真的那麼美好的話，有朝一日再跟誰……」
「會吵到鄰居的，不要大聲嚷嚷做愛什麼的。」
眼淚流出來。我笑著揮手。
「不過，小翠也試試吧！因為真的很美好喔！」
「我害怕。」
「加油。」
我低下頭，決定接下來不管她再怎麼呼喚我，都不再回頭。
「大姐！」
最能令我心情平靜的稱呼，既不是千惠美姐，也不是瑞穗姐，而是當她叫我「大姐」的時候。我頭也不回地揮揮手，假裝若無其事的，一步一步地往前走。在轉過一個街角的地方，終於撐不住，壓低了聲音哭泣。
心裡想著只要別讓小翠聽見就好，想著但願她能發現我留下的手帕，逐漸從飲泣轉為放聲大哭。

希望有人能找到我。
我想做回望月千惠美。

◎

為什麼非大地不可呢？
瑞穗曾經問過我這個問題。
千惠肯定還有其他更好的選擇喔！

——為什麼非大地不可呢？

我想瑞穗不可能不知道的。我沒有回答這個問題，並不是因為我答不上來，而是我不想回答。
除了他以外，我的確也有好的對象。
可是我心裡很清楚，那些好的對象，是原本就會選擇我的人。
瑞穗。
我之所以會選擇大地，是因為大地是瑞穗的朋友喔！
因為他散發出和瑞穗同樣的味道。而我一旦錯過這個人，就再也沒機會遇到這樣的人了。
我想妳不可能不知道我在想什麼的。

四月二十九日，案發當晚

我想母親一定會為我高興的。

畢竟我一直沒有要結婚的樣子，著實讓她操了不少心。她總是說如果真的沒有這方面的徵兆也沒辦法，但如果是我什麼都不告訴她的話，她可是會很傷心的。

父親又是怎麼想的呢？

他可能已經做好心理準備，女兒遲早有一天要嫁人的，但內心還是捨不得把女兒嫁出去，再加上難為情，每當我提起男孩子的話題時，總覺得他似乎都不太高興。他還說嫁不掉就嫁不掉，有什麼大不了的。

我其實也沒有餘力顧及父母的想法，一心想著應該趁三十歲以前處理完終身大事，也以為我會在三十歲以前結婚。沒想到自己不知不覺已經邁向三十大關，而且接下來還會不斷不斷地年華老去。

瑞穗結婚的時候，政美說得很難聽。

她說瑞穗躲在我們完全不知道的地方，偷偷摸摸地抓住「好男人」的感覺真差勁。

我一面為瑞穗說好話，一面覺得政美真是個笨蛋啊！好沒水準啊！

從瑞穗的角度來看，我們才是一群笨女人，才真的不值一哂吧！那孩子的生活周遭只有好東西。

好想讓政美見識一下她們家、還有她哥哥。

不過，只有一件事，政美說的沒錯。我完全不認識瑞穗的結婚對象。別說她沒有在第一時間向我報告，就連一直到婚禮以前，她也不曾介紹給我認識。當我在婚禮上見到啟太時，他的確是個「好男人」這件事，也讓我大受打擊。

我已經一無所有了。

討厭工作。

討厭朋友。

也討厭自己。

高中的朋友幾乎全都已經結婚了，為了生兒育女忙得不可開交，最近見面的機會越來越少。每當朋友生小孩的時候、喬遷之喜的時候……不得不去為某個人獻上祝福的時候，要報告自己的近況真是有夠煎熬的。聽在他們耳中可能是抱怨也說不定，但是一無所有的我，就連為婚姻或子女長吁短嘆的機會都沒有。即使和大家見面，也一點都開心不起來。

「瑞穗的婚禮如何？」

母親並沒有責怪我的意思。

「她很漂亮，老公看起來也很溫柔。」

「是她哥哥公司裡的人對吧？那肯定是菁英分子了。瑞穗真的好優秀啊！」

「我們家的千惠美太內向了，所以請大家幫忙留意一下有沒有好對象。」母親似乎在附近的家庭主婦們每個月一次聚在一起做資源回收的時候這樣說過，明明當時瑞穗的母親也在場。

「幫忙留意一下」。我好想告訴母親，在她那個年代，相親結婚或許是一件理所當然的事，但是對我們來說，再也沒有比這個更丟臉的事了。母親會因為我而成為左鄰右舍的笑柄喔！明明不是母親的錯，卻因為有個嫁不出去、也找不到好對象的女兒，而被左鄰右舍瞧不起喔！

有一次，母親有其他的事情要忙，我代替她去做資源回收。

有個比我還要年輕許多的太太，牽著孩子的手，從附近的公寓走出來。一面跟周圍的人打招呼，一面將保特瓶及瓶瓶罐罐分類丟掉。

「妳替媽媽來啊？真了不起。」

瑞穗的母親稱讚我。我一面擔心不曉得自己的流言蜚語已經傳成什麼樣了，侷促不安地聆聽大家的笑聲。唯有瑞穗的母親離開那群人，站在我的旁邊做事。

「這沒什麼。」對於我的回答，瑞穗的母親微微一笑地說：「我們家的瑞穗才不肯來呢！」她的側臉神似瑞穗。

「瑞穗很厲害啊！從以前就很有行動力，就連工作也是為雜誌寫文章，我很羨慕她。」

聽我這麼說，瑞穗的母親「是嗎？」地側著頭，接著說道：

「還是像妳這樣，願意留在故鄉的女兒好多了。分隔兩地實在是很寂寞啊！」

我的生理期每個月都一天不差地準時報到。

自從國中二年級迎來初潮以後，就從來不曾遲到過一次。即使感冒、即使在公司裡因為及川小姐的事累積了很多壓力的時候也是如此。

這麼準時的生理期卻不來了，已經超過原本應該要來的日子長達一個禮拜。

不會錯的，我心想。

如同我所期望的。

我望眼欲穿的機會。一切都會改變。

父親去旅行的那天晚上，我一直在思考向母親坦承一切的時機。心臟噗通噗通地亂跳，同時也有點興奮。我想母親一定會為我高興的，心情就像是要送禮物給母親那般雀躍。

生理期不來至今已經過了將近三個禮拜。其實我早就想說了，可是一直沒有機會和母親單獨說話。我決定第一次上醫院的時候，要和母親一起去。值得紀念的第一次看診，要是我自己一個人私下解決，母親一定會覺得很難過，我也一定會因為沒告訴母親而感到遺憾。

我下到一樓，母親正在處理筍子。每年一到春天的這個時期，鄉下的奶奶都會送竹筍給我們。蒸竹筍的氣味從廚房一路瀰漫到客廳，十分嗆鼻。

我一面扯些無關緊要的事，一面等母親處理完竹筍。我想等到一切結束，等她放下手邊的工作，停下來喝杯茶的時候再告訴她。

我希望母親能好好地聽我說，可是回到飯桌上的母親卻拿出帳本，開始記帳。我感到焦躁不安。因為是很重要的報告，我希望她能專心地聽我說。

「媽，我有話想跟妳說。」

「什麼事？」

母親頭也不抬地回答，顯然就是沒認真聽。雖然我不想在她這種態度的時候說，總覺得很可惜，但還是說了。

「我懷孕了。」

母親終於抬起頭來，臉上並未露出吃驚的表情，但是眼珠子整個定住。我接著說道：

「我打算在家裡生產。對方無論如何都不能和我結婚，也不能和我一起養育這個孩子，但對方並不是什麼亂七八糟的人，大學畢業，在大公司裡上班，是很有本事的人，所以那個人的孩子肯定也會是個很優秀的小孩，不用擔心。」

我擔心的是自己的家人不肯對外人敞開心扉。因為大家都是這麼說的。就像戀愛方面的問題，單戀的時候還能坦然地和家人商量，但是一進入交往階段，想說他們可能也不想知道，就沒好好地交代。結果就連大地的事，也沒跟父母提起過。

因此，我想這肯定會是母親盼望的結果。我哪裡都不去。別人也不會踏進這個家裡，我們可以永遠在一起，和母親他們一起在這個家裡把孩子帶大。這對於我那對害怕寂寞的父母來說剛剛好。雖然孩子沒有爸爸，但我們肯定沒問題的。這孩子的父親很聰明，跟我們家是兩個世界的人。我已經不是小孩了，就算不靠母親的安排，也自己找到這樣的人了。

母親的表情貼在臉上，紋風不動，不知道為什麼站了起來，就這樣雙腿一軟，差點倒在地上。肯定是嚇到了吧！

雖然覺得母親的反應很奇怪，但我還是笑著喊了一聲：「媽。」正打算請她下禮拜陪我去醫院的時候——

「別叫我。」

冷不防，耳邊響起生硬的嗓音，我大吃一驚，笑容僵在臉上。

母親的臉色變得鐵青，泫然欲泣地痙攣著。

「孩子是誰的？」

母親以又冷又尖的語氣說道。嘴脣顫抖。

「是哪個野男人的？妳居然……妳居然……在結婚前跟男人亂來，虧我這麼相信妳，妳爸爸肯定也是和我一樣的心情喔！」

「媽……」

「妳居然這麼不自愛！」

這次換我被嚇到了。

我六神無主，不曉得該何去何從，就像被肉眼看不見的東西突然咬了一口。我從未想過事情會變成這樣。

跟男人亂來。

雖然不是感動的時候，但我還是覺得即使在盛怒之下還能用明確的發音講出這麼一長串話來的母親好可愛啊！

一直到這一刻，我才知道，在父母心中，我去聯誼、和男孩子交往、打電話來一聽就知道是男孩子的聲音……這些事情和性行為、結婚全都是不同的東西，他們從來不曾把這些事連結起來。

明明大家都嘛隨便做。

母親似乎還在氣頭上，全身大大地深呼吸。眼睛紅紅的，跟發燒的時候一樣。事已至此，我不知道還能說些什麼才好。類似本能的部分比意識先行理解到母親反對這件事、母親不願意站在我這邊。這個理解讓我尖叫著吶喊：

「先不要告訴爸爸！」

母親緊咬著下唇，瞪著我。大顆大顆的淚珠從她瞪著我的眼眶裡滑落。母親以宛若嘆息的聲音開口。我從未聽過那樣的聲音。

「太丟臉了。」

「可是，我要生。」

我說到這裡，原本拿著圍裙拭淚的母親突然把手停在半空中，這次真的露出不敢相信的表情，然後驀地站了起來。「妳這孩子！」

母親甩了我一巴掌。

「妳為什麼就是不明白呢？媽媽不喜歡妳這樣。辛辛苦苦把妳養到這麼大，妳居然這麼跟我說話！媽媽真的好討厭妳這樣。」

「求求妳。」

當母親抓住我的手，賞我一巴掌的時候，彷彿啟動了什麼開關，我們之間原本劍拔弩張的距離瞬間崩塌、縮短。母親發了瘋似地用手打我，無論是臉、胸部、還是肚子。指甲刮破了我的臉。我為了護住肚子，縮著身體蹲在地上。

「一切都完了。一切都完了。」

「妳為什麼就不能正常地結婚呢？不是有對象嗎？就跟那個人幸福快樂地過下去啊……」

母親哭著說道。雖然情緒化，但我從未聽過那麼冰冷的語氣。

「去把孩子拿掉。」

我趴在榻榻米上，把臉埋進冷冰冰的臂彎裡。感覺頭髮都貼在臉上，也知道自己淚流滿面。和跟男人亂來一樣，母親生硬地說出生平第一次使用的語彙，臉色十分蒼白，看起來一片模糊。

「不准生。」

「不要。」

「我不管妳了！」

母親孩子氣地說道。

妳為什麼不懂我？妳為什麼不懂我？

討厭！討厭！討厭！

——不曉得過了多久，我哭到呼吸困難，把額頭和手和腳都貼在榻榻米上，我們一直在比誰的聲音大。聽不見對方的聲音，也不想聽。講來講去都是同樣的那幾句話。喪失的只有體力，其他一切都沒改變。

一段時間後，母親終於說道。

「妳去給我冷靜一下。」

我默不作聲地從榻榻米上起身。母親依舊背對著我，垂頭喪氣，失魂落魄地坐在那裡。就連我站起來，她也不曾回過頭來看我一眼。

我默默地離開客廳。

回到房間裡，躺在床上，覺得肚子好痛。做夢也沒想到母親會反對成那樣，害我完全不知該如何是好。我想找人訴苦，想告訴別人自己受的苦，想得到安慰。這時我才恍然大悟，平常可以訴苦的對象，如今已經不肯聽我說了。

因為我訴苦的對象，一直是母親。

會說「是那個人有問題喔！千惠美沒錯」的人，也是母親。一旦母親不肯站在我這邊，我甚至沒有人可以商量了。

兩、三個小時。

我稍微睡了一下。

一覺醒來，眼前一片白茫茫，甚至以為剛才的事該不會是一場夢吧？然而，沒洗臉就睡著的眼睛腫得跟什麼似的，臉頰上還有乾巴巴的淚痕。來到走廊上，客廳的方向還亮著燈。母親肯定還醒著。

我腳步虛浮地回到客廳裡。

想到剛才那場幾乎不是你死就是我活的爭吵，不免悲從中來。母親會對我露出什麼表情呢？

「媽。」

坐在客廳裡的母親看到我，疲憊的臉上露出淺淺的笑容。我放下心裡的十五個吊桶。因為母親終於笑了。

「千惠。」母親喊我的名字。

母親或許已經原諒我了。我相信，只要好好說的話，我一定可以說服她的。

「不要緊的。」母親貌似要鼓勵我地說道。

臉上掛著有氣無力的微笑。這次或許她會願意冷靜地聽我說了。我鬆了一口氣，走進客廳。

就在這個時候，母親告訴我：

「我們一起去醫院吧！剛才的事，媽媽不會放在心上的。不要緊的，我們是母女嘛！是人都會有情緒化的時候，媽媽會原諒千惠的。」

我轉動眼珠子，直到能面對面地注視著母親的臉。感覺這個過程非常漫長。母親臉上還掛著笑容，似乎一點也不覺得自己的決定有任何問題。

我說不出話來。真的真的，說不出話來。

瞬間的沉默之後，我爆發了。

眼底發熱，彷彿有火花散落。不對、不對、不對。

「那我搬出去。」緊接著，我說出這句驚人的話。母親的臉色隨即變得鐵青。

「為什麼？剛才不是都吵完了嗎？只要去一趟醫院，把事情處理好，一切就結束了呀！妳為什麼還要說這種話呢？」

夠了，我再也受不了了。既然怎麼講也講不通的話，那也沒什麼好哭好求的，我衝動地就想奪門而出。

去醫院吧！一想到母親說這句話的意思和我想要聽到的意思完全不同，明明是同一句話，兩個人的認知卻像永不相交的平行線，就覺得好痛苦、好難過。

母親突然一個轉身衝進廚房裡，用顫巍巍的手拿起菜刀，威脅我說：

「如果妳執意要生的話，就先殺了我再走。否則我是不會讓妳走的。」

看見母親嚴肅的表情，我知道她是認真的。「讓我走！」我以悲痛欲絕的聲音尖叫著，哭得像個任性胡鬧的小孩。

我不曉得我們還要繼續這樣僵持多久。

母親的認真，頂多只到逼我就範的程度，只是要迫使我屈服的認真。根本不是真的想死，只是以此為要脅，逼我照她說的話做。

母親硬是要把菜刀塞進我手裡。不要！不要！不要！我滿屋子逃竄。殺人或被殺，我都不要。就算只是威脅，也太危險了，把刀放下。

給我拿好！

母親失控亂揮的刀割破了我的腿。

有如烈火焚身的痛楚，令我誇張地尖叫，想藉此阻止母親，想要讓母親知道，我受傷了。果不其然，母親的手停在半空中，彷彿終於回過神來。

右腳使不上力氣，膝蓋一軟，眼看就要倒在地上。「千惠！」母親連忙衝過來，手裡還拿著劃傷我的菜刀，一副不知道該怎麼辦才好的樣子。

我下意識地把手搭在母親的肩膀上，母親被我這麼一帶，也跟著腳步踉蹌，膝蓋一軟。危險。

我抓住母親的手腕，然後兩個人一起失去平衡，倒在榻榻米上。我一屁股跌坐在地上，母親的身體往前傾，眼看著就要壓上來。

下一秒鐘。

母親口中發出「啊！」的一聲。真的是非常自然地「啊！」的一聲。既不痛、也不苦的樣子。

母親慢慢地爬起來。

昨晚還用來削筍子的菜刀，開玩笑似地插在母親的肚子上。母親驚得目瞪口呆。我也嚇得瞠目結舌。

「媽！」

母親似乎也不知所措，只是怔忡地看著彷彿從自己肚子裡長出來的菜刀柄。我想母親也不曉得該怎麼辦吧！就連我平常最依賴的人都不曉得該怎麼辦的話，我這才領悟過來，已經發生了無法挽回、驚天動地的大事。

瞬間從頭頂涼到腳底。

菜刀插得很深。

我衝上前去，下意識地想要握住刀柄，頭上卻傳來「不可以！」的聲音。而且是比剛才吵架的時候都還要大聲的聲音。血色褪盡的母親顫抖著。

「不行，千惠，不能碰。」

「可是……」

「不要緊，媽媽會想辦法的。」

夾住還插在肚子上的菜刀，母親把我的手推開。「我會想辦法的。」母親以同樣的音量重覆著這句話。

我六神無主地聽從母親的指示。然後，母親說了一句我做夢也沒想到的話。

「快逃。」

嘴唇變得乾燥。

在我眼前，母親的嘴唇正逐漸泛白、失去血色。

「媽媽會想辦法的。是我自已不小心受傷的。妳就說妳人在外面，今天一整天都不在家。」

「可是……」

「聽媽的話！」

母親大喝一聲，依舊不讓我碰她。

「妳走吧！快走。」

「媽，不行！妳會死的。」

總不能讓那把菜刀一直插在母親的肚子上。眼前的緊急狀況和母親的話讓我心亂如麻，思緒也亂成一團。

母親推開我的手逐漸軟軟地失去力氣。我按住還在抵抗的母親，把手伸向菜刀。怎麼辦？怎麼辦？我一面思考，一面將菜刀拔了出來。

血開始從圍裙底下滲出來。

母親呆若木雞地看著自己的肚子、被我拔出來的菜刀、還有拿著菜刀，一動也不動，只是撲簌簌地發著抖的我。

母親再也說不出話來，不知不覺間，抖動的振幅和開始流出的血液一起變得越來越大、越來越劇烈。

直到此時此刻，我才意會過來，或許不該把菜刀拔出來的。我就算衝上前去，出血也不會停止。拿著菜刀的手僵硬緊繃，就連想要把手指從刀柄上扳開都辦不到。

「媽！」

母親痙攣的強度大到難以想像，全身都在搖晃。定睛一看，她的雙眼還注視著我，似乎想說什麼。

「……快逃。」

母親說道。眼神失去焦點地飄來飄去，然後漸漸地失去光彩。儘管如此，我知道母親還在搜尋我的臉。母親又說：

「妳想生，就生吧！」

我倒抽了一口涼氣。

母親的手滑落在榻榻米上。食指微微地動著，指向一個地方。那是擺著母親和婦女會的人一起做的剪貼畫和別人送的裝飾品的玻璃櫃。母親指著玻璃櫃下方那兩個小小的抽屜。

我發現母親有話要說，拚命地將臉湊近她。母親的氣息拂在耳際。

母親幾乎是用盡所有的力量擠出最後一句話，之後無論我再怎麼等、再怎麼盼，她都不回答我了。

「那個……裡面……還有……」

我搖晃母親的身體，不斷地呼喚她。可是不管我再怎麼向母親賠罪，母親還是一動也不動，生命力再也不肯回到母親身上。

我不記得自己後來做了什麼。

也不記得自己哭過什麼、鬧過什麼、詛咒過什麼。

只是渾然忘我地前往添田老師家、抱著祈禱的心情等待藥房開門、然後一路狂奔。

當我回過神來的時候，已經坐在那個公車站了。

我從一開始就一無所有，空空如也的我在追求什麼。

在我的心裡身體裡，其實除了母親，再無其他。

因為我只有母親，所以才會對母親做出那種事來。

除母親之外，我根本沒有面對任何人、跟任何人說的勇氣。

我坐在公車站，反芻這一切。

肯定沒有人會相信的。

我和母親之間發生過的事。就算我說了，肯定也沒有人能明白。

我只是聽從母親的吩咐，逃走而已。

十二月十六日

離開小翠家以後，我慢吞吞地、走一步退兩步地走在前往車站的路上。一旦去了向添田老師問來的她的老家，就再也無法回到這個地方了。

夏天請小翠幫我買的草帽，帽簷十分寬大。雖然是一點都不適合冬天的帽子，但是卻讓我覺得很溫暖。抬起頭來望著天空，陽光刺進瞳孔裡。

戴上事先在百圓商店買好沒有度數的平光眼鏡。沒想到真的有派上用場的一天，世事果真難料。眼鏡和帽子。要是不用什麼東西遮住臉的話，總覺得沒著落。

這是和小翠一起走過，通往超級市場的路。只要回頭，就能看到澡堂高聳的煙囪。並肩同行的時候，小翠顧慮到我的腳，總是慢慢地走。大腿的傷比我以為的還要嚴重，再加上未及時治療，如今只要走遠一點，就會產生抽筋般的輕微疼痛。

拖著腳走路的方式似乎也已經養成習慣，改不過來了。雖然一天好過一天，但還沒好到可以跑步的地步。

因此，當有人在那家加油站對面叫我的時候，我也跑不了。

「千惠。」

遠遠地，好像有人在喊我的名字。

即使是平常沒什麼車子的國道，早上這個時間還是會塞車的。隔著川流不息的車陣，從對面不曉得哪個角落，有人在呼喚我。

我抬起頭來，四下張望。

入冬以後，我和小翠來這個加油站買過好幾次煤油。有個身形瘦削的女子從加油站裡衝出來。腳步踉蹌、跌跌撞撞地衝了過來。

我怔忡地凝視著那個方向。

那個女子，看起來好像瑞穗。

我跑不動。

腳好痛。我受傷了。無法奔跑。

真令人懷念。

「千惠！」

她不可能認出我的。

我把頭髮剪了，整個人感覺跟以前截然不同，現在也戴著帽子，還有眼鏡。我已經改頭換面了，她不可能認得出我來。

但是，為什麼？

「千惠！」

那個人注視著不可能認出來的我，大聲呼喊。

瑞穗還是這麼漂亮。

不管她再怎麼眉頭深鎖，再怎麼大聲嚷嚷，再怎麼臉色大變，再怎麼痛不欲生似地叫嚷，隔著車水馬龍映入眼簾的瑞穗，還是跟以前一樣，那麼漂亮。

我整個看得入迷，然後覺得她是頭腦壞掉才會想要來我這邊。

騙人的吧！

瑞穗不可能來的。

以前就算了，現在的她除了自己的事情，應該不會為任何人、任何事奔走。她比我認識的所有人都更清楚自己在做什麼，而且善於為自己打算。

為了讓幻覺就只是幻覺，我背過身去，轉身就走。連接她那邊和我這邊的斑馬線在很遠的地方，瑞穗應該追不上我。我拖著疼痛的腳往前傾，奮力向前跑。

「千惠、千惠。」

聲音繼續從後面追上來。

瑞穗是追不上我的。比起小時候的抓鬼遊戲，現在是我占了上風。

看著為了保護我，奮不顧身地撲向臭男生的瑞穗，我心想，若瑞穗是男孩子就好了。

我喜歡的並不是她哥哥。我真的想要的，其實是瑞穗。

就在那個瞬間。

我原以為不可能追得到的快車道上傳來震天價響的喇叭聲，還有緊急煞車的尖銳聲響，以及輪胎在柏油路面上摩擦所發出的非比尋常的聲音。我忍不住回頭。

時間彷彿靜止了。

瑞穗正從對面的人行道穿越車陣而來。整個人衝到車子前面，一面「抱歉！抱歉！」有口無心地道歉。

截斷車流、狂奔而來的瑞穗與我四目相交。

喉頭變得好熱。

我心慌意亂地把臉轉回前方，撇下已經快要追上來的瑞穗往前跑。頭頂上的草帽被風吹走，微風輕撫著額頭和髮絲。我一路逃，她一路喊著我的名字。千惠。

會喊我「千惠」的，就只有瑞穗和我的母親。

聲音從背後傳來。

「密碼是伯母告訴妳的吧？！」

瑞穗拚命從後面傳來的聲音，讓我停下腳步。我很想回頭。瑞穗邊跑邊上氣不接下氣地說。

「是伯母要妳逃走的吧？！」

力氣從腳尖一點一滴地流失，瑞穗的聲音越來越靠近。

她的聲音裡淚光閃爍，還在呼喚我的名字。我聽見這樣的聲音，已經一步也跨不出去了。

她把手放在我的肩膀上。

「千惠。」

她凝視著我的雙眼，在近到不能再近的距離內，我們不偏不倚地四目相交。不是幻覺，真的是瑞穗。

瑞穗說：「我見過妳父親了。」

母親指著玻璃櫃底下的抽屜。

「那個……裡面……還有……」

零、八、零、七。

明明不讓我碰，卻設定成我的生日。

快逃。

母親這麼說。

「伯父告訴我，會不會是妳母親叫妳逃走的？千惠，伯父都知道喔！他還在等千惠回家。」

聲帶震顫，肩膀灼熱，發不出聲音來。瑞穗看著我的肚子。

看著我從一開始就一無所有的肚子。

瑞穗咬緊牙關，低下頭去。等她再度抬起頭來的時候，眼眸溼潤，彷彿蒙上了一層水膜。她撫摸著我的肚子，就那樣溫柔地把手放在我的肚子上。

「……瑞穗。」

我好不容易擠出聲音來喊她的名字。

「妳怎麼會在這裡……」

「有人告訴我在這裡看到妳。」

瑞穗哽咽地說。手緊緊地貼在我的肚子上，須臾不離。當我真真切切地感受到她掌心的溫暖時，情急之下脫口而出。

「我其實，什麼也沒有。」

瑞穗倒抽了一口涼氣。看著我的臉，頭低低的，強忍著不讓眼淚滴下來。

生理期遲到之後，我放開母親的手，開始逃亡。藥房還沒開門，所以我先去添田老師家，向她借了老家的鑰匙，離開她家之後，立刻衝進車站前剛開的藥房。

我一直在等待這個值得紀念的瞬間。我真的好想跟母親一起去醫院，和母親一起從醫生口中得知這個喜訊。

已經回不去了。既然當不成紀念，我這次需要的是覺悟。只要肚子裡有個小生命，我就能下定決心，變得堅強。沒想到竟會在這樣的時機、在這樣的情況下確認這件事，實在太沒道理了，沒道理得讓我想哭，但是又莫可奈何。

我在藥房的廁所裡打開驗孕棒。我在那個陰暗的小房間裡所感受到的絕望，瑞穗是否能明白呢？不管我用了幾根驗孕棒，不管我再怎麼檢查，結果的小窗都不肯浮現出受孕的記號。

小腹就像這時才想起來似的，開始痛了起來。然後血流出來，打碎了我的夢。

我已經無處可去了，全身的力氣都跟著大量的經血一起流失。

就連這個時候，我還記得要帶上戒指才出門。

我知道那並不是什麼值錢的東西，但是在要保護這個孩子的時候，將來一起生活的時候，有了這枚戒指，就等於有了依靠。只可惜……。

我為什麼不生氣呢？

為什麼不把戒指還給他呢？這種破戒指，到底能幹嘛呢？我把戒指扔向廁所的牆壁，戒指發出「噹！」的一聲輕微金屬聲。這次我真的完全不想再撿起來了。我覺得好不甘心，覺得自己好沒出息，抱著隱隱作痛的肚子，一再地將額頭撞向廁所的門板上，哀哀哭泣。

於是，我什麼都沒有了。

我以為能有一個孩子。

為此，母親給了我時間。然而，我卻一無所有。打從一開始就沒有。我怕得不得了。這麼一來，母親給我的時間不就什麼意義都沒有了嗎？光想到這一點，我就覺得感覺好噁心。太可怕了，我已經沒辦法再想下去了。

我把眼鏡從臉上摘下來。一摘下來，眼鏡就從使不上力氣的指尖摔落地面，發出「哐！」的一聲。

「我從一開始就一無所有。」

「不是這樣的。」

瑞穗搖晃低垂的頸項，看著我。眼睛紅通通的，瞪著我看的視線卻異常尖銳。

「妳才不是一無所有。」

瑞穗的話讓我不解地看著她的臉。

瑞穗鬆開抿成一條線的唇瓣，深呼吸。我等著她開口，等待有人代替發不出聲音的我說話。

「我還記得喔！和千惠約好定的事。」

瑞穗的聲音就像光線一樣地透明，極富穿透力地傳送到我的耳朵和肚子裡。

我揚起頭，看著她。

「……我還以為妳不記得了。」

我喃喃低語。淚水終於從瑞穗的眼裡滑落。「我想也是。」她微微一笑。「妳會這麼想也沒辦法。」

十二月的天空下，身體裡的五臟六腑因為剛才小跑步的衝擊還微微震盪著。我能感覺得到瑞穗貼在我肚子上的手指凍得冷冰冰、硬邦邦的。

一直被我遺忘的母親的臉，與她的手重疊，冷不防地在我腦海中甦醒。

小學的運動會上，母親對瑞穗的母親說：

「快看快看，妳們家的瑞穗是班上最可愛的！瑞穗！對妳媽媽揮揮手。」

「媽，妳小聲一點啦！」

我們並肩而立，頭上戴著貌似宴會道具用的遊行三角帽。瑞穗站在離我有一小段距離的地方，雙手合十，對我擺出「抱歉！」的手勢。瑞穗的母親在我媽的催促下，從陽傘底下有些遲疑地揮揮手。害她做出這種事，真不好意思。

可是瑞穗卻猛搖頭，以心情大好的笑容說：「謝謝。」

「千惠家好溫暖啊！我最喜歡千惠的母親了。」

我一直以為不能告訴任何人，不可以讓任何人知道。

我用力地咬緊牙關。

母親。

我的母親。

母親的臉、母親的聲音，全都伴隨著刻意塵封的記憶，從我的心裡滿溢出來。

都是瑞穗害的。

我原本不打算告訴任何人的，我原本打算逃到天涯海角的，全都是瑞穗害的。都怪那孩子說她喜歡我們家。

我大聲地，嘶吼般地發出聲音。

「媽。」

我能感受到旁邊的瑞穗受到驚嚇似地愣在當場。

「媽、媽、媽、媽。」

痛哭的聲音被帶著淡藍色的灰色天空吸走了。

我不打算說的。也不打算哭的。因為誰也不肯聽我說，因為母親會變成那樣都是我的錯。所以我不可以說。

母親。我一再地吶喊。直到瑞穗抱住我。

「千惠。」

她用盡全身的力氣，緊緊地攬住我始終不肯放鬆的肩膀，緊得幾乎有些痛。瑞穗也扯開嗓門吶喊。彷彿從聲帶裡擠出來的聲音，漸漸變得斷斷續續，變得沙啞。千惠，千惠。

「回家吧！」

過了好一會兒，瑞穗凝視著我的臉說道。

「回家吧！千惠。」

「瑞穗，我……好想見我媽。」

我所得到的緩刑時間終於結束了。彷彿融化在旭日下，消失無蹤。籠罩著全身的陽光柔和又耀眼。即使已經到了這個時候，我還是仰望天空，心裡想著，原來冰天雪地的地方，陽光也是這麼地溫暖。

主要參考文獻

《敗犬的遠吠》酒井順子著／講談社文庫
《結婚的條件》小倉千加子著／朝日文庫
《pink》岡崎京子著／MAGAZINE HOUSE

謝辭

在我寫作的過程中，向高柳佳代子醫師請教過很多問題。關於我對法醫學的現場作業提出很多漫無邊際的問題，她都不厭其煩地仔細回答，非常具有參考價值。

謹借這個機會向她致上最深的謝意。

這是一部杜撰的作品。書中的人物、團體和實際存在的人物、團體毫不相關。

藍小說 229

零八零七——ゼロ、ハチ、ゼロ、ナナ。

作　者—辻村深月
譯　者—緋華璃
主　編—李國祥
企　畫—葉蘭芳
封面設計—謝佳穎
董事長
總經理—趙政岷
總編輯—李采洪
出版者—時報文化出版企業股份有限公司
10803台北市和平西路三段二四〇號三樓
發行專線—（〇二）二三〇六—六八四二
讀者服務專線—〇八〇〇—二三一—七〇五
（〇二）二三〇四—七一〇三
讀者服務傳真—（〇二）二三〇四—六八五八
郵撥—一九三四四七二四 時報文化出版公司
信箱—台北郵政七九～九九信箱
時報悅讀網—http://www.readingtimes.com.tw
電子郵件信箱—genre@readingtimes.com.tw
法律顧問—理律法律事務所 陳長文律師、李念祖律師
印　刷—勁達印刷有限公司
初版一刷—二〇一六年一月十八日
定　價—新臺幣三三〇元
⊙行政院新聞局局版北市業字第八〇號

國家圖書館出版品預行編目(CIP)資料

零八零七 / 辻村深月著 ; 緋華璃譯. -- 初版. -- 臺北市 :
時報文化, 2016.01
面 ;　公分. -- (藍小說 ; 229)
譯自 : ゼロ, ハチ, ゼロ, ナナ
ISBN 978-957-13-6518-3(平裝)

861.57　　104028263

ISBN 978-957-13-6518-3
Printed in Taiwan